Zur Erinnerung
AK – Inland
November 2008

Für meine Tochter Clarissa

edition keiper – der Verlag am textzentrum graz
Besuchen Sie uns im Internet:
www.textzentrum.at I www.editionkeiper.at

© edition keiper I textzentrum graz, 2008
literatur ✱ nr. 4
1. Auflage September 2008
Lektorat, Layout und Satz: textzentrum graz
Umschlagkonzept: textzentrum graz
Umschlagbild und -gestaltung: Jörg Vogeltanz
Autorenfoto: Max Wegscheidler
Druck: Medienfabrik Graz GmbH
Bindung: Die Steirische Buchbinderei I Dietmar Reiber & Wolfgang Reimer OEG
ISBN 978-3-9502516-3-0

Gefördert von:

  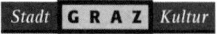

Martin G. Wanko

....
Bregenzer Blutspiele
....

Ein Erich Glamser-Roman

edition keiper

Bau massiv, bau auf Beton.

Glamser starrt auf einige Tonnen Beton, die in Form eines Ovals vor ihn hingeklotzt sind. Seine Augen scheinen jede Furche, jeden verwaschenen Fleck, jeden Haarriss zu kennen. Und trotz so großer Vertrautheit ein jungfräulicher Blick. Es ist nicht der Blick eines Suchenden, Glamser trägt den Blick derer in sich, die gefunden haben, die wissen, vielleicht schon zu viel, so viel, dass sie im Grunde überhaupt nichts wissen, als hätte sich das Wissen in sich neutralisiert, aufgehoben. Also hat er auch nichts gefunden. Und so steht er jetzt da. Seine Lippen quasseln sich fransig, den Kaugummi haben sie schon längst in den Dreck gespuckt. Am Ende weiß man überhaupt nichts.

Warum hast du mich gerufen, du Sack!

Der graue Beton passt so gar nicht zum blauen Sommerhimmel, so gegensätzlich wurde er in die Welt geklotzt, als gehöre der frech draufgesprühte neongelbe Smiley dazu, als gehöre zu jedem Körper ein Gesicht, auch zum Körper aus Beton. Aber so nahe, wie Glamser am Beton steht, kann er vom azurblauen Himmel der Sorglosigkeit höchstens noch den Hauch einer Vorstellung haben. Seine Augen sind wachsam, seine Ohren gespitzt, seine Lippen bewegen sich. Sieht er etwas? Hört er etwas? Was murmelt er? Zeit vergeht.

Flaute, du Arsch!

»Herr Glamser, was machen wir hier?«

Also, bitte, ist ja total peinlich! Wolltest du das so, ja?!

Glamser antwortet nicht, lässt die Frage an sich abprallen. Seine Augen fixieren nach wie vor das Betonoval. Seine Hände bohren sich in die Taschen seiner Anzughose. Der Saum juckt an den Knöcheln. Der Hemdskragen reibt an seinem Hals. Beim Schlucken spürt er die scharfen Kanten. Glamser hat sich für die falschen Fetzen entschieden, sich in der Boutique übers Ohr hauen lassen! Eine individuell wählbare Mode, in der man etwas gleichschaut, ist er nicht gewohnt. Als Streifenbulle gab es strikte Vorgaben. Schwarze Schuhe, graue Hose, blaues Hemd. Er lockert den Krawattenknopf. Das Leben bei der Kripo entwickelt sich schon am ersten Tag zu einer Unmöglichkeit. Ihm ist zum Heulen zumute. Wäre keine Frau an seiner Seite, könnte er weinen. Noch einmal fräsen sich seine Augen in den Beton. Ziehen eine Furche. Am Ende weiß man nichts. Gar nichts.

Jetzt lachst du wohl, was?

»Hallo, Herr Glamser, was machen wir hier?«, fragt Mona nach, dieses mal ungeduldig, verunsichert, vielleicht auch besorgt.

»Schauen, Frau Kollegin. Ich hoffe, das ist nicht zu schlimm.« Jetzt schnauft Glamser. Ganz tief und verzweifelt. So innig, dass ihn normal jeder fragen müsste, was ihn denn so quält!

»Wenn Sie mir sagen, warum wir das hier machen, dann hätte ich vermutlich tiefstes Verständnis, Herr Glamser. Was quält Sie?«

Glamser ist erschrocken. Hat sie ihn jetzt denken gehört, will sie wissen, warum er schnauft, oder will sie nur wissen, warum sie hier stehen? Das sind zwei verschiedene Paar Schuhe. In die Kathedrale geht man, weil man glaubt. Den Himmel klagt man an, weil man muss.

»Entschuldigung. Ich habe Euch nicht miteinander bekannt gemacht. Darf ich vorstellen? Hier, das ist mein Klub, mein Fußballklub. Zumindest das Gemäuer vom Stadion. Und das, das ist Mona Handlos.«

Interessiert schaut sie ihn an. Sie hält dabei ihren Kopf leicht schräg, wie ein junges Tier, das einen fremden Laut hört und ihn nicht zuordnen kann.

Glamser holt Luft. »Mittlerweile hat mein Klub den Namen und obendrein die Vereinsfarben gewechselt. Früher hieß er SW Bregenz, also Schwarz-Weiß Bregenz, müssen Sie wissen. Und heute sind wir Blau. Blau-Weiß. Können Sie sich das vorstellen?«

Mona macht ein verzweifeltes Gesicht, und Glamser redet weiter. Er schaut auch gar nicht zu ihr. Als ob er die Story einfach irgendjemandem erzählen muss. Vielleicht auch sich selbst, in der Hoffnung, sich in alte Zeiten hineinzureden.

»Und heute nennt sich mein Verein SC Bregenz. Also, Sportclub Bregenz, Club mit C geschrieben. Um genau zu sein, Rivella SC Bregenz. Und das Stadion, dieser Betonpferch, ist sein Gewand, sein Harnisch, seine Hülle oder so ähnlich. Vielleicht ist es auch seine Seele. Manchmal hoffe ich tatsächlich, dass im Beton die Seele drinsteckt. Weil so, wie die Mannschaft oft spielt, gespielt hat, so beschissen, so absolut unmöglich, vor allem in der jüngeren Vergangenheit, da hätte der Verein schon einen sauschlechten Charakter! So, so, ähm, so einen Verein wünsche ich niemandem. Aber wirklich keinem Menschen.« Und trotzdem unterstützen den Klub tausende Fans. Manchmal nicht mehr als hundert. Aber auch dann ist Glamser einer von ihnen.

Sie lässt Glamser über den alten Verein reden, der in der höchsten Spielklasse spielte, über die großen Schlachten, in die sie sich geworfen haben. Gegen Wiener, Grazer und Salzburger Vereine, die hochnäsig in den Westen gekommen sind und mit eingezogenem Schwanz, blutiger Schnauze und voller Demut die Fahrt zurück in den Osten antreten mussten. Glamser erzählt über die legendären Westderbys gegen Innsbruck sowie über die große Pleite des Vereins, den Konkurs: Der gnadenlose Abstieg von der ersten in die fünfte Liga und die hoffnungsvolle Neugründung vor zwei Jahren. Jetzt! Neugegründet kämpft sich der Sportclub eisern Spielklasse für Spielklasse hoch. Aber in der dritten Liga beginnt es wieder zu stocken. Er weiß nicht, warum er mit ihr zu seinem Stadion gegangen ist, zu seiner Kathedrale, zu seiner Klagemauer, aber der Beton hat ihn gerufen. Seine scheiß Kathedrale hat ihn gerufen! Und jetzt bleibt sie stumm. Arschloch! Arschlochkathedrale! Und, was soll er jetzt der Handlos erzählen? Sie wird damit nicht zufrieden sein! Er kann doch nicht keinen einzigen Satz über sein scheiß Leben hier als Bulle fallen lassen, dafür ausnahmslos und permanent über Fußball quatschen. Die Handlos ist ja nicht von hier, die kommt aus Ostösterreich, aus Wiener Neustadt, und verbringt ausgerechnet mit ihm ihren ersten Arbeitstag. Sie sind sich zugeteilt worden. Die zwei Neuen sollen sich einmal eingewöhnen. Am besten mit Nichtstun. Eine kleine Sightseeing-Tour hätte es werden sollen, ein Marsch auf den Platz ist es geworden.

Seine braunen Haare, ein paar weiße dazu, sein Blinzeln, wenn er etwas erzählt, das muss ihr ja total schrullig vorkommen! Aber warum macht er sich so viel Gedanken, was sie über ihn denken könnte? Aus, Glamser! Aufhören zu denken, jetzt! Siehst eh, was da rauskommt! Stehst ja schon zu lange am gleichen Fleck! Arschlochkathedrale!

Das nächste Mal kannst lange rufen, das schwör ich dir! Arschloch!

»Wissen Sie, das sind 90 Minuten und einige noch dazu, da denkt man dann an nichts anderes. Da schaut man nur dem Ball nach. Und darum tut man sich das an. Und darum stehen wir auch heute hier. Beton ist eben nicht Beton, das hier sind keine Autobahnbrückenpfeiler, keine Tiefgarageneinfahrt, das – «.

»Wie bitte?!«, unterbricht sie ihn.

Glamser atmet durch, so tief, dass man es hören müsste, dass sie es hören müsste. Er muss sich wiederholen. Zurück zum Ankick. »In einem Fußballspiel denkt man an nichts anderes als ans Spiel.«

»Und?«

»Jeder Fan denkt anders, so wie seine Gehirnwindungen es zulassen. Manche denken kompliziert darüber nach, manche einfach. So entfaltet sich dann das Spiel in jedem Kopf anders. Das ist ähnlich wie im Spiel: Der eine bricht durch, sodass ihn niemand halten kann, der andere ist so verspielt, dass die restlichen 20 Rasenspieler erst gar nicht mitbekommen, wie er einen nach dem andern austrickst und auch sein Tor macht. Und beide bringen den Ball über die Linie. Tor. Und alle sind mit dem Kopf bei der Sache. Beim Spiel. Die Spieler und die Zuschauer. Das ist fast so schön wie Sex. Manchmal auch besser. Da denkt man auch an nichts anderes.«

»Im Idealfall, ja.«

»Wie bitte?«

Endlich kann er nachfragen.

»Im Idealfall denkt man bei Dingen, die einem gefallen, die man gerne tut, an nichts anders. Im Kreuzworträtsel hätte das gesuchte Wort zwölf Buchstaben: Besessenheit.«

»Ohne Besessenheit ist das Leben nicht einmal einen feuchten Furz wert, hat Ihnen das schon einmal wer gesagt?«

Handlos verdreht ihre Augen. »Dass ich jung bin, heißt nicht, dass ich unerfahren bin.«

»Nicht?«

»Sie sind wohl einer von der ganz gescheiten Sorte, oder?«, antwortet ihm die Handlos und verlässt ohne ihn das Gelände. Anfangs will er ihr noch etwas nachrufen, doch je weiter sich die Handlos entfernt, desto weniger hat er Lust dazu. Tja, ist wohl scheiße gelaufen, was?

Und, Joe, das findest du wohl witzig, was?

Ein Haberer namens Joe.

Joe ist futsch. Sein jahrelanger Freund. Sein imaginärer Haberer. Joe ist aufgetaucht, als es ihm nicht gutging. In der Zeit, als sein Vater für immer abhaute und er bei den Bullen anfing. Wenn er auf Streife ging, nicht wusste, was er mit der Zeit anfangen sollte, da entpuppte sich Joe als tapferer, nimmermüder Weggefährte. Auch wenn es brenzlig wurde, Joe war immer mit Rat und Tat zur Stelle und bewahrte ihn vor größeren Dummheiten. Und nun ist er futsch.

Es war das letzte Ligaspiel des Jahres, jenes gegen die Altach-Amateure. Er war wie immer mit Wolfgang unterwegs. Ein nutzloses Spiel, zu dem sich nicht mehr als ein paar hundert Besucher auf den Rängen einfanden. Sie gewannen 1:0 durch einen abgefälschten Freistoß, ein Spiel wie viele andere auch. Er hätte den Katastrophenkick nicht mehr im Kopf, wenn ihn nicht plötzlich in der 93. Minute ein kalter Schauer befallen hätte. Dieser kurze Moment erschien ihm wie eine Ewigkeit, er spürte, irgendetwas hatte sich geändert.

»Geht's dir nicht gut?«, fragte Wolfgang, sein Fußballhaberer, nach. »Nein, nein«, antwortete Glamser, der irritiert war, dass auch Wolfgang eine Veränderung an ihm oder zumindest die Auswirkungen bemerkte. Doch nach einer Ausrede musste er nicht lange suchen. »Bei dem Saukick muss es einem ja regelrecht schlecht werden. Dass du das so leicht ertragen kannst?«

»Glamser, Glamser, das hat mit Selbstbeherrschung zu tun, mein Lieber. Wenn mir bei jedem zweiten Auftrag in meiner Agentur schlecht werden würde, dann hätte ich echte Probleme mit meinem Magen.« Im selben Moment pfiff der Schiedsrichter ab, und das kleine Völkchen bewegte sich in Richtung Drehkreuze.

»Na dann, gehen wir jetzt einmal auf ein Bier, und für dich noch einen Subirer, damit sich dein Magen wieder einrichtet, oder?«, setzte Wolfgang das Gespräch fort.

Sie gingen zu Fuß zurück in die Stadt. Zuerst über eine Überführung beim Strandbad, vorbei am Festspielhaus, und schließlich schlenderten sie den Promenadenweg an den Seeanlagen mit den Palmen und den üppigen Kastanien entlang. Glamser warf immer wieder einen Blick in Richtung Stadion, wie ein Teenager, der vergebens auf sein erstes Rendezvous gewartet hatte, sich vom Treffpunkt wegschleicht und wider besseres Wissen immer wieder einen Blick zurückwirft, ob nicht doch noch die Verehrte wie aus dem Nichts auftaucht. Vor den Bahnschranken konnte er das Wirtshaus schon sehen. Es liegt zwischen der Hauptpost und dem Kunsthaus. Ein Wirtshaus am See, eines mit Seeblick.

Bregenz hat den schönsten Seeblick von allen Bodenseegemeinden, denkt sich der Bulle immer wieder, doch an diesem Tag war ihm nicht danach, seine Stimmung durch ein wunderschönes Landschaftsbild beeinflussen zu lassen. Der Sonnenuntergang über Lindau, sein Verein ist zumindest nicht aus der dritten Liga in die vierte abgestiegen, das hätte im Grunde schon zum Glücklichsein gereicht. Nicht einmal der Subirer vom Hämmerle wollte ihm schmecken. Der Subirer ist ein Vorarlberger Schnaps mit langer Tradition. Er wird aus kleinen, süß duftenden, aber verdammt bitteren Birnen gebrannt, die erst beim Destillieren ihr wahres Aroma entfalten. Früher sind diese Birnen an Schweine verfüttert worden, und »Su« bedeutet auf vorarlbergisch »Sau«. »Du grusige Su« heißt also »du grausige Sau«. Glamser kommt diese Geschichte aber zu aufgesetzt vor. Vermutlich hat man die Birne gekostet und sogleich den Mund verzogen und der Frucht den dementsprechenden Namen gegeben. Subirer! Klingt doch vernünftig.

Er bestellte sich noch einen zweiten, vielleicht wirkt das Destillat ja Wunder.

»Na, was sagen eigentlich die Geschmacksknospen des zukünftigen Kommissars zu dem grandiosen Schnaps?«, versuchte Wolfgang, das Gespräch wieder aufzunehmen. Seit bekannt war, dass Glamser zur Kripo kommt, wurde er häufig mit Vorurteilen bombardiert. Und da ja bei so vielen Literatur- und Fernsehkommissaren die Geschmacksknospen besser entwickelt sind als die Gehirnwindungen, muss sich Glamser auch als Gourmetkritiker unter Beweis stellen.

»Einen Moment«, antwortete Glamser, schloss die Augen, führte das Glas zu seiner Nase und nippte.

»Der vom Freihof schmeckt nach Mandel, Birnen- und Apfelkernen, einer Spur von altem Parmesan, Bananenschale, dem Duft von Ligusterblüte, feiner Milchschokolade, Vanilleschoten, Zimt, Anis, poschierter Birne, Pralinen, Kamille, Kümmel und Tannenzapfen«, antwortete er. Im Grunde kann Glamser bis heute nichts anderes als einen vollen Geschmack bemerken: sagt ihm einer, der Subirer schmeckt nach Schuhpasta, ist es ihm auch recht. Er sauft einfach, was er lecker findet. Aber an dem Tag war nicht einmal der Subirer vom Hämmerle das Richtige. Er ging früher nach Hause als gewohnt.

»Mein Magen, mein Magen«, nuschelte er seinen Fußballhaberern zu und machte die Fliege. Irgendetwas hatte sein Leben verändert. Plötzlich befiel ihn tiefe Trauer.

Heute weiß er es besser. Joe, der Sauhund, hatte sich verabschiedet, hier im Betonoval, wo er nun wie angewurzelt steht. Von einem Moment auf den anderen hatte er sich in Luft aufgelöst. Am Anfang war er angefressen, dachte, Joe würde sich einen Scherz erlauben, später war er besorgt, wer weiß, in welchen Zwischenwelten sich der Kerl gerade bewegte, und heute ist er einfach nur noch ratlos. Viele Fragen sind seitdem aufgetaucht. Wer ist Joe? Woher kommt er? Was wollte Joe von ihm? Fragen, die er sich früher nicht stellen musste: Joe war einfach da, und fertig. Vielleicht hat er seinen Kumpel zu viel benutzt, vielleicht hat Joe alles bekommen, was er wollte? Gelegentlich glaubt er, Schwingungen aufzufangen, hinter denen sich Joe verbirgt. Dann fährt er zur Kathedrale, zum Platz. Dann sucht er ihn. Dann macht er einen zerfahrenen und verlorenen Eindruck. Und heute ist so ein Tag.

All you need is a Lindpointner. Oder a net.

Er parkt seinen Kübel am Straßenrand, lässt den Motor laufen, hebt das Gartentor mit einem Ruck an und schiebt es auf. Ein hässliches Quietschen macht ihn für einen Moment taub. Er weiß eh, die Gewinde gehören geschmiert, aber hält die Hitze noch einige Tage an, gleiten die Metallteile im wahrsten Sinne des Wortes »wie geschmiert« aneinander vorbei, als hätte er sie mit Öl beträufelt. Die Arbeit kann er sich also sparen.

Im Grunde könnte er auch ein elektrisches Tor einbauen lassen, aber die funktionieren auch kein Leben lang, und argwöhnisch betrachtet er die Nachbarshäuser, wenn sie dort die alte Generation ihrer Lindpointner Garagen- und Flügeltore abtransportieren lassen. Wieder eine Generation Lindpointner überstanden, ohne sich selber eines zuzulegen. Sein Garten bleibt, wie er ist! In seinem Leben wird das grüne Kleinod sich nicht mehr wesentlich ändern. Da hat jeder Baum und auch jedes Tor eine eigene Geschichte. Vielleicht noch einige Sträucher hinzufügen, aber nichts kommt mehr weg. Irgendetwas muss ja auch bleiben, wie es ist!

Glamser reversiert. In der Einfahrt sind zwei Streifen Waschbetonplatten gelegt. Sie sind locker wie das Gebiss eines 80-Jährigen. Zwischen den Ritzen zwängt sich das Unkraut hindurch. Noch im Winter hat er sich vorgenommen, die Waschbetonplatten neu einzugießen. Aber es war nur eine Sehnsucht gewesen, die sich im Anflug der heißen Monate in Luft auflöste. Jetzt ist es fast schon zu spät. Glamser zieht den Zündschlüssel ab. Von der Motorhaube steigt Hitze auf. Unter der flirrenden Luft zerfließen die Kiefern zu stolzen, alten Schirmakazien in der Savanne. Er wirft einen Blick zu Neuper, seinem wohlhabenden Nachbarn. Der hat sich diesen Frühling Schirmakazien pflanzen lassen. Die sollen sogar winterhart sein. Niemand weiß das genau. Neuper ist der erste in Vorarlberg, der Schirmakazien angepflanzt hat. Hinter Neupers Lindpointner lugen sie hervor, fehlen nur noch ein paar Giraffenhälse, ätzt Glamser. Sollen ihm die Savannenbäume doch verrecken, denkt er sich und steigt aus.

Hey Joe, du würdest sicher Witze machen, was? Fehlen nur noch die Neuper-Gschroppen mit den Buschtrommeln und seine Alte im Ethnolook und der Neuper himself als großer Massai-Häuptling!

Wenn der Hund die Hand bringt.

Die Pflanzen schießen aus allen Ecken, schauen fleischig und satt aus. Ihr Grün ist schon richtiggehend dunkel. Die kräftigen Sonnenstrahlen können die Blätter nicht verbrennen. Solange der Boden genug Wasser hat, wird alles gut gehen. Vielleicht soll er noch in den See springen, den ersten Arbeitstag bei der Kripo in einem Wisch abstreifen. Ein bisschen was von der Ausgelassenheit, der Sorglosigkeit der Menschen am Seeufer und an den Lagerfeuern in sich aufnehmen. Glamser schaut der Sonne nach. Sie steht schon ziemlich tief. Der Sprung ins Wasser wird sich vor dem Sonnenuntergang nur schwer ausgehen. Schon bald wird es kühler. Dann verschwindet die Sonne hinter dem See, den er von seinem Haus aus nur erahnen kann. Bei ihm verhängt sich die Sonne zwischen den Ästen des Kirschbaums, bevor sie hinter den Bahndamm rutscht.

Glamser geht einige Schritte auf den Bahndamm zu. Täglich rattern hier die Züge nach Deutschland, in die Schweiz und nach Wien vorbei. Da ist immer was los. Vom Güter- und Regionalverkehr will er erst gar nicht reden. Aber ihn belastet der Lärm nicht. Er ist hier aufgewachsen, er hört die Züge nicht einmal mehr. Er kann sich auch nicht mehr erinnern, sie jemals gehört zu haben. Für Herta war es zu Beginn ärgerlich, aber mit den Jahren legt sich alles. Nur manchmal reißt es ihn aus den Federn. Da heulen die angezogenen Bremsklötze der Lokomotive wie Schlosshunde, und die Funken fliegen, als sei der Unsägliche aus der Hölle emporgestiegen. Meistens kommt die Lok einen tragischen Moment zu spät zum Stillstand, kurz darauf ist es verdammt leise, und einen Moment später zerreißen die ersten hektischen Stimmen die Stille. Zuallererst ruft der Zugführer beim Hauptbahnhof Bregenz an, um die Strecke in beide Richtungen sperren zu lassen. Ist es ein Personenzug, bittet der Zugführer verhalten, Ruhe zu bewahren, und ruft die Einsatzkräfte. Ist er mit einem Güterzug unterwegs, spart er sich die Durchsage. Minuten später findet man zwischen den Gleisen verstreute Körperteile des Selbstmörders. Gelegentlich ist er durch die Nähe seines Hauses der erste Bulle am Tatort. In der Regel erwartet ihn eine ziemliche Schweinerei. Dort ein Finger und da ein Bein, und auf den Rädern kleben die inneren Organe. Einmal brachte ihm ein Kalb von einem Hund schwanzwedelnd einen Unterarm samt Hand entgegen. Auf dem Armgelenk befand sich sogar noch eine tickende Armbanduhr.

Glamser schaut auf die Uhr. Die Sonne wird bald untergehen. Mit dem Schwimmen wird es nichts mehr. Wieder einmal hat er die ganze Zeit verplempert.

Herta winkt bereits mit einem Geschirrtuch aus dem geöffneten Fenster. In ihrem Gesicht zeigt sich die Neugierde, die man hat, wenn der Partner vom ersten Arbeitstag in seinem neuen Job nach Hause kommt. Glamser winkt mit dem Ellbogen zurück. Der Geruch von Essen zieht an seiner Nase vorbei. Er atmet tief ein, hält die Luft an, schließt kurz die Augen. Eine Sekunde noch Kind sein. Jetzt atmet er aus. Heut gibt's Wienerschnitzel mit Bratkartoffeln. Das ist sein Lieblingsessen. Das hat er sich gewünscht. So sehr hat er sich auf diesen Tag gefreut.

In jeder anständigen Beziehung wird beim Essen gestritten.

„Na, wie war's?«, fragt ihn Herta mit beschwingter Stimme. Herta ist ein Phänomen. Im Grunde schon deshalb, weil sie es schafft, seit über 25 Jahren mit ihm das Bett zu teilen. Aber das nur nebenbei. Jetzt gerade schafft sie es, drei Dinge gleichzeitig zu tun: Sie fragt ihn, wie der erste Arbeitstag bei der Kripo gelaufen ist, stellt dazu die Suppe auf den Tisch und wirft zugleich einen Blick zu den Schnitzeln auf der Feuerstelle, die es nicht zu heiß bekommen dürfen. Seine Bewunderung für ihr Geschick behält er wie üblich für sich.

»Ja«, antwortet Glamser, »der erste Arbeitstag halt.«

»Oh je!«, antwortet Herta, aber so emotional, dass es wie ein »Oh Yea!« eines englischsprachigen Rockstars beim Opener seines Konzerts klingen könnte. »Oh Yea. Mein Tag war beschissen!« Fast muss er lachen.

Glamser schneidet das Fleisch. Er hat die Angewohnheit, sich zuerst an die Ränder ranzumachen und sich bis in die Mitte vorzuarbeiten. Ein Indiz, dass ihm das Essen schmeckt. Herta nimmt sein Getue wohlwollend zur Kenntnis. Kann ja alles so schlimm nicht sein!

»Also erzähl.«

»Da gibt es eine Neue.«

»Was?«

»Nein, nicht wie du denkst«, antwortet Glamser beschwichtigend, aber vor lauter Absurdität mit einem Lächeln auf dem Gesicht. »Nicht in meinem Leben, sondern im Revier gibt es eine Neue. Die kommt nicht von hier und hat heute gleich wie ich den ersten Arbeitstag gehabt.«

»Aha. Und wie heißt sie?«

»Handlos.«

»Wie bitte?«

»Handlos.«

»Aha. Und einen Vornamen hat die auch noch?«

»Mona.«

»Wie?«

»Monika.«

»Und wie schaut sie aus?«

»Herta, bitte lass mich essen«, bremst Glamser sie ein. Die Handlos – mittelgroß, dunkelhaarig, braune Augen, schlank, sportliches Auftreten. Das bringt doch nichts! Wenn er sich jetzt noch verplappert, ist Herta den ganzen Abend angefressen. Das hätte ihm gerade noch gefehlt.

»So gut schaut sie also aus, dass du nicht einmal ein Wort darüber verlierst?«

In Glamser steigt die Wut hoch. Natürlich schaut sie nicht schlecht aus. Und wenn schon! Er hat die Handlos ja nicht bestellt! Sie ist ihm zugeteilt worden. Basta!

»Sie schaut durchschnittlich aus, wenn du darauf hinauswillst. Außerdem ist sie 20 Jahre jünger als ich.«

»Was heißt hier außerdem?«, fragt Herta nach und holt sich ebenfalls ein Bier.

»Ja, nichts, ich mein, Mensch!«, faucht Glamser sie an. Er legt das Besteck zurück auf die cremefarbene Damastserviette und schaut ihr ins Gesicht. Herta schaut absichtlich an ihm vorbei.

Hey Joe, du würdest sicher sagen, ich soll meinen Mund halten, bevor ich mir noch mehr Eigentore schieße, oder?

»Lass gut sein, Herta. Für solche Spielchen sind wir schon ein bisschen zu alt.« Ob er will oder nicht, er hat sie empfindlich getroffen. Frauen und das Alter, eine schwierige Angelegenheit, so schwierig, dass eine gesamte Industrie davon lebt.

Glamser schenkt sich sein Glas voll, greift wieder nach seinem Besteck und würgt den nächsten Bissen runter. Pro Bissen schluckt er auch einen Teil seiner Wut.

»Der Handlos hab ich Bregenz zeigen müssen. Die Innenstadt, die Seeanlagen, den Hafen und die Festspiele. Und das war mein Tag.«

Glamser ist mit dem Essen fertig, legt sein Besteck auf den Teller, fein säuberlich, Gabel neben Messer, und ballt eine Faust. »Verdammter Mist!«

Herta nimmt ihn an der Hand, nein, sie ist noch behutsamer. Sie legt ihre Hand auf seine Faust. Sie passt sich wunderbar seinen Knöcheln, seinen Sehnen und seinen Unebenheiten an. Glamser wirft einen kurzen Blick auf die beiden Hände und schaut ihr in die Augen. »Die wollen mich nicht, verstehst du?«

»Erich, ich glaube du übertreibst wieder einmal. Du bist ein wahrer Übertreibungskünstler.«

»Nein, ich übertreibe nicht!«, antwortet Glamser erbost und zieht seine Hand zurück.

Natürlich weiß er, dass er seinen ersten Tag bei der Kripo nicht über die nächsten 20 Berufsjahre stülpen kann, aber ein bisserl was Sinnvolleres hätt schon rausschauen können. Den ersten Arbeitstag merkt man sich ganz einfach. Den ersten Arbeitstag als Streifenbulle hat er auch noch im Kopf. 35 Mandate hat er damals geschrieben. Bis heute hat ihm das keiner nachgemacht! Heute hat er der Handlos Bregenz gezeigt. Das wird ihm wahrscheinlich auch so bald keiner nachmachen. Aber das kann doch alles nicht so schlimm sein. Oder doch? Warum geht es ihm nicht gut? Warum denkt er immer, dass es in der Vergangenheit besser war und in der Zukunft besser sein wird, und dass nur die Zeit, die man durchläuft, ganz einfach beschissen ist? Dann müsste doch das ganze Leben beschissen sein, und das Spiel mit Vergangenheit und Zukunft nur Lug und Trug, nicht? Glamser trinkt sein Bier aus. Und plötzlich hat er bei seiner Kathedrale vorbeischauen müssen! Mitsamt der Handlos! Aber was sollte er sonst machen? Wenn die Götter rufen, muss der Hirte kommen.

Warum Glamser seinem neuen Weggefährten Alexander von Schönburg zwiespältig gegenübersteht.

Er geht zu seinem Meerschweinkäfig und steckt Mini eine Karotte zu. Eigentlich hat Mini Minerva geheißen, aber Minerva klingt ein bisschen zu behäbig, und im Grunde passt Mini besser zu einem Meerschwein als Minerva, weil groß ist Mini wirklich nicht. Das schwarzweiße Viecherl mit den braunen Pratzen und den großen Augen dreht sich einmal im Kreis, bevor es sich der Möhre nähert. Geschenkt bekommen hat er die Meersau von einer alten Dame, die ins Altersheim musste. Die alte Dame ist mittlerweile tot, und Mini lebt noch immer. So ist das im Leben einer Meersau, denkt sich Glamser. Ein stetiges Kommen und Gehen. Mini schnuppert zaghaft an der Möhre, dreht sich nochmals um die eigene Achse und knabbert die Wurzel nun endlich an. Glamser überrascht ihr Zögern nicht. An sich frisst sie lieber alles, was grün ist. Rot und orange meidet sie. Er hält seinen Zeigefinger auf die Karotte und spürt, wie Mini daran knabbert. Die Vibrationen sind angenehm, Glamser muss aufpassen, dass er nicht im Stehen einschläft.

Der Bulle geht zum Kühlschrank und holt sich ein Bier. Instinktiv greift er zu seiner Hosentasche. Er hat kein Feuerzeug mehr eingesteckt. Heute Morgen hat er zum Rauchen aufgehört. Zur Kripo als Nichtraucher, das war die Prämisse. Aber sonst kümmert das keine Sau. Nicht die Götter im Himmel, nicht das Fleisch auf Erden. Das wird er sich merken! Nächstes Mal hält er sich an nichts, und die anderen funktionieren wie am Schnürchen!

Er klappt seine Aktentasche auf und schaut sich verstohlen um. Wie ein Junge ein Porno zieht er einen 150 Seiten starken Nichtraucherratgeber heraus. Er geniert sich dafür, nicht Manns genug zu sein, einfach ohne Hilfsmittel mit dem Rauchen aufhören zu können. Alexander von Schönburg, »Der fröhliche Nichtraucher«. Na Scheiße, was hat er sich denn da gekauft! Am Cover ein Wölkchen und über dem Wölkchen der grenzenlos blaue Himmel. Den ganzen Tag hat er sich unter Kontrolle, wahrscheinlich weil die Aufregung, berufliches Neuland zu betreten, größer ist als der Nikotinentzug, und kaum nimmt er ein Nichtraucherbüchl in die Hand, spürt er auch schon den Entzug. Das Leben ist pervers!

Glamser bewegt seine Lippen. »Wie man gut gelaunt mit dem Rauchen aufhört.« Dieser knallrote Cover-Slogan ist zwischen die harmlosen Schäfchenwolken platziert worden.

»Na hoffentlich geht die Wolke nicht mitsamt der frommen Botschaft in Luft auf, Mini, was?«, ätzt der Bulle. Er schaut sich den Buchrücken an. Dieser Alexander Graf von Schönburg, ja, das ist ja ein Burli! Und dem soll er was glauben? Er schaut rein: Sechste Auflage. Langsam steigt seine Achtung vor dem Herrn Grafen. Er schnüffelt kurz an der Druckerschwärze. Der Geruch ist auszuhalten. Um ehrlich zu sein, es riecht sehr gut, sehr neu, sehr aufregend. Glamser blättert durch das Buch, bleibt bei einem Satz hängen.

„Eine Zigarette ist eine zu viel und tausend sind niemals genug«. Den Spruch hat er schon einmal wo aufgeschnappt, und da steht's auch gleich geschrieben: Das ist der abgewandelte Leitspruch der anonymen Alkoholiker. Richtig! Den sprechen die Alkis ja immer, wenn sie im Kreis hocken und ein Treffen dem Ende zugeht. Hat er einmal in einer Doku gesehen. Aber der Spruch hat was, da steckt schon viel Wahrheit drin, muss er sich eingestehen. Immerhin, der Typ ist zwar noch ein Schnösel, aber bitte, besser so ein Ratgeber als einer, wo schon am Cover die Zigarettenschachteln zerfetzt werden. Da ist ihm der harmlose Wolkenhimmel schon lieber.

O.k., soll dies die nächsten Wochen sein Begleiter sein, warum auch nicht. Er hat doch eh nie einen Einwand gehabt! Er doch nicht! Die Toleranz in Person! Außerdem, es liegt gut in der Hand, fast so wie eine Schachtel Tschick. Er hört Schritte und lässt den Ratgeber zurück in die Tasche gleiten. Gerade noch rechtzeitig. Herta steht vor ihm.

Sie geht zu ihm und nimmt ihn an den Händen: »Das hab ich dir ganz vergessen zu sagen: Bin sehr stolz auf dich, dass du zum Rauchen aufhörst. Wirklich. Und das einfach so, aus dem Handgelenk, super, wirklich bewundernswert. Und ganz ohne Hilfsmittel?«

Glamser nimmt sie in die Arme. »Kennst mich ja. Ein Mann, ein Wort. Entweder rauch ich, oder ich lass es sein. Aus. Was muss ich da viel herumtun. Ich bin der fröhliche Nichtraucher.« Mini springt verzweifelt an den Käfiggitterstäben hoch und schnuppert in die Luft. Vielleicht will sie ihn aber nur warnen, nicht noch mehr Gewichte auf die Stange zu schieben.

Dieses Mal wird es dunkel, und das ziemlich ganz.

Und bummmm!
 Tiefe Nacht, und Glamser wirft es aus den Federn. Ein Riesenkrach. Eine Explosion. Die Fenster sind im Arsch, zumindest auf der Rückseite des Hauses. Im Grunde waren sie es eh schon vor dem Krawall, aber das muss ja keiner wissen. Wird ein Fall für die Versicherung, höhnt er. Der Höllenlärm kommt von der Bahn hinter dem Haus. Glamser läuft ins Freie. Das ist irre! Irre! Ein Selbstmörder? Pah, dass er nicht lacht! Der ganze Bahndamm steht in Flammen, als wäre er eine Hollywood-Attrappe. Eine Feuerwand vor seinen nächtlich schwarzen Obstbäumen. Und heiß ist es! Eine gottverdammte Hitze, und dazu noch ein beißender Schmerz im Rachen. Scheiße, die Bahn brennt! Und den Geruch, den kennt er auch. Verdammt, das ist Plastik! Semtex! Plastiksprengstoff! Gottverdammtnocheinmal, das ist Semtex! Er zittert am ganzen Körper, will laufen, bleibt wie angewurzelt stehen, reißt die Faust in die Luft und schimpft dabei gegen den Himmel. »Ich wollt dass es kracht, aber nicht so, ihr Idioten, nicht so! Müsst ihr immer alles falsch verstehen! Ihr Idioten! So doof können nur die Götter sein!«

Schnell zurück ins Haus, Licht, überall Licht! Schnell ans Handy.
 »Herta, schau nach der Mini! Ist mit der Mini alles in Ordnung?! Ich ruf die Feuerwehr und die Bullen!«
 Herta öffnet das Gitter und fährt mit der Hand in die Höhle. »Sie lebt, sie lebt!«, schreit Herta zurück. »Das arme kleine Ding hat sich vor lauter Lärm nur verkrochen.«
 Glamser nickt, hält sich dabei kämpferisch am Türstock fest, stößt sich ab und ist schon wieder im Freien.
 Beißender Rauch kommt ihm entgegen und frisst sich in sein Gesicht. Er läuft in den hinteren Garten und schaut auf die bedrohliche Feuersbrunst. Die Waggons müssen Feuer gefangen haben, eine Treibstoffexplosion, aber zuvor, das war doch Plastik, oder? Er kennt sich selber nicht

mehr aus, scheißegal! Endlich ist in dem Kaff was los! Und das vor seiner Haustür! Er steht in seinen Boxershorts mit roten Tupfen, Flip-Flops, einem weißen T-Shirt und filmt alles auf seiner handgroßen Videokamera mit. Wie ein Badetourist im Urlaub, der ein hurtiges Katastrophenvideo fabriziert, mit dem Hintergedanken, viel Geld damit zu verdienen. Aber er ist Bulle. Was würden die Kollegen von ihm halten, wenn er nicht alles sofort dokumentieren würde. Vielleicht geht ja Beweismaterial in den Flammen verloren!

Glamser macht mit der Kamera einen Schwenk nach rechts und hat seinen Nachbar im Visier. Der Neuper in Nahaufnahme. Der reiche Neuper! Der mit der Neubauvilla, den Schirmakazien aus Kenia, dem Lindpointner, dem Polo-Pferd in Irland und einem Swimmingpool, den er sich in Form einer Leber eingießen hat lassen. Das ist im Grunde die wahre Katastrophe! Der reiche Neuper im orangen Licht der Feuersbrunst. Eine Katastrophe. Neuper ist immer eine Katastrophe. Glamser nimmt die Kamera von seinem Auge und deutet ihm, zurückzugehen. So lässig hat sich Glamser schon lange nicht mehr gefühlt.

Hey Joe, der Neuper soll sich schleichen, dort wo's kracht, hat der Wohlstandsheini nix verloren! Neuper, mach Meter, du Sack!

»Was ist hier los, Glamser!«, ruft Neuper.
»Bumm, bumm!«, bleibt Glamser einsilbig.
»Jetzt komm schon, lass mich nicht blöd sterben! Du bist Bulle, du weißt, was läuft!«
»Bumm, bumm!«, wiederholt sich Glamser und findet das absolut genial, seinen Nachbarn, den Millionär, blöd sterben zu lassen. Sterben? Glamser schluckt. So wortwörtlich hat er das nicht gemeint.
Gekonnt wirft Neuper seinen blonden Scheitel zurück, natürlich bleibt das Haar perfekt liegen, wie bei einer Werbeeinschaltung für den Dreiwettertaft. Kein Haar fällt ins Gesicht zurück, als ob er ganz genau

wüsste, wie und wann er sein Haar aus dem Gesicht streichen soll, wann er auf die Uhr schauen muss, und, und, und. Ganz einfach, wann er welchen Schritt zu setzen hat.

Hokuspokus, blink! Funktioniert nicht, noch einmal. Hokuspokus, blink! Gott im Himmel, wie soll es mit den großen Erfolgen was werden, wenn es schon mit den kleinen nichts wird! Schleich dich, Neuper, jetzt, bitte. Du kannst mir doch nicht noch den Moment meiner Momente versauern! Mach 'nen Abtritt! Mann, ich sag's dir! Hokuspokus, blink! Joe, hilf mir, verdammt noch einmal!

Aber nein, Glamser kann nicht zaubern, und es ist auch weit und breit kein Joe in Sicht. Neuper lässt sich nicht beeindrucken. Der Millionär bleibt und schaut. Und wie! Vielleicht hat Neuper alles inszenieren lassen, fragt sich Glamser, und kann dem Gedanken sogar ein Lächeln abgewinnen. Neupers weißes Valentino-Shirt sitzt, das Valentino Logo, ein großes eingekreistes V, klebt auf seinem Waschbrettbauch, seine safarifarbenen Bermudas und seine in der Feuersbrunst hell wirkenden Sneakers lassen in Glamser Staunen aufkommen. Neuper hätte heute sicher auch gewusst, was er zum Antritt bei der Kripo anziehen hätte sollen. Er schaut jetzt direkt in Glamsers Augen. Glamser geht einen Schritt zurück. Neuper beugt sich über den Zaun. Er runzelt die Stirn, presst die Lippen aneinander und formt vor seinem Gesicht seine Hände zu einem Trichter. In diesem Moment kracht es erneut. Beide gehen kurz in Deckung, stehen erneut auf. Jetzt trennt sie nur noch der Zaun. Neuper will Glamser etwas sagen, aber Glamser lässt ihn nicht zu Wort kommen.

»Neuper, geh zurück in dein Haus und lass alle Fenster verschlossen! Wir wissen nicht, welche Dämpfe das sind. Schalt den Regionalsender im Radio ein. Dort kommt die Entwarnung, oder ob andere Schritte nötig sind. Hau ab, jetzt!«

Neuper zuckt mit den Schultern und rührt sich nicht vom Fleck. Eine Stichflamme und kurz darauf ein Hitzeschwall, der Glamser voll ins Gesicht fährt. Glamser schaut kurz zu Boden, schmiert den Schweiß von seiner Stirn in das T-Shirt. Auf dem T-Shirt haftet nun der schwarze Abdruck seiner Hand wie ein Kartoffeldruck, soviel Ruß ist also unterwegs. Glamser dreht sich um. Hinter den Fenstern steht Herta! Hält sie ihm etwa Mini entgegen!? Seine Frau ist ja irrer als er sich jemals gedacht hat. Mittlerweile ist in allen umliegenden Häusern Licht. Die Menschen schauen hinter verschlossenen Fenstern zu, werden von Lichtquellen von hinten beleuchtet und wirken von vorne wie dunkle Gestalten. Live dabei sind jedoch nur sein verrückter Nachbar und er.

Glamser geht nach vor zum Kirschbaum. Er muss Neuper hinter sich lassen. Weg mit ihm! Sein Ego duldet es nicht, wenn so eine Pflaume mit ihm auf gleicher Höhe ist. Außerdem wird ihm der dicke Baum Schutz geben. Glamser verbirgt seinen Körper hinter dem Baum und lugt nur mit seinem Kopf hervor. Wenn jetzt ein Waggon explodiert, werden sich die Metallteile in den Baum fressen und nicht in seinen Körper. Zum Glück kann er durch das Inferno Herta nicht hören, sie protestiert sicher, dass er sich den Flammen noch weiter nähert. Seine Augen leuchten, endlich ist in seinem scheiß Kaff was los. Vor ihm eine Gelbe Wand. Eine verdammt Gelbe Wand. Er schaut durch die Kamera und drückt auf Aufnahme. Einige Waggons und eine Lok stehen in Flammen. Einige weitere Waggons sind entgleist, liegen wie tote, weggebombte Tiere neben den Schienen. Zwei haben sich aneinander aufgestellt wie zwei ineinander verkeilte futuristische Kampfrösser.

Hoffentlich kein Gefahrengut! Glamser kann die Lage schwer einschätzen. Er kann auf den Waggons keine Gefahrenhinweistafeln erkennen. Aber die Inhaltsstoffe werden kaum gefährlich sein, sonst hätte es in diesen Momenten Neuper und ihn schon voll zerrissen, denkt er sarkastisch und spuckt den Ruß aus seinem Mund. Im Hintergrund hört er Sirenen. Polizei, Feuerwehr, Rettung. Oben erkennt er einen Hubschrauber. Der leuchtet nun den Schauplatz aus. Glamser winkt rauf. Seine Kollegen von früher! Neuper steht schon wieder neben ihm. Wirklich lästig, der Junge!

»Neuper, was gibt's?«, fragt Glamser in einem so scheißarroganten

Tonfall, dass es ihn selber überrascht.

»Ist im Grunde schon obsolet, Erich. Ich wollte dich vorhin nur fragen, wie lange das mit den Einsatzkräften dauert. Ich habe Feuerwehr, Rettung und Polizei gerufen.« Glamser schluckt. Er, der Kripobulle, hat ganz darauf vergessen, Hilfe anzufordern. Herta hat er davon noch erzählt, aber sein Handy steckt noch immer in der Hosentasche. Oh Gott, ist das peinlich!

Glamser verliert sich in den Flammen. Joe kommt ihm in den Sinn. Wie gerne hätte er diese aufregenden Momente mit seinem Kumpel geteilt. Was würde Joe dazu sagen? Scheiße, es ist wirklich zum Verrücktwerden, wo ist dieser Kerl bloß!

Er schärft wieder seinen Blick, starrt auf die Gelbe Wand, die die Waggons verschlingt und schließt die Augen. Er lässt die Kamera los und hält seine Zeige- und Mittelfinger gegen die Schläfen. Er konzentriert sich. Er muss sich das Bild einprägen. Die Flammen, die in die rabenschwarze Nacht emporzüngeln, die umgefallenen Waggons, der brennende Zug, das weggebrannte Gras und das wilde Getreide. Man wird ihn fragen, wie alles ausgesehen hat. Er ist ja immerhin bei der Kripo. Hat er sich denn nicht einen aufregenden ersten Arbeitstag gewünscht? Er schüttelt den Kopf, so blöde Gedanken kann auch nur er haben. Glamser sieht nun alles haargenau vor sich. Das Bild hat sich in sein Gedächtnis eingebrannt. Jetzt kann er wieder seine Augen öffnen. Ihm kommt die Explosion wie der letzte Absatz in einer großen Geschichte vor, in der man sich Zeile für Zeile zurücktasten muss, um sie zu begreifen.

Plötzlich ein Knall.
Um Glamser wird alles dunkel. Filmriss.
Hey Joe!
Am Ende weiß man überhaupt nichts. Nichts, außer Dunkelheit.
Haben nicht alle gesagt, man fliegt ins Licht?
Warum haben bloß alle gelogen?
Joe, sag was, rede mit mir, hilf mir!

I have a dream.

Ein grünes und ein rotes Pferd. Mit leuchtenden Augen und aufgeblähten Nüstern galoppieren sie aufeinander los, bremsen kurz ab, stellen sich auf die Hinterbeine und krachen dabei voll zusammen, als gäbe es kein Morgen. Dass sie sich nicht ineinander verkeilen liegt daran, dass sie immer wieder voneinander abprallen. So stark ist ihr Schwung, dass sie immer wieder voneinander zurückschnellen. Ihre Körper dröhnen. Aus ihren Nüstern bläst dunkler Rauch. Kurz ist alles vernebelt. Glamser ergötzt sich am Spektakel.

Der düstere Nebel verschwindet und Glamser wirft einen genaueren Blick auf die Pferde. Irgendetwas stimmt mit denen nicht! Genau! Die Pferde sind aus Metall, die Blechteile sind vernietet und verschweißt. Im Grunde sind es keine Pferde, es sind Lokomotiven in Pferdegestalt, die diesen Höllenlärm verursachen! Sie stehen auf der Bregenzer Seebühne. Sie nehmen sicher an einem Turnier teil! Es ist alles nur gespielt! Aber trotzdem ziehen ihn die Metallrösser in den Bann, als ginge es hier um Leben und Tod! Sie glänzen in ihren öligen Farben und krachen immer wieder zusammen. Interessant ist, dass keines der beiden zu verlieren vermag, denkt sich Glamser. Sie springen sich an, rutschen voneinander ab, machen dabei einen Höllenlärm, aber keines der beiden bekommt die Oberhand.

Erst jetzt bemerkt Glamser, dass er im Wasser steht. Das Wasser steigt. Bald reicht ihm das Wasser bis zum Hals! Glamser dreht sich um. Er befindet sich im Wassergraben, zwischen der Seebühne und der Tribüne. Der Publikumsraum ist verwaist. Außer einem Jungen, der sitzt auf einem der graugrünen Stühle. Er beobachtet Glamser und hat einen aufgeklappten schwarzen Laptop auf seinem Schoß. Sein punktgenau gezogener Scheitel, seine Hornbrille und seine parallel abgewinkelten Beine fallen Glamser auf. Glamser winkt ihm zu, aber der Junge reagiert nicht. Plötzlich wird Glamser wütend und versucht, den Jungen mit Wasser zu bespritzen. Was will der eingebildete Schnösel! Der Junge lässt sich nicht beeindrucken. Plötzlich sitzt neben dem Jungen seine Tochter. Die zwei reden miteinander. Das kommt ihm komisch vor. Glamser, voller Wut, bespritzt nun beide mit Wasser. Sie nehmen ihn aber nicht zur Kenntnis. Von der Bühne her kommt ein Tosen. Glamser dreht sich um. In dem Moment hat er auch den Jungen und seine Tochter schon wieder vergessen.

Die seitlich einfallende Sonne brennt Glamser ins Gesicht. Er weiß, dass er der Hitze nun die nächsten Stunden ausgeliefert ist. Übelkeit kommt hoch. Sein Hals brennt. Er braucht dringend Wasser. Plötzlich schauen ihm beide Rösser ins Gesicht. Haben sie ihn etwa erst jetzt entdeckt? Sie stampfen unruhig mit ihren Hinterbeinen. Zeit zu verduften. Aber eine unbekannte Kraft hält seine Beine fest, seine Beine, die Beine! Hallo! Hallo! Zu Hilfe, zu Hilfe! Hört ihn denn niemand! Glamser schlägt die Augen auf. Wo ist er? Und vor allem, was macht diese Frau an seinem Unterleib?!

»Hallo! Hallo! Zu Hilfe, zu Hilfe!«

Er muss geträumt haben. Seine Augen sind noch voll vom Licht fremder Welten, doch er hat keinen blassen Schimmer mehr davon.

Der philisterhafte Kurzhaarschnitt.

Warum weiß man denn, egal, wie lange man schläft, egal, wo man sich gerade befindet, sobald man erwacht, welche Tageszeit ist? Glamser schaut aus dem Fenster. Es muss Vormittag sein. Er weiß nicht, warum. Es ist einfach so.

Als die Frau im weißen Kittel und mit den zurückgebundenen Haaren seine Stimme hört, schreckt sie hoch. Sie will noch etwas sagen, tippt aber dann doch nur entzückt auf sein linkes Bein und läuft aus dem Zimmer.

‚Bring mir Wasser, ich verdurste!', will ihr Glamser noch nachschreien. Zu spät, die Klinke fällt ins Schloss. Glamser starrt auf die Zimmerdecke. Diese Quadrate mit den feinen Verästelungen, die man erst sieht, wenn man lange genug hinschaut, die kennt er noch allzu gut. Glamser schnauft. Scheiße, das gibt's ja nicht! Er ist im Spital gelandet. Und die Frau mit dem weißen Kittel und den zurückgebundenen Haaren ist nichts anderes als eine Krankenschwester. Früher, als Postengendarm, hat er vor der Tür die Prominenten bewacht, heute liegt er selber in so einem Krankenbett, ganz ohne prominent zu sein. Na, was fehlt ihm denn? Kurzer Check: Linkes Bein, rechtes Bein, Kreuz, Hand, Kopf, alles beweglich, nichts gelähmt, wunderbar. Erich Glamser, 48 Jahre alt, 14. Mai 1958 geboren. Verheiratet. Frau Herta. Mädchenname: Hämmerle. Eine Tochter: Sabine. Eine Meersau: Mini. Sein Verein: SC Bregenz vormals: Schwarz-Weiß Bregenz, gegründet 1903. Langzeitgedächtnis intakt.

Die Frau vorhin hat ausgeschaut wie eine philippinische Krankenschwester, und noch ein bisserl vorher hat er einen Traum gehabt. An den kann er sich leider nicht mehr erinnern, aber er weiß, dass er geträumt hat. Sein erster Gedanke nach dem Aufwachen: Warum weiß man immer, wie spät es ist? Kurzzeitgedächtnis intakt.

Der Himmel ist blau, in der Nacht scheint der Mond und vier Mal vier ist sechzehn. Grundsätzliches abstraktes Denken ist möglich. Nix hin in der Birn. Schwein gehabt! Also dann! Glamser kracht mit den Gelenken. Auf zu neuen Taten!

Aus dem Nichts wird der Hintergrund lebendig. Ein schmächtiger, junger Mann um die 20 kommt auf ihn zu. Glamser sieht seine steifen Arme in einem kurzärmeligen hellblauen Hemd baumeln, den Platz zwischen den Ärmeln werden sie wohl nie ausfüllen. Er bleibt vor Glamsers Bett stehen, nimmt ihm das Licht vorm Fenster. Noch bevor der Fremde etwas sagen kann, weiß Glamser: Junge, wir werden noch mächtig viel miteinander zu tun haben – er hat das so in seinem Urin, den er gerade in den Katheter lässt. Er weiß nicht, ob das gut ist.

»Ich stelle mich Ihnen kurz vor. Mein Name ist Mathias Neumann. Mathias mit einem t, dafür der Mann bei Neumann mit zwei n. Leicht zu merken, oder?«

Glamser staunt, Fassungslosigkeit beschleicht ihn. Er versteht nichts, gar nichts! Was macht dieses Bürschchen in seinem Zimmer?!

»Ich studiere Germanistik und Anglistik. Militärdienst bereits absolviert. Ich denke daran, einen Roman zu schreiben, einen Kriminalroman. Das wird nicht so aufwändig sein wie ein normaler Roman, Herr Glamser, machen Sie sich also keine Sorgen«, spricht der Junge, und plötzlich erscheint ein sagenhaft breites Lächeln auf seinem Gesicht, das tatsächlich seinen durch die Brillen vergrößerten Augen Konkurrenz macht. »Und heute sind Sie endlich erwacht!«

Er muss ein Spießer sein, denkt sich Glamser. Wer trägt heute noch so Steinzeitbrillen, wenn es Kontaktlinsen gibt? Das kann nur ein Spießer sein! Wer sonst trägt ein hellblaues Hemd und eine beige Schnürlsamthose bei 30° im Schatten. Zugegeben, im Spital ist es klimatisiert, aber normale Jungs tragen im Sommer T-Shirts und zerschlissene Jeans, die sie in der Nacht vor das Bett werfen und in die sie am nächsten Morgen wieder hineinschlüpfen! Normale Jungs glauben aber auch nicht, dass man nach einem Kaffeeplausch mit einem Bullen einen Krimi schreiben kann. Normale Jungs schreiben im Sommer irgendein Heftl voll und hauen es im Herbst in den Müll. Seine kurzen Haare und seine dicken Brillengläser lassen ihn sehr emsig erscheinen. Die großen braunen Augen dahinter nehmen sicher sehr viel wahr, spöttelt Glamser in sich hinein. Einer von der Sorte, die in der Schule immer als die Besserwisser dastehen und sogar am Wandertag mit den Professoren im Gleichschritt mitzockeln. Er streckt Glamser seine Hand entgegen. Glamser verweigert und schaut an ihm vorbei ins Leere. Man hätte ihn vorbereiten sollen! Vorbereiten! Man kann ihm ja nicht mir nichts, dir nichts einen Knallkopf ins Krankenzimmer stellen! Um die Ablehnung zu überspielen, streckt nun der Junge wie zufällig seine Arme aus, bis seine Fingergelenke krachen. Für einen Moment verdecken die Handflächen das Gesicht des jungen Mannes. Glamser versucht, ihm die Zunge zu zeigen, aber die klebt wie festgewachsen und gleichzeitig ausgedörrt am Gaumen fest.

»Also, ich hoffe, Sie sind wieder bei Sinnen, dann werden wir eine interessante Zeit miteinander verbringen, Herr Glamser. Sie schauen zumindest gesünder aus als vor drei Tagen«, antwortet der Kerl und verdreht dabei bedeutungsvoll seine Augen.

Glamser würde gerne protestieren. Was erlaubt sich der Rotzlöffel eigentlich! Und jetzt setzt sich der auch noch auf den Besucherstuhl neben seinem Krankenbett. Das ist ein Einschnitt in seine Intimsphäre! Sein Besucherstuhl gehört ihm! Da entscheidet er, wer drauf sitzen darf! Er, er und er allein. In Glamser zieht sich alles zusammen, er will sich schon Luft machen, da scheint der Junge auf dem Sessel in eine Nachdenklichkeit gefallen zu sein. Sein Mund ist halb geöffnet. Seine Hände liegen entspannt auf der Schnürlsamthose. Sein Blick geht ins Freie. Plötzlich gewinnt der Junge an Sympathie, ohne dafür etwas zu tun. Vielleicht die reinste Art des Sympathieerwerbs, denkt sich Glamser. Diese Einkehr, dieser Tiefsinn, das hat etwas. Hinter der aufbrausenden Gischt scheint sich ja ein tiefes stilles Wasser zu verstecken. So schnell, wie die Einsicht gekommen ist, verschwindet sie auch wieder. Der Typ dreht sich zu Glamser und öffnet seine Klappe.

»Entschuldigung, Herr Glamser, ich hab Sie vollkommen überrollt und absolut überfordert. Ich war schon so elektrisiert und voller Tatendrang, immerhin liegen Sie seit drei Tage hier wie ein toter Fisch auf dem Wasser. Es tut mir leid.«

Waah, Junge! Das war ganz genau die falsche Meldung, du Idiot! Du Knallkopf! Soll der Kerl doch bleiben wo der Pfeffer wächst! Götter, macht was! Verschont mich!

Warum hat es ausgerechnet ihn getroffen? Scheiße, warum gerade ihn?! Glamser atmet durch. Könnte ja mit jemandem anderen durch die Gegend koffern. Der Typ sagt es ihm nicht. Der Typ sagt überhaupt nichts mehr! Und Glamser bringt seinen Mund nicht auf, jedes Wort würde zu großen Schmerz bereiten. Er hat Schläuche in seinen Venen, über seinem Kopf baumelt der Tropf wie ein Damoklesschwert und sein Mund ist dem Austrocknen nahe. Er weiß nicht, wer dieser Typ ist, keine Ahnung, er hat den verfluchten Namen wieder vergessen. Glamser deutet ihm, dass er ziemlich rasch was zum Trinken braucht. Der Junge geht einige Schritte auf Glamser zu, setzt dabei eine gescheite Miene auf, als ob er die in den letzten Tagen von den vorbeizockelnden Ärzten abgeschaut hätte.

»Es wird schon wieder, Herr Glamser. Ich bin felsenfest davon überzeugt, dass es von nun an aufwärts gehen wird. Aber ich bin nicht befugt, Ihnen Wasser zu geben. Wer weiß, vielleicht enthält es Keime, die Ihnen jetzt nicht gut tun.«

Jetzt hör schon auf mit deinem scheiß Studentendeutsch und gib mir Wasser! Wasser! Was zum Saufen, aber rasch! Wie heißt du schnell? Neu- Neu- Neumann, genau, aber nicht der Neumann, oder?

»Im Übrigen können Sie mich Mathias nennen, wenn Ihnen das recht ist. Denken Sie sich eines, Herr Glamser: Mit Mathias geht die Sonne auf. Schön, was? Wir werden das schon schaffen!«

Was, wir?! Wir schaffen nicht, wenn, dann schaffe ich! Glamser glotzt ihn an, als hätte der Junge ihm einen Kübel Scheiße aufgesetzt. Nö, nö, nö. Du bist nicht Mathias Neumann, nicht der Mathias Neumann, sag das nicht! Aber schon legen sich in Glamser die Bilder aufeinander. Der

Alte und der Junge. Mit dem Alten verbindet ihn seine Jugend, ein bisschen zumindest. Das geht in einem Kaff wie Bregenz gar nicht anders.

»Ich sehe schon, Herr Glamser, langsam kombinieren Sie. Ja, ich bin der Sohn vom Halbleiter-Neumann. Dafür kann ich nichts und Sie schon gar nicht. Aber: Sie kriegen mich die ganzen Ferien nicht mehr los. So, und jetzt schaue ich einmal, ob die philippinische Krankenschwester den Voodoo-Priester einfliegen lässt oder tatsächlich einen Arzt holt«, antwortet der Junge, verlässt das Krankenzimmer und lässt zur Untermalung seines Witzes einen räuspernden Lacher durch seine zusammengepressten Lippen. Vom letzten Satz und dem Lacher kriegt Glamser nichts mehr mit. Seine Aufmerksamkeit gilt der Feststellung zuvor. Die ganzen Ferien hat er also den scheiß Typen am Hals! Glamser schließt die Augen. Zwei Monate Tiefschlaf, wie wäre das?

Der Halbleiter-Neumann, irgendwie findet er den ja auch noch witzig. Der hat vor 15 Jahren die Industriekabelfabrik seiner Eltern auf Halbleiter umgestellt und ist im Zuge der Computerisierung voll in die Umstellung auf siliciumhältige Halbleiter eingestiegen. In China und in Indien ist er an Global Playern beteiligt. Glamser hat aber keine Ahnung, an welchen Geschäften der Halbleiter-Neumann noch beteiligt ist, wie viele Aktien er besitzt und was er jemals mit seiner ganzen Kohle machen will. Auf alle Fälle ist er steinreich, eitel wie eine Wachtel im Frühsommer und versucht, nach altem Geld auszuschauen. In den Hügeln bei Bregenz gehört ihm eine alte Villa, mit all dem dazugehörigen Prunk. Aber Glamser will nicht unfair sein, umsonst ist seine Erfolgsstory nicht in jedem zweiten deutschsprachigen Wirtschaftsmagazin abgedruckt, und Namen wie »Halbleiter-Neumann«, die muss man sich hart erarbeiten. Dass ihm der Neumann samt Sohn gestohlen bleiben kann, ist eine andere Geschichte.

Glamser winselt, gut, dass ihn keiner hört! Der Typ hängt ihm ab heute an der Pelle, so viel ist fix. Dass dem Typen nix passieren darf, das ist wie das Amen im Gebet. Sprich, die nächsten zwei Monate gehen mit Scheinbeschäftigungen ab. Dafür hasst er ihn jetzt schon.

Die zweite Bombe löscht die erste aus.

Auf dem Sesselboden, dort wo vorhin noch der Kurzhaarschnitt seinen Arsch raufdrückte, entdeckt Glamser eine zusammengefaltete Zeitung. Die Headline ist nur halb erkennbar. »Attentat! Jetzt kommt der Isl …«. Jetzt kommt der Isl …, genau bei diesem Wort ist die Zeitung zusammengefaltet. Islam, was sonst? Attentat! Attacke! Jetzt kommt der Islam! Und Glamser hat es gewusst! Der Islam. Glamser streckt sich, das müsste sich trotz Katheter und Tropf ausgehen. Er macht einen Dreher nach rechts und die Geräte schwenken mit. Er schnappt sich die Zeitung. Es ist ein auflagenstarkes österreichisches Kleinformat. »Attentat, jetzt kommt der Islam!« Na bitte.

Es ist ihm fast peinlich, aber zuerst blättert er durch die Zeitung, ob er sein Konterfei wo abgebildet sieht, erst dann widmet er sich dem Inhalt. Da! Unten in der Ecke der Zeitung zwei kleine Bilder, der brennende Bahndamm und im zweiten Bild er! Auf der Bahre! Die Bildunterschrift: »Der erste Anschlag galt der Bahn: Durch Zufall Katastrophe verhindert. An sich hätte der Anschlag dem ausgebuchten Zug nach Paris gelten sollen.« Zweite Bildunterschrift: »Terroropfer durch Glück überlebt!« Im Hintergrund Neupers besorgter Kopf und rechts, das ist der Arm von Herta. Glamser blättert weiter …

Jemand hat das italienische Honorarkonsulat in Bregenz in die Luft gejagt! Glamser schaut auf das Datum der Zeitung, die ist von gestern. 15 Tote, 13 davon italienische Staatsbürger, 2 aus Liechtenstein.

… Krisengipfel im Innenministerium … Regierungsklausur für heute einberaumt … Selbstmordattentat … ein italienischer Moslem … die Identität ist sichergestellt … radikal-islamisch motiviert … der Background: Berlusconi gewinnt die vorgezogenen Parlamentswahlen in Italien, bringt den Regierungsantrag ein, dass nur noch Christen in Italien Asyl bekommen sollen … die EU steht Kopf, solche Gesetzte darf es nicht geben … Berlusconi droht mit dem Ausstieg aus der EU … Berlusconi im Bild vor der weggesprengten Botschaft … kündigt so nebenbei an, an seinem Plan, zur Festspieleröffnung nach Bregenz zu kommen, festzuhalten ... das sei schon lange geplant ... er wollte ursprünglich als Privatmann kommen ... jetzt kommt er als Ministerpräsident, als Italiener, als Freund und natürlich als Christ ... er werde den österreichischen Behörden italienische Spezialisten zur Seite stellen, damit hier was weitergehe ... Österreich steht ja kurz vor der Wahl, da geht ja sonst nichts weiter ... Berlusconi drängt den österreichischen Innenminister an die Wand: ein Attentat, wo Italiener sterben, sei keine österreichische Angelegenheit, außerdem ist das Konsulat italienisches Hoheitsgebiet ... Treffen der Außenminister von Italien und Österreich ... bilaterale Beziehungen bleiben selbstverständlich aufrecht ... es ist ein Erfahrungsaustausch der Terrorbekämpfungseinheiten beider Nationen vereinbart worden ... eine mögliche Zusammenarbeit bleibt offen ... kurz dachte man daran, die Festspiele auszusetzen, aber die Kunst darf sich nicht dem Terror ergeben ... im Hintergrund des Attentats soll ein gewisser Funbomber stehen ... der organisiert Attentate ... wie auch das Attentat auf die Bahn ... alles ein und derselbe Mann im Hintergrund, der Funbomber, und der legt noch eines drauf: DIE BREGENZER FESTSPIELE SIND MEIN NÄCHSTES ZIEL! HEUER KEINE FESTPIELE! ICH SPRENGE MENSCH UND BÜHNE – DER FUNBOMBER!

Glamser legt die Zeitung weg. 15 Tote. Das ist hart. Er hat es schon in seinem Garten gewusst, wie viel es geschlagen hat! Das macht jetzt keinen der Toten mehr lebendig, aber zumindest ist er nicht falsch gelegen.

»Jetzt kommt der Islam! Vorarlberg muss wachsam sein! Eine Tragödie nimmt ihren Lauf. Und als nächstes kippt der Funbomber auch noch die Festspiele? Und warum gerade in Bregenz?«

Keiner weiß eine zielführende Antwort. Das auflagenstarke Wiener Kleinformat weiß aber, wie man auf diese Attentate reagieren muss: »Man sollte Berlusconis Regierungsantrag auch für Österreich prüfen, wenn schon nicht für die gesamte EU.« Toll! Glamser ist begeistert: So viel Blödheit in ein paar Zeilen! Aber sogar die zweite Bombe hat einen Vorteil: Er wird mit seinem Bahndamm hübsch in Ruhe gelassen werden.

Der erste Anschlag hat sich so gut wie in Luft aufgelöst – ein Anschlag auf die Festspiele würde sich wohl länger in den Medien halten.

Er stellt sich gerade bildhaft vor, wie das Bregenzer Festspielhaus in Flammen aufgeht, als sich die Tür zu seinem Zimmer öffnet. Glamser kann sich weder über Hugo Fels, seinen alten Bekannten und zugleich Chefarzt, noch über Herta freuen, denn natürlich lugt dahinter gleich wieder der Kurzhaarschnitt hervor!

Komisch. An sich ist er der, der den Wagen lenkt, aber Herta lässt es sich nicht nehmen, ihn die paar Meter nach Hause zu kutschieren. Ist vielleicht eh besser, denkt sich Glamser, kann er sich besser auf das neue Gesicht von Bregenz konzentrieren. An jedem dritten Fenster hängt eine schwarze Fahne, das ist vielleicht übertrieben, aber es gibt keine Straße, wo keine schwarze Fahne aus dem Fenster hängt. Manche haben sich sogar die Arbeit gemacht, eigene Fahnen zu nähen. Hier wird die italienische Trikolore halbiert. Auf der halben Fahne sind die italienischen Nationalfarben zu sehen, die andere ist schwarz. Glamser wird es warm ums Herz. So viel Anteilnahme hätte er sich nicht erwartet. »Fahr mich bitte zum Konsulat«, bittet er Herta. Sie schaut kurz zu ihm, aber Glamser nickt ihr nur zu. Was sein muss, muss sein. Es hat keinen Sinn, sich aus der Realität zu verabschieden.

Wahrlich ein tragisches Bild. Kerzen über Kerzen, Bilder der Verstorbenen, Marienbilder, Blumen, sogar Stofftiere. Momente, die man ansonsten nur aus den Nachrichten kennt. Glamser bekommt eine Teufelswut. Was will der Funbomber eigentlich?! Der gehört vor dem Festspielhaus aufgehängt und so lange hängengelassen, bis ihn die Raben und Krähen bis auf die Knochen abgenagt haben.

»Und jetzt zum Festspielhaus.«

»Gerne, Herr Kommissar, das habe ich mir schon gedacht«, antwortet Herta und zwinkert ihm zu. Erst jetzt kommt es Glamser, dass er seine Frau behandelt, als sei sie eine Politesse und er der Kommissar, der sich herumkutschieren lässt.

Die Festspiele, klar, dass der Halunke sich als nächstes Ziel das wohl lebendigste Wahrzeichen der Stadt aussucht. Immerhin gab es die Festspiele schon, da war er noch gar nicht auf der Welt.

»... Das Opernspektakel zieht jeden Abend rund 7000 Besucher an, viele davon kommen aus dem Ausland. Kaum zu glauben, wenn man einen Blick in die Anfangsjahre der Bregenzer Festspiele wirft: In den Trümmern des Zweiten Weltkriegs, 1946, wurde die Idee von einer Art Bregenzer Festwoche geboren. Auf zwei im See verankerten Kieskähne, spielte man Mozarts Frühwerk Bastien und Bastienne. Aber man wollte schon immer hoch hinaus, so hob man bereits 1949 eine Holzarena aus der Taufe, die schon damals 6400 Besuchern Platz bot. Seit diesem Jahr darf man sich als größte Seebühne der Welt bezeichnen. Bis heute ein treuer Begleiter sind die Wiener Symphoniker. Stars wie die Dirigenten Clemens Kraus oder Karl Böhm ebneten den steinigen Weg zur kulturellen Spitze.

So richtig durchgestartet hat man aber im Sommer 1980. Zur stetig modernisierten Festspielbühne kam ein eigenes Festspielhaus hinzu, also konnte man bei Schlechtwetter die Produktionen ins Haus verlegen. Im Zuge dessen entwickelte sich so etwas wie eine ‚Bregenzer-Freilichtbühnen-Ästhetik'. Je opulenter die Bühne, desto stärker das Besucher- und Medienecho. Ein gläserner Wolkenkratzer in Bernsteins West Side Story, eine blutrote feuerspuckende Ölraffinerie in Verdis Il Trovatore, oder eine überdimensionale Kaffeehaussituation bei Puccinis La Bohème: Bilder, die zum Sommerauftakt gerne in internationalen Magazinen gezeigt werden. Auch die Fachwelt zeigt sich angetan: Die Bühne zu Verdis Maskenball, ein dunkles Skelett, welches sich aus dem See erhebt und bedrohlich die Zähne bleckt, wurde vom Deutschen Magazin ‚Opernwelt' zum Bühnenbild des Jahres gewählt. Dementsprechende Erfolge sorgen für einen dementsprechenden Publikumsstrom aus dem In- und Ausland. Mit Verdis Nabucco durchbrach man 1993/94 erstmalig die ‚Schallmauer' von 300.000 Besuchern.

Mit der Kulisse der seit 2007 laufenden Tosca hat man ebenso voll ins Schwarze getroffen. Die ‚Augenwand' welche ein riesiges aufklappbares Auge im Zentrum hat, sorgt für internationale Furore. Am ersten Höhepunkt in der Tosca, im Te Deum, klappt sich die Iris des Auges auf und zwischen gelben und weißen Nebeln steigt eine Heerschar von Priestern heraus. Hier trifft man genau die Erwartungen des Publikums:

Höchste optische Anreize gepaart mit den virtuos aufspielenden Wiener Philharmonikern und dazu das Drama auf der Bühne. Kaum ist das Te Deum beendet, treten die Schauspieler wieder in den Vordergrund. Die Iris bleibt geöffnet und der Besucher sieht die in der Abenddämmerung aufflackernden Lichter der Bodenseestadt Lindau. Bilder, die man sehr lange im Kopf behält.

Aber der Ruf der spektakulären Freilichtbühne ist längst über die Opernfans hinausgegangen. Die ‚Augenwand' mit ihren technischen Möglichkeiten wird Teil des neuen James Bond sein. Einige Tage lang wurde ‚Im Auftrag Ihrer Majestät' eine aufwändige Verfolgungsjagd für den neuen Bond ‚Quantum of Solace' mit der vollen Tosca-Besetzung abgedreht. Regisseur Marc Forster und James Bond Darsteller Daniel Craig zeigten sich von der Bühne und den technischen Möglichkeiten beeindruckt. ...«

Glamser staunt. Er wird die Sätze über die Festspiele wohl nie mehr aus dem Kopf kriegen. Er hat sie auswendig gelernt, um als Streifenpolizist die Gäste zu beeindrucken. Gelegentlich ist er bei der Seebühne gestanden, da war es gut, wenn man ein bisschen was gewusst hat. Er war auch der Bulle, der bei den Promis zum Einsatz kam. Irgendwas hat er ihnen noch immer von den Festspielen erzählen können, was sie nicht gewusst haben. Er weiß also Bescheid.

Und das soll nun vorbei sein, nur weil ein Irrer die Festspiele sprengen will. Glamser kann es nicht fassen! Doch als sie gerade von der Brücke über den Bahnhof fahren, um rechts zum Festspielparkplatz abzubiegen, halten zwei Streifenbullen auf Motorrädern gerade einen Franzosen auf und machen eine Fahrzeugkontrolle. Eine Stadt kann sich in Stunden verwandeln, denkt sich Glamser. Der Funbomber muss möglichst schnell geschnappt werden, sonst nimmt der Spuk hier so schnell kein Ende. Die Vorarlberger sind mächtig heiß, den Funbomber hängen zu sehen. Aber vielleicht ist der Irre gerade darauf aus? Das wird für Stunk sorgen, vermutet Glamser.

»Fahr weiter«, bittet er Herta. Sie schaut ihn verwundert an und gibt Gas. »Dann halt keine Festspiele!«, meint sie. Glamser bleibt ihr eine Antwort schuldig.

Die Kirsche, der Ast und der Holzarm.

Jetzt ist er informiert. Er beobachtet Mini, wie sie unter dem Sonnenschirm, geschützt vor der stechenden Hitze, durch das Gras wieselt. Hinter seinem Haus hatte sich ein selbsternannter Radikal-Prediger einen Dynamitgürtel umgeschnallt und in die Luft gejagt. O.k., räumt Glamser ein, es war kein Plastiksprengstoff, wie er vermutet hat, aber Dynamit kommt der ganzen Sache auch sehr nahe. Der Irre hat sich einfach vor einen heranrasenden Zug geworfen und dann – bumm! Viel bumm!

Glamser wirft unter der brodelnden Sonne einen Blick auf die Geleise. Das Licht flirrt. Die Schienen beginnen, sich wie träge Schlangen zu bewegen. Die weggebombten Teile sind gegen neue ausgewechselt worden. Blank blitzen sie ihm entgegen. Sie schauen im Vergleich zu den rostbraunen Schienen, an die sie anschließen, fast wie gefährliche Hochtechnologie aus. Der Bombentrichter ist begradigt, frische Steine sind aufgeschüttet. Außerdem hat man das Unkraut gemäht und frische Grasziegel verlegt. Dieser kleine Abschnitt sieht aus wie ein Bauteil einer Modelleisenbahn, amüsiert sich Glamser und bekommt gleich ein schlechtes Gewissen, als er ein weißes Holzkreuz entdeckt. Es ist nicht geschmückt, keine einzige Blume deutet darauf hin, dass man auch mit dem Irren, der sich hier in die Luft gesprengt hat, Anteilnahme hat. Weit hinten steht ein weißes Holzkreuz für den Lokführer, um das Kreuz herum haben sich Blumen und Kerzen angesammelt, so viele, dass Glamser im ersten Augenblick gar nicht das Kreuz erkannt hätte. Glamser bekreuzigt sich, für beide, auch für den Irren, der sich in die Luft gesprengt hat.

Glamser schüttelt den Kopf. Der Funbomber hat angegeben, dass die Explosion den Zug nach Paris erwischen hätte sollen, der sonst immer um diese Uhrzeit verkehrt. Als Rache dafür, dass Frankreich den EU-Vorsitz innehabe und Sarkozy bei der letzten Nahostverhandlung alle Forderungen der Hamas zurückgewiesen habe. Das Muster der Anschläge ist ident, auch die chemische Zusammensetzung des Brennstoffs, hat das Innenministerium in einer Presseaussendung mitgeteilt. Die Itaker bauen

Scheiße und in Bregenz geht das Konsulat in die Luft. Die Franzmänner bauen Scheiße und bei ihm hinter dem Haus wirft es die Waggons durch die Luft, als ob sie sich in »Die Hard« mit Bruce Willis befinden. Was hätte Bond wohl gemacht, fragt sich Glamser? Einen Teil für den neuen Bond haben sie ja im Frühling auf der Seebühne abgedreht. Von einem idiotischen Ast wäre der vermutlich nicht außer Gefecht gesetzt worden. Bruce Willis vielleicht schon.

Glamser schaut wieder auf die Bahngeleise. Die Voruntersuchungen sind abgeschlossen, einzig die Signalbänder der Polizei, die das Areal sperren, erinnern noch an die Nacht der Nächte: Als das Zeug hochging, die Waggons explodierten, ihnen die Schrauben um die Köpfe flogen, die Nacht zum Tag wurde, und er, der Supersheriff, den Ast abbekam. Ab morgen verkehrt die Bahn wieder. In einigen Tagen ist Festspieleröffnung. Die hohe Politik hat sich per Bahn angekündigt. Man darf sich dem Terrorismus nicht beugen, hat es geheißen. »Man fährt wieder Bahn!«, ätzt Glamser.

Er dreht sich um und steht nun vor dem Corpus Delicti. Der Ast war ein ganz schönes Bröckchen, hatte den Durchmesser von seinem Schädel, denn er war einer der unteren schweren Äste gewesen. Ein Stück Metall soll durch den Baum gegangen sein, hat zwei Drittel vom Ast erwischt. Das letzte Drittel fiel der Schwerkraft zum Opfer. Wo das Ding hin ist, weiß niemand, so steht es zumindest in dem Befund, es soll aber die Größe von einem Diskus gehabt haben. Das Metall ist durch den Ast gegangen wie durch Butter, das war so scharf wie ein Rasiermesser. Das war wie eine Axt, die man bei voller Geschwindigkeit aus dem Autofenster hält. Glamser muss sich einbremsen, Superlative helfen jetzt auch nicht weiter. Glamser läuft es kalt dem Rücken runter. Dieses Teil hätte ihn wie nichts skalpiert. Wäre der Einschlagwinkel nur ein Grad anders gewesen, er hätte kein hübsches Kopferl mehr.

Der Baum tut ihm leid. Der Riese sieht ziemlich unförmig aus. Auf der anderen Seite wächst noch ein ähnlich breiter Ast, aber auf der Seite, wo Glamser nun steht, fehlt der Ast. Im Stamm klafft ein Loch. Frisches

Kirschholz. Das Holz ist teilweise rosa, rot und braun gefasert. Das Mark ist cremefarben und weiß. An den Rändern haben sich kleine Harzpunkte gebildet. Die schauen wie Honig aus. Glamser wendet seinen Blick ab, sogar für den scheiß Baum fühlt er sich verantwortlich, das ist ja nicht zu fassen! Er muss nachfragen, ob die Bullen alle Untersuchungen abgeschlossen haben, dann kann er die offene Stelle mit Baumwachs frisch versiegeln. Vielleicht sollte er den Baum ein zweites Mal veredeln, dann hat er zur Erinnerung an dieses denkwürdige Ereignis im nächsten Sommer eine zweite Sorte Kirschen am Baum. Aber der alte Baum trägt schon länger als er denken kann Herzkirschen, der wird sich auch nicht mehr ändern.

Glamser ertappt sich dabei, wie er sich aus der Situation schleichen will. Über die Veredelung kann er nachher nachdenken. Er starrt nun wieder auf das klaffende Loch. Er will es berühren, aber er traut sich nicht so ganz. Er fährt wie E.T. mit dem Zeigefinger zum Loch. Sein Blick saust zwischen Loch und Zeigefinger hin und her. Sein Finger zittert, von seinen Schläfen rinnt kalter Schweiß. ‚Näher, näher, komm Glamser, mach!', versucht er sich anzufeuern wie einen Kicker, der nicht nahe genug an den Gegner geht. ‚Also komm schon, alter Junge. Na mach schon!' Abrupt lässt er seinen Arm sinken. Wie der hölzerne Arm einer Marionette, bei der man die Schnur locker lässt, baumelt er ins Leere. Der hölzerne Arm einer Marionette, denkt Glamser, der Holzarm einer Marionette, deswegen fehlt dem Baum ein Ast, vielleicht hat er selbst nun den Ast in seinem Arm ... ha, ha, ha, der war wirklich gut. Der Ast im Arm. Er soll sich zu nichts zwingen, nicht einmal, um den Baum zu berühren. Befehle nimmt der Bulle nur ungern an. Er weiß schon, dass sein Job im Grunde nur aus Befehl und Ausführung besteht, aber hinter jedem Befehl steckt auch eine Idee, und die ist entweder gut oder schlecht. Die Idee, den Baum zu befummeln, war keine gute Idee. Keine gute Idee, Glamser.

Herta hat ihm schon immer gesagt, er wird nochmal über seinen Übermut stolpern. Übermut wäre ja noch schön, denkt sich Glamser.

Das war sein Ego, das ihm den Weg ins Verderben befahl. Er musste ja unbedingt diese scheiß paar Meter vor Neuper stehen. Er, der Bulle, muss doch ums Arschlecken cooler sein als der Neuper mit seiner Fönfrisur. Fazit: Ihn hat es erschlagen und den Neuper nicht. Großartig! Wieder bleibt sein Blick beim klaffenden Loch hängen. Das war verdammt knapp, und das weiß er. Er hätte sich nicht erwischen lassen sollen! Darüber kann und will er mit niemandem sprechen. Außer mit Joe, und der ist nicht hier. Nicht einmal die Gehirnerschütterung hat ihn wieder zu ihm zurückgebracht.

Hey Joe, steckst du vielleicht im Baum, du Sack, oder sonnst du dich gerade in der Krone, hä?

Bleib cool, Cowboy, und fang dein Bier!

Glamser kratzt sich an seiner Kopfbinde. Die ist ihm geblieben. Darüber hat er sich seinen schwarzen, an den Rändern speckigen Stetson aufgesetzt. Der hätte jedem Italo-Westernhelden zur Ehre gereicht. Zwischen Wampe und Hosenbund steckt seine Glock. Darüber hat er sein Hemd hängen. Sieht verdammt cool aus. Morgen wird er auch noch seinen schwarzen Mantel dazu anziehen. So fühlt er sich gleich viel wohler als im blauen Hemd, der Krawatte und der Bundfaltenhose, die er zu seinem Arbeitsantritt bei der Kripo anhatte. Auf offizielle Arbeitskleidung scheißt er ab jetzt.

Kurz wundert er sich, dass er, als es gekracht hat, seine Knarre nicht mit in den Garten genommen hat. War aber vielleicht auch besser so. Ein kurzer Blick zum Nachbarn. Wenigstens hat er vor dem Neuper seine Ruhe. Obwohl man nichts sagen kann. Glamser knirscht mit seinen Zähnen. Der Herr Nachbar hat ja gleich die Rettung geholt und selber erste Hilfe geleistet. Seine Alte hat sich jeden Tag bei Herta erkundigt, wie es so steht. Und sogar Blumen hat die Familie Neuper ins Spital schicken lassen. Blumen und einen Krimi, »Seelendschungel«. Wird er sich demnächst vornehmen, bis jetzt hat er dazu keine Zeit gehabt. Jetzt muss er sich auch noch bei den Neupers bedanken. Was sich gehört, gehört sich. Aber nicht heute. Glamser späht durch die Hecke. Das Lindpointner Garagentor ist geöffnet. Der fette Dodge hat Auslauf gebraucht. Das ist gut so. Heute ein neuperloser Tag.

Glamser umrundet den Kirschbaum. Vielleicht sollte er sich dem Baum langsam nähern, so, wie ein Haifisch seine Beute umkreist. Aber kaum tritt er zu nahe heran, beginnt sein Herz auch schon wieder zu flattern. Heute wird das wohl nichts mehr. Herta steht am Küchenfenster. Sie winkt ihm zu.

»Herta, ein Bier bitte!«, brüllt er quer durch den Garten, dass die ganze Vogelschar für einen Moment verstummt. So still muss es auch knapp nach der Explosion gewesen sein. Er will ja nicht sagen, dass seine Stimme so laut wie die Explosion ist, aber Stille ist und bleibt Stille: Mehr oder weniger als still kann es ja nicht sein.

Glamser brockt eine Kirsche vom Baum. Wenigstens das kann er ohne Herzflattern tun. Er poliert sie an seinem Hemdsärmel sauber und steckt sie in seinen Mund. Außer ein bisschen Ruß haben die nichts abbekommen. Auch die Blätter haben das Inferno überlebt. Beim nächsten Regen wäscht sich der Ruß ab. So gut wie nichts deutet mehr auf den Anschlag hin – außer das Loch in seinem Kirschbaum und die Signalbänder der Polizei, die jetzt im lauen Wind lustig über den Geleisen flattern. ‚I will be back!' hat der Heini im Bekennerbrief gehöhnt. Klar, Schwarzenegger ist auch noch einmal gekommen. Warum also nicht der Funbomber? In der Politik und im Krieg ist bekanntlich alles möglich. Und das, was sie nun in Bregenz haben, ist territorial begrenzter Krieg. Nur scheiße, dass sie ihn nicht mitspielen lassen. Er ist außer Gefecht gesetzt. In den nächsten drei Monaten darf er Botendienste übernehmen, Söhnen der besseren Gesellschaft ein bisschen Bullen-Alltag zeigen und die Blumen auf seiner Veranda gießen.

Joe, ich brauch 'ne anständige Hacke bei den Bullen! Wenn du dich mir schon nicht zeigst, dann zeig dich wenigstens so erkenntlich!

Glamser spuckt den Kern über den Zaun in Richtung Geleise. Die Explosion passt nicht hierher, in die Welt der Häuselbauer, der emsig arbeitenden Menschen, die jeden Groschen umdrehen, bevor sie ihn ausgeben. Dort, wo Menschen noch die Eisengießkannen ihrer Väter und Großväter verwenden, weil sie noch funktionieren, dort hat der Funbomber keinen Platz. Hier ist nicht London oder New York, wo man sich das vorstellen kann! Bregenz ist ja nicht einmal Bozen! Warum sprengt dieser Irre dieses Kaff in die Luft?

»Herta, vergiss das Bier nicht! Bitte, danke!«

Wieder Stille.

Joe, du verdammter Arsch, ich brauch 'ne Idee von dir!

Herta taucht inmitten des Gartens zwischen den Apfelbäumen auf. Unter ihrem Arm klemmt ein voller Wäschekorb, und auf der Wäsche schaukelt wie ein Findling sein gewünschtes Bier hin und her. Sie wischt sich ihre verschwitzen Haare aus dem Gesicht.

»Hier, Cowboy, fang dein Bier!«, ruft sie, stellt den Wäschekorb zur Leine und wirft ihm sein Bier zu. Glamser fängt, ohne mit der Wimper zu zucken. »Wow, Cowboy, deine Reaktionsfähigkeit hast du wohl nicht eingebüßt.«

»Stimmt!«, antwortet Glamser und nimmt einen anständigen Schluck. »Und darum wird auch halb Bregenz wieder vor Angst erzittern, wenn ich on the road bin.«

»Freilich, Cowboy, aber dafür brauchst du frische Wäsche! Im Spital, hätten die nicht auch deine Schmutzwäsche waschen können, oder warst du so böse, dass man das nicht gemacht hat, hm?«, ätzt Herta und schwingt um ihren Zeigefinger eine seiner Unterhosen, als wäre das ein Strip unter dem Kirschbaum.

Glamser schämt sich. Sogar im gewaschenen Zustand sind die Bremsspuren unverkennbar. Er schüttelt den Kopf. »Nö. Die haben mir die Schmutzwäsche einfach im Beutel mitgegeben. Einfach so.«

»Das gibt's doch nicht! Die muss ich gleich noch einmal auskochen!« Herta wirft einen Blick zu den Neupers. Erleichtert nimmt sie zur Kenntnis, dass sie ausgeflogen sind. Die schmutzigen Hosen ihres Gatten wären ihr peinlich gewesen. »Aber ein Ferkel bist schon, Cowboy!«

»Die Krankenschwester hat irgendwas genuschelt, wie ‚gewaschen wird erst ab dem vierten Tag' oder so ähnlich«, versucht sich Glamser zu rechtfertigen. »Das sind Einsparungsmaßnahmen. Einen Zettel hat sie mir auch in die Hand gedrückt, den hab ich aber leider nicht mehr.«

»Egal«, antwortet Herta. »Zum Glück bist du wieder zu Hause. Jetzt kannst du einmal ein paar Tage ausspannen und dann mit dem netten Burschen ein bisschen durch die Gegend fahren. Wie heißt der doch gleich?«

»Der Kurzhaarschnitt?«

»Der was?«

»Mathias. Mathias Neumann. Söhnchen vom Halbleiter-Neumann und Traum aller geblendeten Schiegermütter.«

»Jetzt sag bloß, du magst den nicht. Der freut sich sehr auf die Fahrten mit dir und scheint im Übrigen ein anständiger Kerl zu sein.«

»Ich hab ja gesagt, der Schwiegersohn für blinde Schwiegermütter.«

»Werd jetzt nicht frech, nur weil ich seit zwei Wochen eine Brille brauch! Aber, so unbedingt stören würde mich so einer nicht, angesichts dessen, was Sabine sonst alles nach Hause bringt.«

»Es hat keinen Sinn, die Pest durch Cholera zu ersetzen!«, bleibt Glamser schroff.

»Dir wird es so und so niemals einer Recht machen.«

»Dann halt nicht«, antwortet Glamser. »Ich werd den Deppen, den Sabine einmal heiratet, eh nur zwei Mal im Jahr sehen. Weihnachten und Sommeranfang.«

»Und wenn Sabine von Innsbruck wieder nach Vorarlberg zurückkommt? Das kann ja sein.«

»Stimmt, das kann ja sein. Dann werde ich mich halt nach Innsbruck versetzen lassen. Mit dem Föhn werd ich schon fertig!« Dann sind wir wenigstens in einer richtigen Stadt, denkt Glamser, ohne es auszusprechen. Herta findet seine Angewohnheit, über Bregenz zu nörgeln, entbehrlich. Durch Nörgeln wird nix größer, meint sie. Nur durch Kinderkriegen! Aber, schließt sie immer gleich an, auch in New York würde ihr Mann nach dem großen Staunen nur eines: Nörgeln. Glamser beißt sich auf die Zunge. Wo sie Recht hat, hat sie Recht.

Herta schüttelt den Kopf. »Cowboy, bevor du weiterhin nur Blödsinn redest, stell bitte dein Bier ab und hilf mir bei den Leintüchern.« Glamser stellt sein Bier neben die Wäschestange und greift in den Kluppenkorb. Sie spannen das Leintuch. Herta lacht.

»Was gibt's da zu lachen?«

»Cowboy, ich glaub, du bist der einzige Mann dieser Welt, der mit seiner Knarre zwischen Wampe und Jeans seiner Frau beim Wäscheaufhängen hilft.«

»Du meinst, ich bin ein verkappter Warmduscher?«, antwortet Glamser und kluppt das Leintuch fest.

»Du bist einfach ein netter, hilfsbereiter Mensch, Erich, das ist alles. Sonst hätte dir die alte Dame ja auch nicht die Mini geschenkt.«

Das wird wohl so sein, denkt sich Glamser und greift nach dem zweiten Leintuch. Morgen geht Herta wieder zur Arbeit, dann ist er auch mit dem Kochen dran.

Glamsers Handy läutet. Es ist der Kommandant. Hat er sich nicht gerade vorhin aufgeregt, dass sein scheiß Handy den ganzen Tag nicht läutet?

»Danke der Nachfrage, mir geht es hervorragend, als wäre ich auf Kur gewesen! Musst du auch einmal machen: Einen Ast auf den Kopf, ein kurzes Blackout, und du glaubst, du warst im Urlaub! Was gibt's?«

Glamser schaut der Sonne zu, wie sie langsam im Zenit ankommt und die Früchte seines Gartens noch ein bisschen heranreifen lässt. Er hält nun seine freie Hand über die Augen und späht gegen das Licht. Glamser blinzelt. Glamser nickt. Er weiß, dass er vor einer Weggabelung steht. Je nachdem, wie er sich entscheidet, wird sein Leben unterschiedlich verlaufen. Irgendwann werden sich die zwei Wege wiederfinden, aber bis dorthin wird es nur den einen geben. Reflexartig greift er an seine Hosentasche. Wo sind seine Fluppen, verdammt?! Warum musste er auch mit dem Rauchen aufhören, das ist ja zum Kotzen! Herta ahnt schon, was hier abläuft, er spürt, wie sich ihre fassungslosen Blicke auf seinen Leib brennen und sich den Weg in sein Inneres bahnen. Ihre Blicke sind schon jetzt nicht mehr warnend, sondern strafend. Herta weiß bereits, für welchen Weg er sich entscheidet. Herta weiß auch, dass dieser Weg mit Sicherheit problematisch werden wird. In einem Anflug von Schwäche kehrt Glamser seiner Frau den Rücken zu. Er kann sich nicht gleichzeitig auf Herta und den Kommandanten konzentrieren.

»Alles klar, mein Kommandant. Auf mich kannst du zählen! Bis morgen! … Ja, den Jungen vergesse ich schon nicht. Ich hab ja nicht Alzheimer, sondern nur 'nen Ast auf die Birne gekriegt!«

Glamser lacht und legt auf. Wie zufällig schaut er nun zu Herta.

»Nein!«, antwortet Herta. Wutentbrannt spannt sie das letzte Geschirrtuch und macht es an der Wäscheleine fest.

»Was heißt da nein?«

»Du gehst morgen nicht in den Dienst. Zuerst kurierst du dich aus.«

»Und ob ich morgen gehe.«

»Ein Baum hat dich fast erschlagen!«

»Ein Ast hat mich getroffen!«

»Dieses Mal der Ast und morgen der Baum! Willst du nicht warten, bis sich hier der ganze Wahnsinn beruhigt?«

»Und wann ist das?«

»Nichts hält ewig. Und die Handlos?«

»Was soll mit der sein?«

»Seid ihr ab morgen wieder ein Gespann?«

»Rudolf hat mir noch nichts Genaues gesagt. Das erfahre ich alles morgen. Und morgen trete ich meinen Dienst an.«

»Ja dann!«

»Was heißt, ja dann?!«, faucht Glamser Herta an.

»Tja, das wirst du schon noch früh genug sehen«, antwortet sie und tritt ab. Glamser weiß, gegen Herta ist schwer zu gewinnen. Aber das Leben hat auch Platz für Verlierer.

Danke, Kumpel. Kannst du noch die Herta beruhigen? Das wäre großartig.

Häuser mit ansteigender Wirkung.

Herta hat ihn keines Blickes gewürdigt. Sie weiß genau, wie sie ihn treffen kann, denn er ist vom Wesen her harmoniebedürftig. Aber das war erst der Anfang, ganz einfach die Mitteilung: ‚Ich hab den gestrigen Tag nicht vergessen und deine Entscheidung in dieser prekären Lage den Dienst anzutreten ist absolut für den Arsch.'

Die Konzentration auf den Verkehr zerstreut seine Gedanken. Ein lächerlicher Zeitvertreib, aber er hat ihn sich nun mal zur Gewohnheit gemacht: Er straft andere Autofahrer im Kopf ab. Der vor ihm fährt zum Beispiel 15 Sachen zu schnell, der ihm entgegenkommt hat vergessen, nach der Autobahnabfahrt sein Fernlicht abzuschalten, der hinter ihm fährt zu knapp an ihn heran, an der Kreuzung huscht einer ohne zu blinken gerade noch rüber, sein Gegenüber hupt im Ortsgebiet. Würde er weiterzählen, blieben bis in die City runde 250 Euro Bußgeld ungeahndet. Glamser fährt jedoch eine Zigarettenlänge später wieder von der Hauptstraße ab, um den Schreiberling abzuholen. Eine vermeintliche Zigarettenlänge. Wenn ihm dieses K.o. was gebracht hat, dann drei zusätzliche nikotinfreie Tage. Jetzt ist er so gut wie clean. Aber sicher ist sicher. Im Aschenbecher stecken zuckerfreie Kaugummis, und neben den Autoatlas hat er sein Nichtraucherbüchel gequetscht. Warum muss er diesen philisterhaften Kurzhaarschnitt auch noch abholen? Und warum fragt er sich das erst jetzt? Haben ihm die Ärzte sein Gehirn amputiert?

Er sagt es ja immer wieder. Sobald man Schwächen zeigt, ist man fällig. Aufpassen, Glamser! Auch noch Chauffeur spielen! Das wird sich ab morgen ändern! Der Typ kann ihn einmal gewaltig am A lecken! Soll am Posten auf ihn warten, oder wen anderen nerven. Schnell greift Glamser rüber ins Seitenfach, holt das Nichtraucherbuch raus und schlägt wie immer wahllos eine Seite auf. »Reagieren Sie sich ruhig an den anderen ab! Sie haben es sich verdient, immerhin drängen Sie gerade eine Zigarette zurück! Ihre Mitmenschen würden Ihnen verzeihen, wenn sie wüssten, welchen Kampf Sie gerade gewinnen!« Aus! Ende der Durchsage! Er ist doch nicht mehr auf das Nikotin fixiert, oder doch? Hm. Nachdenklich lässt Glamser das Büchl verschwinden. Er weiß nur allzu gut, dass er von Glück sagen kann, dass der Junge mit ihm die nächste Zeit verbringen will. Sonst würde er wohl die nächsten Wochen bei der Kripo nichts zu suchen haben. Diese Abhängigkeit kotzt ihn an, aber bitte, vermutlich besser als vor der Mattscheibe zu sitzen und Däumchen zu drehen.

Auf den Hügel führt eine steile Straße, von der links und rechts kleine Gässchen abzweigen. Wer in diesem Lande etwas auf sich hält, wohnt auf den Hängen hinter der Bodenseestadt, an den Ausläufern der Alpen. Die Luft ist sauberer, der Verkehrslärm verwandelt sich in ein dezentes Rauschen und der Ausblick ist vom Feinsten. Bregenz, der Bodensee, links die Schweizer Alpen und rechts Deutschland. Ist das Wetter klar, kann man bis an das andere Ufer nach Konstanz sehen. Jetzt gerade hängt noch der Bodennebel über dem See, doch das mittelalterliche Panorama von Lindau ist bereits zu erkennen. In einigen Minuten brechen die Sonnenstrahlen durch den Nebel und der Himmel klart restlos auf. Sein Häusl kann er von hier aus nicht sehen. Ein Hochhaus verstellt ihm die Sicht. Glamser ärgert sich. Er ist und bleibt ein Kleinbürger! Nur Kleinbürger halten auf Anhöhen Ausschau nach ihren mickrigen Bleiben. Glamser gibt Gas.

Auf halber Höhe biegt er links ab. Mit Ornamenten verzierte Gaslaternen säumen die Wohnstraße. Gehen sie in der Dämmerung an, beleuchten sie im ersten Moment alles in einem blutorangenen Licht. Glamser schaltet einen Gang zurück. So geordnet, wie das Leben hinter diesen dicken Bäumen abläuft, könnte man fast glauben, die Welt wäre gut. Die Garagenpforten beschützen die verchromten Autos, die herkulischen Bäume behüten die Blümchen auf den dahinterliegenden Wiesen und verdecken den Blick auf die Terrassen und Swimmingpools. Die dicken Wände beherbergen die Menschen, die alles so drechseln, dass alles so bleibt, wie es ist. Glamser hält an. Eine weinrote, golden eingefasste Lindpointner Eingangspforte. Wow. Willkommen in der Welt der Reichen. Glamser lässt den Motor absterben und schaut auf die Uhr. In einer Minute ist der Knabe fällig!

Glamsers Hirn wird gebraten. Aber nur fast.

Punktgenau um 7:30 Uhr ertönt ein leises Surren und die Pforten öffnen sich. Mathias erscheint mit einem zurückhaltenden Lächeln auf dem Gesicht, als ob ihm der Reichtum ein bisschen peinlich ist. Vielleicht auch, weil das Sohn- und Tochterspiel im Palazzo Protzo auch kein Hochgenuss ist, vielleicht auch, weil dem Jungen eine gewisse Noblesse eigen ist – vielleicht auch, weil der Bulle das alles nur in diesem Licht sehen will. Glamser weiß nur zu gut, dass er mit seinem Schicksal hadert. Er hatte solche Vorteile nie genossen. Seine Jugend war von Entbehrungen geprägt. Aber zumindest ist der philisterhafte Kurzhaarschnitt pünktlich. Das erspart überflüssigen Ärger.

Der Junge bleibt zwischen den offenen Torpfosten stehen, als ob er auf etwas wartet. So kerzengerade steht er da, so sauber, so adrett, als ob er schon so geboren wäre. Dieses Mal eine khakifarbene Cordhose, ein hellblaues Hemd und dieses dämliche Strahlen auf seinem Gesicht, das ihn schon im Spital fertiggemacht hat. Aber etwas ist neu: die Krawatte und der Pulli, locker um die Schultern geschlungen. Er dreht Glamser den Rücken zu und gibt einen Nummerncode in das Schloss ein. Erst jetzt kommt der Rucksack in Glamsers Blickfeld. Ein schwarzer Plastikrucksack, rechteckig. Früher hatte man sich Marsmännchen mit solchen Rucksäcken vorgestellt. Heute packt man in die wasserdichten Plastikmonster die Laptops rein. Es folgt ein Surren, und auf der Gegensprechanlage blinkt ein kleines rotes Licht auf. Reduziert man den Blick auf die immer kleiner werdende Öffnung der Pforten, hat das Schließen etwas Dramatisches, denkt sich Glamser. Pflichtbewusst wie ein Diener nickt der Junge und dreht sich nun zu Glamser. Mit seiner rechten Hand winkt er Glamser kurz aus dem Gelenk heraus zu. Der ziert sich ja mehr als eine Wachtel im Spätsommer! Ist ja nicht der Gang zum Standesamt, sondern nur ein harmloser Vormittag bei der Kripo! Durch Glamser geht ein Ruck. Wurde er in seiner Jugend auch immer mit so vielen Vorbehalten von der Erwachsenenwelt wahrgenommen?

Glamser streckt seinen Arm, fällt wie ein Kartoffelsack zur Seite, um dem Jungen die Tür zu öffnen. Er rüttelt kurz an der Schnalle, stößt die Tür dabei auf. Durch seinen Kopf geht ein Stich, es folgt ein weißer Blitz. Er ist mitten in dem Inferno hinter seinem Haus angelangt.

Der Zug steht in Flammen, die Waggons türmen sich gegen den Himmel und er nähert sich dem Kirschbaum. Schritt für Schritt nähert er sich dem Baum, wo es dann für einige Tage dunkel wurde. Er hält die Videokamera an sein Auge und filmt mit. Noch einen Schritt und noch einen Schritt. Nun wieder die Flammen, die in den schwarzen Himmel züngeln. Eine kleine Explosion, Glamser fährt mit der Kamera nach, eine Stichflamme. Ohne es bemerkt zu haben, ist er schon bei seinem Kirschbaum angelangt. Vor ihm die Gelbe Wand! Noch nie im Leben hat er ein leuchtenderes Flammenmeer gesehen! Langsam, wie in Zeitlupe, fliegt ein Projektil auf ihn zu. Glamser schaut wie gebannt auf das stetig näherkommende Stück Metall. Er kann sich nicht von der Stelle bewegen. Plötzlich pflückt ein Mädchen das Projektil vom Himmel. Glamser ist verwirrt.

»Du bist noch nicht so weit!«, schimpft das Mädchen mit ihm. »Und wer bist du?«, fragt der Bulle nach. »Ich bin Starlight« antwortet es und wirbelt mit seinen dunklen schulterlangen Haaren herum. »Komm, du brauchst Entspannung! Ich schick dich in eine andere Welt«, sagt es, »schließ jetzt deine Augen.« Glamser folgt ihm aufs Wort. Nun dreht es ihn im Kreis, als ob es Blinde Kuh mit ihm spielt, und gibt ihm einen Schubs.

Er steht vor einer Villa im Grünen. Ihm geht es blendend. Heute ist ein wunderbarer Tag. Sein Sex ist umwerfend. Sein Schlaf ist gerecht. Die Dusche ist erfrischend. Die Rasur ist exakt. Das Frühstück großartig. Die Morgenzeitung vielversprechend. Seine Schuhe putzen sich von selbst. Seine Frau gibt ihm zum Abschied einen dicken Kuss. Seine Tochter spielt mit dem Hund im Garten. Sein Sohn repariert sein Fahrrad. Seine Mutter will wissen, wann er von der Arbeit nach Hause kommt.

Sein Meerschwein findet ein antikes Tunnelsystem. Seine Katze wünscht ihm einen großen Fang. Sein Kater eine scharfe Mieze. Sein Gärtner pflanzt Schirmakazien. Das Au-Pair Mädchen fischt den Swimmingpool ab. Auf seiner Mailbox trillert eine Nachtigall. Seine erste SMS verdoppelt die Rendite. Sein Nachbar will einen Börsentipp. Sein Auto springt sofort an. Alle winken ihm zum Abschied. Sein Lindpointner-Garagentor surrt wie in den besten Tagen. Der Trafikant verkauft ihm heimlich Zigaretten. Alle Ampeln stehen auf Grün. Kein einziger Verkehrssünder weit und breit. Sein Leben ist ein Hit. Er lacht.

Das Mädchen mit den dunklen Haaren stoppt ihn und meint, er soll die Augen öffnen, so richtig öffnen! Glamser folgt ohne Widerspruch. Er versucht es, reißt die Augen auf. Im selben Moment schnippt sie mit den Fingern. Zack!

Glamser schaut mit aufgerissenen Augen nach rechts.

»Guten Morgen, Herr Glamser. Ich hoffe, Sie hatten eine erholsame Nacht!«, eröffnet der Junge das Gespräch. Er sitzt bereits auf dem Beifahrersitz, hat seinen Rucksack auf dem Schoß, ist angeschnallt und wartet auf einen ereignisreichen Tag. Was war das nun vorhin? Die Explosion im Garten, ja, aber nachher? Da war doch noch was?! Glamser kann sich nicht mehr erinnern. Egal! Keiner darf davon erfahren. Weder Herta, noch der Kommandant. Dem Jungen bleibt er die Antwort schuldig.

SOS Glamser, SOS Glamser, Joe bitte melden! Ich glaub, mir schmort es mein Hirn weg! Bitte um Anweisungen. Joe bitte melden, Mayday, Mayday!

Wir sind die Kobra, aber bitte, wer sind Sie?

Glamser spürt die Blicke des Jungen. Der scheint auf etwas zu warten. Eine Ansprache Glamsers? Über das Leben als Kripo-Bulle? Über die Zeit als Streifenpolizist? Über die Bilder vorhin? Sein Hirngespinst? Sein raunzendes Garagentor?

»Ich habe mich schon sehr lange auf diesen Tag gefreut, Herr Glamser«, versucht der Junge, Kontakt aufzunehmen. Glamser nickt. Sie fahren schon einige Minuten, und er hat mit dem Jungen noch kein Wort gesprochen. Er hat heute mit noch überhaupt niemandem ein Wort gesprochen. Aber wie soll das der Junge wissen.

»Ich rede ja in der Früh auch nicht gerne. Wer zu viel redet, verliert die Sicht auf die wahren Dinge, da haben Sie schon Recht«, palavert Mathias wieder absolute Scheiße.

Die Welt der Reichen und der Schönen haben sie verlassen. Jetzt stecken sie im Stau fest. Glamser seufzt, um die peinliche Stille zu füllen. Er hat keinen Bock auf künstliche Konversation. Diese Feinheiten des Lebens sind an ihm vorbeigegangen. Scheiße ohne Inhalt zu reden verunsichert ihn. Kurz schielt Glamser zum Jungen. Eine gewisse Neugier muss er sich eingestehen. Der Junge hat nach wie vor den rechteckigen Laptop-Rucksack auf dem Schoß und umklammert ihn mit beiden Händen, als wäre eine Bombe darin versteckt. Der Junge ist nervös. Er spielt mit seinen Fingern an den Rändern Klavier. Warum?

»Was hast du eigentlich im Rucksack?«, fragt Glamser. Hurra! Er hat nach vierzehn Stunden sein Schweigen gebrochen und es tut gar nicht weh.

»Zuallererst meinen Laptop, das ist klar. Auch wichtig: Mein Handy. Einen Digitalfotoapparat auch noch. Eindrücke kann ich so besser festhalten, zu Hause habe ich dann Zeit, sie auszuwerten. Dann den Regenschutz, ein Taschenmesser, eine Jause, meinen Pass, meinen Führerschein, alles was man halt so brauchen kann«, antwortet der Junge und lächelt Glamser erwartungsvoll ins Gesicht. Glamser wendet schnell seinen Blick ab, er hat keine Lust zu antworten. Er späht in den Seitenspiegel. Könnte ja sein, dass er was entdeckt. Immerhin ist er Bulle. Er kann sich solche Mätzchen erlauben.

»Und dann habe ich natürlich noch einen Block und ein paar Stifte dabei. Für Kleinigkeiten zahlt es sich nicht aus, Max auszupacken.«

»So, so«, antwortet Glamser. »Pass brauchst du keinen und Führerschein auch nicht. Deine Identität ist durch mich abgesichert. Hast du meine Handynummer?«, fragt Glamser nach.

»Ja, hab ich, Herr Glamser.«

»Und von wem?«

»Die hat mir Ihre Frau Gemahlin gegeben. Zur Sicherheit. Falls Sie mich wo vergessen. Ich hoffe, Sie sind ihr jetzt nicht böse.«

»Nein, nein, Mathias. Im Grunde ist das alles wunderbar.« Herta gibt also seine Nummer weiter, ohne ihm etwas zu sagen. Noch ein paar Kleinigkeiten, dann hat er die nötige Munition nachgeladen, wenn es im trauten Heim wieder einmal brenzlig wird.

»Gut, dann ruf mich bitte an und ich speichere deine Nummer dann gleich ab.«

»Gerne, Herr Glamser«, antwortet Mathias. Glamser beobachtet durch die spiegelnde Windschutzscheibe, wie der Junge auf seinem Display herumdrückt. Was passt ihm an dem Jungen nicht, was ist es bloß? Er verströmt weder ein aufdringliches Parfum, noch kleben Zigaretten an den Lippen, die ihn in Versuchung bringen könnten. Er riecht nicht nach Alkohol, nicht nach Gras, und seine Hose ist auch nicht beferkelt, als ob er letzte Nacht vielleicht noch eine schnelle Nummer geschoben hätte. Außerdem hat er vor ihm Respekt und kommt pünktlich. Der Boy ist wie Luft, absolut unproblematisch! Da hat er es in seiner Bullenlaufbahn schon mit ganz anderen Gestalten zu tun gehabt. Sonderbarerweise stehen die ihm aber näher als der Junge. Glamser blinkt und fährt die Einfahrt zur Kripo hoch. Kurz brummelt sein Handy. Die Nummer hat er also. Passt. Routinemäßig bleibt Glamser vor dem Schranken stehen, schaut auf das Display und speichert die Nummer des Knaben ein.

»Herr Glamser, ich glaub da will man was von Ihnen!«, sagt der Junge und deutet auf den Mann neben dem Schranken. Glamser schaut nach links und direkt in die Schussmündung einer Maschinenpistole. Glamser verdreht die Augen. Er schaut in den Lauf einer Steyr TMP, was soviel heißt wie: Hurra, die Cobra ist da! Leider nicht seine Kumpels von hier, sondern unser allseits beliebtes und geschätztes Einsatzkommando aus Wien oder Innsbruck. Auf alle Fälle aus einer Gegend hinter dem Arlberg.

»Was wollen Sie hier?«, fragt der Mann mit der MP.

»Ist das eine Art, Menschen zu begrüßen?«, feixt Glamser. Er schaut dabei belustigt nach rechts und sieht, wie der Boy seine Finger in den Rucksack krallt.

»Können Sie sich ausweisen?«, fragt der Mann mit der MP nach.

»Das sollte ich lieber Sie fragen«, antwortet Glamser so, wie ihm der Schnabel gewachsen ist, und ganz ohne MP. Dabei wird der Junge kreidebleich, was Glamser zusätzlich ansportnt. Kurz fixiert er seinen Blick im Rückspiegel. Er hat seinen Stetson auf. Den hat er nicht abgenommen. Den wird er auch nicht abnehmen. Mit dem macht ihm keiner ein X für ein U vor!

»Machen Sie keine Witze und fahren Sie weiter, reihen Sie sich wieder in den Verkehr ein«, antwortet der Mann mit der MP, deutet Glamser mit der Schusswaffe den Weg zurück und macht kehrt.

Glamser hängt den Kopf aus dem Fenster. »Nein, nein, ich arbeite hier!«, schreit er ihm nach. Ein kurzer Griff auf seine Gesäßtasche und Glamser bemerkt, dass er tatsächlich seinen Dienstausweis oben im Schreibtisch hat. Nicht einmal den Führerschein hat er dabei. Und ausgerechnet vor dem Jungen musste er damit prahlen, dass einem Herrn Glamser alle Türen in diesem Land geöffnet sind. Peinlich, peinlich. Der Kobra-Bulle ist zurück, stützt seinen Arm auf das Autodach und schaut angewidert auf Glamser herab.

»Aber ich hab leider meine Papiere oben im Büro«, murmelt Glamser schon gedämpfter und lässt dabei seine Kinnlade fallen.

»Und Ihre Identifikationsplakette?«

Glamser schaut ihn verstört an. Er spürt, wie sein Kopf rot anläuft. Warum hat ihm der Kommandant nichts von den Neuerungen mitgeteilt! Will der wirklich haben, dass er vor Scham in den Boden versinken muss?!

Der Kobra-Bulle spuckt kurz aus und zieht seine Mundwinkel zurück, als wäre er ein Dobermann. »Jetzt werde ich Ihnen einmal was sagen, Mister ...«, beginnt er einen wie vom Fernsehen abgeguckten Monolog. Doch unverhofft ertönt ein Pfeifton aus der Sprechanlage beim Schranken. Glamser zieht eine Gänsehaut auf und muss grinsen. Das kann nur der Portier sein. »Bitte den Herrn Erich Glamser mit dem amtlichen PKW-Kennzeichen B136WL und den jungen Kripo-Aspiranten Mathias Neumann durchzulassen. Danke! Schön, dass du wieder hier bist, Erich!« Glamser winkt dankbar in die Überwachungskamera.

Glamser staunt. Vier Präzisionsschützen liegen auf dem Dach der Kripo, wo einer haargenau auf seinen Schädel und der andere auf den Schädel des Jungen zielt. Die anderen zwei suchen mit Fernrohren das Gelände ab, es könnte ja sein, dass der potenzielle Terrorist Glamser ein Ablenkungsmanöver startet.

»Herr Glamser, die vier Scharfschützen am Dach, die zielen auf uns, oder?«

»Mir gefällt es nicht, für einen Terroristen gehalten zu werden! Keiner fuchtelt mit einem Gewehr vor meiner Nase herum, als wäre ich irgendein scheiß Araber ohne Pass!«, ärgert sich Glamser, »und keiner hält den Kolben im Anschlag und zielt dabei auf meine Birne! Sind die schon total übergeschnappt?!«

Ein Blitzlicht stoppt seine Erregung. Er schaut den Jungen entgeistert an. »Toll, Herr Glamser. Das Bild ist großartig, wollen Sie es sehen?«

Ohne eine Antwort abzuwarten, hält der Junge ihm das Display unter die Nase. Nun hat ausgerechnet er die Fresse von einem Dobermann! Nur noch ein bisschen irrer. Der Stetson und der schwarze Mantel lassen ihn verwegen ausschauen.

»In 22 Jahren hat sich mein Vater noch nie zu so einer emotionalen Regung hinreißen lassen«, sagt der Junge bewundernd. Glamser schluckt. Der Typ soll doch einfach die Schnauze halten. Ihm wird das alles bald zu viel.

Mathias öffnet, ohne den Blick von der Landschaft zu lassen, den Reißverschluss des kleinen Rucksackfachs. Glamser schielt hinüber, vielleicht gibt es ja etwas zu entdecken. Der Junge zieht einen Block heraus und macht einige Notizen, obgleich die Aktion eher wie ein Versuch ausschaut, ein Literat sein zu wollen.

»Haben Sie schon den Transporter vor uns bemerkt, Herr Glamser?«

Gar nicht so übel, denkt sich Glamser. Sie rollen gerade an einem Transporter vorbei, an dem die Seitentüren halb geöffnet sind. Sie sehen eine Funkstation, zwei Polizisten an PCs, einen Monitor, über den ein flimmerndes Panorama vom Bodensee läuft und einen ganzen Arsch voll Kabelstränge. Aus dem Jungen könnte glatt noch was werden! Den Ford Transit hat Glamser während seines Wutausbruchs schlichtweg übersehen, das muss er sich eingestehen.

»Klar, Mathias, den Transit sieht ja jedes Kind. Hätte ich befürchtet, dass du den übersiehst, hätte ich dich natürlich darauf hingewiesen. Im Übrigen sind die Kollegen auf dem Dach keine Scharfschützen, sondern Präzisionsschützen. Beim Militär handelt es sich um Scharfschützen, bei der Polizei um Präzisionsschützen, nur damit du keinen Scheiß in deinem Buch schreibst.«

Der Sommer, der Kanzler und du.

Glamser bleibt für einen Moment stehen und schaut in den Korridor. Die Bilder kommen ihm unwirklich vor, als ob hier ein Film gedreht werden würde. Alle laufen wie aufgescheucht durch die Gänge, haben Akten unter die Arme geklemmt, Handys am Ohr oder winken ihm mit einem Fax zu. Die zwei Anschläge scheinen intern ihre Wirkung nicht verfehlt zu haben. Was er zur »Operation Funbomber«, so nennen sie die Operation, noch beitragen kann, weiß er nicht genau. Es ist zum Kotzen! Wenn nicht dieser gottverdammte Ast gewesen wäre! Er hätte die Pole-Position gehabt. Die Explosion war vor seiner Haustür, da wäre es nicht mehr darauf angekommen, dass er ein Frischling ist. Die werden nun alle verfügbaren Kräfte für den Funbomber abgezogen haben. Aber irgendwo wird es schon einen Serien-Handtaschenräuber geben, den er auf frischer Tat ertappen muss!

»Mathias, willst du lieber mit zu meinem Schreibtisch oder in die Kantine?«, fragt Glamser den Jungen.

»Soll ich ehrlich sein?«

»Ja.«

»Ich will immer dort sein, wo Sie sind.«

»Ja, hm, aber das geht jetzt nicht, ich mein ... «, stammelt Glamser. »Ich, ich muss zuerst zum Kommandanten. Der hat mich alleine zu sich hineinbestellt, sorry. Der mag keine Jugendlichen. Der ist schon als alter Grantscherben geboren worden!«

Die Ehrlichkeit des Jungen macht ihn verlegen und er läuft rot an. Diese absolute Ehrlichkeit hat etwas Törichtes und bringt ihn in Verlegenheit.

Glamser drückt mit der flachen Hand die Tür zum Gruppenbüro auf und stellt den erstaunten Köpfen Mathias vor. »Hallo, hört mir kurz zu: Das ist unser Mathias. Der schaut uns ein paar Tage über die Schultern und im wahrsten Sinne des Wortes auf die Finger. Er schreibt nämlich über uns einen Bestseller. Der junge Mann hat ein großes Talent zum

Schreiben.« Ein Raunen, ein Nicken, alles in Butter. »Und wenn Mathias schon nicht über uns schreibt, dann zumindest über eine spannende Einheit, die uns ein bisschen ähnlich ist!«, scherzt Glamser und gibt dem Jungen einen Klaps, dass er fast ins Büro stolpert.

»Hey Glamser!«, ruft ihm ein erfahrener Kollege zu.

»Ja, was ist, Müller?«

»Glamser, gehen wir heute nach dem Dienst auf ein Bier? Ich hab für dich einen hübschen Platz unter einer Kastanie reserviert. Die hat ziemlich viele dicke Äste.«

»Der Blitz schlägt niemals ein zweites Mal ins gleiche Haus ein, lieber Müller. Alte Bauernweisheit.«

»Gut möglich, Glamser. Trotzdem, die Einladung auf ein Pils steht. Komm einmal her«, redet Müller den Jungen direkt an, »mittlerweile schon die 50. Truppe, die sich zu den Anschlägen bekennt. Aktion 2. Juli.«

»50 schon?«, fragt Mathias nach, zückt seinen Notizblock und setzt sich neben Müller.

»Aktion 2. Juli zählt zu den faderen Kommandos. Am besten gefallen mir die Moslem Kings, die durch die zwei Anschläge auf ihre neueste CD hinweisen wollten. Die sind aber schon einige Minuten später von ihrem Management zurückgepfiffen worden. Auch nicht schlecht ist die Aktion für ein geeintes Beirut. Nur schreiben die nicht Beirut, sondern Beiried, das Stück Fleisch vom Rind. Für ein geeintes Beiried. Das sind aber alles nur Nebengeräusche, denn der Funbomber steht als Drahtzieher fest. Trotzdem zeigt es, dass die Leute heute keinen Respekt mehr haben, nicht einmal vor einem Terroristen.«

»Könnten Sie mir die anderen Bekenner auch noch nennen?«, fragt Mathias nach.

»Kein Problem. Aber du brauchst nicht mitschreiben, ich mach dir einen Computerausdruck. Im Übrigen bin ich der Peter.«

Die zwei schütteln sich die Hände und Glamser macht sich aus dem Staub. Bei Müller ist er super aufgehoben. Müller wollte sein Leben lang einen Sohn haben. Erst jetzt wird Glamser bewusst, dass er schon den ganzen Vormittag über den Jungen nachdenkt, wenn nicht gerade alles in seinem Kopf in die Luft geht.

Der Kommandant kommt Glamser entgegen und nimmt ihn ähnlich an der Schulter, wie es er vorhin selbst mit dem jungen Autor angestellt hat. Irgendwer treibt da ein ödes Spielchen mit ihm, denkt sich Glamser und schaut verärgert gegen den Himmel.

»Erich, bitte bring mir Neuigkeiten«, fleht ihn der Kommandant an. Sein an sich wohlklingender Bariton, der gut und gerne das Bregenzer Kornmarkttheater durchströmen könnte, klingt heute gedämpft, fast niedergeschlagen. Glamser schaut ihn fragend an.

»Von dir gibt's also auch keine Hilfe.«

»In welcher Art?«

»Fall gelöst! Die Terrorzelle gibt es nicht! Der, der sich in die Luft gesprengt hat, war ein simpler Suizid, und bei den Itakern war die Gasheizung undicht. Und überhaupt war alles nur ein böser Traum. Und dann könnten wir zur Tagesordnung übergehen.«

Glamser niest und schaut den Kommandanten mit tränenden Augen an. »Hokuspokus Blink! Fall gelöst.«

»Ja, wenn das so einfach gehen würde.« Das Handy und das Festnetztelefon läuten gleichzeitig. Der Kommandant schaut auf die Nummern und hebt nicht ab. »Komm mit, wir gehen ins Sitzungszimmer. Bei mir im Büro werden wir keine ruhige Minute finden.«

»Ist mir auch recht«, antwortet Glamser.

»Fein, dass du wieder da bist, Alter. Wirklich eine Freude.« Sie umarmen sich. »Erich, das hätt ins Auge gehen können.«

»Ich weiß, ich weiß.«

»Wie heißt der Autor, der von den Nazis geflohen ist und in Paris den Ast abbekam? Hab schon wieder den Namen vergessen.«

»Ödön von Horváth«, antwortet Glamser so zackig, als wäre er bei der Millionenshow.

»Genau, der war's! Wie geht's dir bei der Reha?«

»Ähm, gar nicht. Bis auf meine Explosionen im Kopf ist alles bestens«, antwortet Glamser, lacht verlegen und geht hinter dem Kommandanten her.

»Na, deinen Humor möchte ich haben. Was sagt der Primar?«

»Der Fels meint, seit dem Ground Zero hat sich in Sachen Nachbehandlung von Terroropfern viel geändert. Ein Gutteil der Betroffenen hat nämlich nach der Explosion von den Twin Towers überhaupt keine psychologische Betreuung aufgesucht. Das heißt im Klartext, dass der Mensch mit viel mehr fertig werden kann, als man ihm zutraut.«

»O.k., mir soll's recht sein«, antwortet der Kommandant, »wenn du was brauchst, dann lass es mich wissen. Auch wir haben eine Beratungsstelle.«

»Ich hab dir ja gesagt, ich bin wieder am Damm!«, schnauzt ihn Glamser fast an. Sein Herz beginnt zu rasen, seine feuchte Hand rutscht von der Türklinke. Kurz züngelt es in seinen Augenwinkeln. Starlight wischt ihm so schnell über die Augen, dass er die Kleine gar nicht bemerkt. Die große Feuersbrunst bleibt aus. Glamser setzt sich.

»Der junge Neumann. Du kannst gar nicht glauben, was der alles aufgeführt hat, damit er wirklich zu dir, aber ausdrücklich zu dir kommt.«

Glamser ist überrascht. »Der wollte zu mir?«

»So ist es.«

»Und warum ausgerechnet zu mir?«

»Ich weiß nicht. Frag ihn doch selber.«

Ein kurzes Schweigen. Glamser befürchtet schon, dass das Gespräch zu Ende ist.

»Du kennst seinen Vater, den Halbleiter-Neumann?«

Glamser nickt. »So wie man halt hier jeden über zwei Ecken kennt.«

»Pass auf den Jungen auf, als wäre es deine Tochter. Neben der Terror-Scheiße würde mir ein nervender Industrieller gerade noch fehlen.«

»Ja, ja, schon gut.« Er wird ihn schon nicht dem Funbomber zum Fraß vorwerfen.

»Hallo Erich, ich will haben, dass du das ernst nimmst! Du bist hier nicht auf Urlaub. Mit deinem Cowboyhut kannst du bei dir im Garten spazieren gehen, morgen erwarte ich dich wieder in adäquater Kleidung – oder du gibst dir eine Auszeit!«

»Alles klar«, antwortet Glamser und denkt an den heutigen Morgen zurück. Wieder einmal hat Herta Recht gehabt. Sie war zwar stumm wie ein Fisch, aber ihr Blick sagte mehr als tausend Worte: Deine Kleidung ist für den heutigen Auftritt bei der Kripo unangebracht.

»Die zwei Monate mit ihm wirst du schon überleben, glaub mir das.«

Glamser schaut den Kommandanten erwartungsvoll an. Dass er den Jungen durch die Gegend kurven muss und das Büro ein williges Opfer zum Wurstsemmelkaufen hat, ist die eine Sache, dass er hier wie jeder andere Bulle einen Job verrichten will, die andere.

Joe, zur Hilfe! Ich will dort sein, wo es kracht! Herrje! Ist das so schwer zu verstehen?!

Der Kommandant steht auf, zieht seinen Anzug glatt und macht eine Runde durch das Büro. Glamser weiß die Zeichen zu deuten. Jetzt wird es ernst.

»Die Festspieleröffnung wird heuer zum Horrortrip. Mir würde schon unser Kanzler reichen, aber jetzt kommt der Berlusconi auch noch dazu. Und wir müssen damit rechnen, dass der Funbomber erneut zuschlägt. Das bedeutet für uns Alarmstufe III.«

»Glaubst du das im Ernst?«

»Was ich glaube, ist uninteressant. Die Regierung will die Festspiele, also wird es sie geben.«

Glamser klatscht in die Hände. »Du bist hier in keiner Pressekonferenz, mein Lieber. Ich will deine Meinung.«

»Also, unter uns gesagt: Im Ernstfall glaub ich nicht, dass der Funbomber sich traut, etwas zu unternehmen, wenn wir massiv auftreten.

Bis heute hat der Psychopath ein leichtes Spiel gehabt, aber die Festspiele sind im Blickfeld der Öffentlichkeit. Würden wir hier nichts unternehmen, würde er sich unterschätzt vorkommen. Aber er wird wohl merken, welches Affentheater wir wegen ihm aufführen!«

»Man könnte ja die Festspiele absagen, zumindest die Eröffnung.«

Der Kommandant reibt sich die Augen.

»Liebend gerne sag ich den ganzen zeremoniellen Scheiß ab. Der Quatsch ist eh jedes Jahr das Gleiche. Aber es geht ja schon lange nicht mehr um das Zeremoniell. Das ist ein Politikum geworden. Absagen bedeutet, vor dem Terror in die Knie gehen. Die Politik meint, so kann man dem Terror nicht entgegentreten. Wahrscheinlich haben die Herren auch Recht, nur die Arbeit bleibt an uns hängen.«

»Schaut also nicht gut aus, was?«

Der Kommandant presst seine Lippen aufeinander. Seine Lachfalten schauen nun wie versteinerte Furchen aus. »Baut Berlusconi Scheiße, müssen wir daran glauben. Wenn morgen der Bush eine kritische Bemerkung gegen den Iran vom Stapel lässt, müssen wir eine halbe Armee zum McDonald's nach Hard schicken, weil ein Amerikanisches Konsulat gibt es ja bei uns zum Glück keines. Wann immer wo Scheiße abgelassen wird, müssen wir damit rechnen, sie auf den Kopf zu bekommen.«

»Im Klartext müssen wir mit einem Auge auf die Weltpolitik schauen und mit dem anderen darauf, dass hier nix anbrennt«, antwortet Glamser.

Der Kommandant bleibt nun vor Glamser stehen.

»Du hast es erfasst«, sagt er fast feierlich. Sein ironischer Unterton ist Glamser nicht entgangen. Kurz ist er versucht, aufzustehen, um mit ihm auf Augenhöhe zu sein, aber lässt es lieber. Immerhin ist er der Bulle mit dem Cowboyhut, viel mehr Mätzchen sind da heute nicht drin.

»Und warum hat es der Funbomber gerade auf uns abgesehen?«

»Die passende Antwort auf diese Frage würde ich mit Gold aufwiegen«, antwortet der Kommandant und setzt sich wieder. »Das ist ein internationales Terrornetzwerk, das sich wie ein Computervirus auf uns gesetzt hat. Meine ganz persönliche Meinung ist, dass diese Arschlöcher unsere kleine Stadt ausgesucht haben, weil wir schlicht und ergreifend wehrlos sind. Wir haben mit Terror keine Erfahrung. Bomben die London oder Tokio weg, fahren die Antiterroreinheiten binnen Minuten ihre Schutzschilder hoch. Die sind gegen so einen Aggressor gewappnet. Und bei uns? Bis vor drei Tagen haben wir nicht einmal einen Bullen vor einem Konsulat stehen gehabt. Stell dir das einmal vor! Mittlerweile haben wir alle Urlaube zurückgestellt. Ich brauch jeden Mann.« Der Kommandant schnauft, steht auf und nimmt aus dem hinteren Schrank einen Brandy.

»Den hab ich seit den ganzen beschissenen Pressekonferenzen deponiert. Willst du auch einen?«

»Nein, danke, wie du weißt, bin ich im Dienst«, antwortet Glamser.

»Braver Glamser. So gefällst du mir.«

Der Kommandant schenkt sich seinen Schwenker voll, und bei Gott, Glamser könnte auch einen vertragen, aber er reißt sich zusammen. Der Kommandant stellt sich wieder zum Fenster und klopft mit dem Schwenker leicht gegen die Scheibe. Ein anmutiger Klang, wie von einer stolzen Kirchenglocke in weiter Entfernung. Im Gegensatz dazu zieht der Kommandant Sorgenfalten auf. »Die besten Leute hab ich schon abgeben müssen. Der Müller arbeitet mit den Deutschen und mit Wien zusammen, der ist die Schnittstelle in der Koordination. Der Semmler mit den Schweizer Kollegen und so weiter … komm zum Fenster«, befiehlt der Kommandant, und Glamser steht auf.

Beide schauen sie nun auf die Bregenzer Dachlandschaft und auf den See. Ein Motorboot in Lochau, einem Ort hinter Bregenz, kurz vor der Grenze zu Deutschland, hinterlässt ellenlange Bugwellen, die nicht vergehen wollen. Heute ist der See wie von einer silbernen Haut überzogen. Es ist windstill. Der in den See ragende Molo wird so perfekt gespiegelt, als würden sie vor einem Puzzle stehen.

»Du hast doch unten den Funkwagen vom Mobilen Einsatzkommando bemerkt, oder?«, fragt der Kommandant und deutet hinunter.

Glamser nickt. Ja, den hat er tatsächlich gesehen.

»Der sendet die Signale nach Wien und rüber nach Deutschland. Vielleicht kommt die GSG-9 und unterstützt uns. Jede Hilfe ist brauchbar. Wir sind auf die ganze Terror-Scheiße nicht vorbereitet, Erich. Der Irre könnte uns das Klo unterm Arsch wegsprengen, und wir würden es erst merken, wenn uns die eigene Scheiße um die Ohren fliegt.«

Er sieht Müller in den Funkwagen steigen. Ausgerechnet Müller! Was soll der mit den Deutschen schon am Hut haben, der kann doch froh sein, wenn er nicht über seine eigenen Schnürsenkel stolpert. Vielleicht sollte er dem Kommandanten vorschlagen, dass er Müller mit Mathias zusammenlegen soll, dann könnte er mit den Deutschen kooperieren.

Der Kommandant setzt ab und nimmt einen Schluck. Er verzieht seine Mundwinkel. So rechten Spaß scheint ihm die Aktion nicht zu machen »Das provisorische italienische Konsulat, das hat man jetzt oben im Leutbühel am Marktplatz eingerichtet, dort sitzen bereits ein paar Bullen aus der Policia di Stato, und für morgen haben sich die NOCS angesagt, das ist die Anti-Terror-Einheit von den Itakern, die kommt überhaupt nur, wenn's brennt. Verstehst du? Die kommen nur, wenn wer Feuer unter dem A hat.« Glamser bleibt unbeeindruckt. Noch hat ihm der Kommandant keinen Job zugeteilt. »Wer von uns arbeitet mit den Itakern zusammen?

»Mit den Itakern arbeitet die Kollegin Feuerstein zusammen. Finde ich auch zum Kotzen, dass sie mir die Feuerstein auch noch abziehen, aber die kann Italienisch und hat darin sogar maturiert.«

Glamser spürt, wie ihm der Schweiß hochkriecht. Viele Chancen hat er nicht mehr, hier mitzuarbeiten. »Und was ist mit dem Bahndamm?«

»Der Bahndamm, genau … «, murmelt der Kommandant so verhalten, dass Glamser sämtliches Blut in den Kopf schießt! Immerhin ist der scheiß Bahndamm hinter seinem Häusl und immerhin hätte ihn die scheiß Explosion fast sein Leben gekostet! »Den hätte ich beinahe vergessen. Den betreut die Kollegin Handlos so nebenbei mit. Die habe ich nämlich mit der Cobra zusammengeschaltet, weil die die Leute noch aus

Wien kennt. Die hat dafür die letzten zwei Nächte sämtliche Plätze und Straßennamen büffeln dürfen. Die ist firm wie ein Taxifahrer!«, antwortet der Kommandant und lacht. Glamser ist zum Heulen zu Mute. Die Handlos! Mit der hat er vor einer gottverdammten Woche den Dienst angetreten, und jetzt setzen sie ihm die auch noch vor sein Haus! Hätte er den einen Schritt zum Feuer nicht gemacht, hätte ihn der Ast nicht getroffen. Dann hätte er wenigstens den Bahndamm!

»Erich, Erich, ich weiß, was du denkst«, spricht der Kommandant. Glamser schaut überrascht auf.

»Aber den Bahndamm hätte ich dir so und so nicht gegeben. In die Geschichte bist du mir zu stark involviert. Für den war an sich der Müller bestimmt, bevor ich den für die Koordination abgestellt habe.«

»Rudolf?«

»Ja?«

»Für mich bleibt nur der Junge?«

»Personenschutz.«

»Was?«

»Da staunst du, was? Das Bundeskanzleramt hat Personenschutz angefordert.«

»Und?«

»Auch der Kanzler braucht Personenschutz. Die wollen zu ihren Bodyguards auch noch einen Ortskundigen von hier. Und da du der einzige Sozi unter uns bist, hab ich an dich gedacht.«

»Ich darf also mit dem Jungen am Arm zwei Tage lang dem Kanzler hinterherlaufen?«

»Einen Tag. Der offizielle Akt wird von zwei Tagen auf einen zusammengekürzt.«

Wieder spürt Glamser einen Stich. Er hat zu viel in den letzten Tagen versäumt, das sind alles Infos, die sogar die Sekretärin so nebenbei mitbekommt. Er muss ja noch von Glück reden, dass er den Kanzler abbekommen hat.

»Du schaust mir, dass der Kanzler auf keine Tretminen draufsteigt, kein streng vertrauliches Packerl aus dem Fernen Osten öffnet, keine Pralinen isst, die man ihm schenkt, nicht zu weit in den See rausschwimmt, und auch sonst auf keinem Scheißhaus in der Muschel verschwindet. Vielleicht macht ihn dein Begleitschutz sogar beliebter. Du bist ja in diesem Land eine respektable Persönlichkeit!«, versucht er, Glamser Honig ums Maul zu schmieren. Glamser bleibt gelassen.

»Mathias und der Kanzler. Glaubst du wirklich, dass diese Kombination gut ist?«

»Das wird wohl gut sein müssen, Erich. Es ist jeder von uns eingeteilt. Und du hast den Kanzler bekommen. Das wird für dich eine lockere Angelegenheit. Erstens kennst du dich im Umgang mit Prominenten aus, ich denk an deine Zeit bei der Streife, da haben sie auch dich herausgepickt, wenn es um heiklere Missionen gegangen ist. Und zweitens ist der Kanzler neben dem Berlusconi von Haus aus das bestgeschützte Objekt. Dem Kanzler wird nichts passieren, also wird auch deinem Schützling nichts passieren.«

»Im Klartext bring ich dem Kanzler einen Großen Braunen und mach mit ihm blöde Witze.«

»Du hast es erfasst, mein Lieber.« Der Kommandant schaut auf die Uhr. »So, jetzt muss ich mich auf meine Pressekonferenz vorbereiten und du suchst wieder deinen Schützling auf, gut?«

Glamser nickt. Beide verlassen den Raum. Der Sommer, der Kanzler und Glamser. Wer hätte das gedacht?

Der fette Brunzer und der Junge.

Tja, wie könnte er den Jungen vergessen. Glamser steckt seinen Kopf ins Großraumbüro. Die anderen sind schon längst auf Mittag, aber der Junge sitzt vertieft in sein schwarzes iBook. Stoisch. Mit seinen großen Augen. Fast regungslos. Fast unheimlich. So etwas von konzentriert, das hat Glamser noch nicht gesehen. Glamser pfeift. Keine Reaktion. Glamser bleibt im Türrahmen angelehnt stehen.

Warum hast du dir nur mich ausgesucht, mein Junge, warum?

Glamser tritt einige Schritte näher, aber er ist gehemmt. Im Grunde will er von dem Jungen weg und nicht hin. Jetzt fällt ihm der Baum im Garten ein, dem er sich auch nicht nähern konnte. Glamser schüttelt seinen Kopf. Auf seine alten Tage wird er ja noch mächtig schrullig. Unbeholfen lässt er die Tür zuknallen. Der Junge schreckt auf. Im Handumdrehen knallt er den Laptop zu. »Na, mein Junge, schon drauf und dran am Bestseller?« Der Junge errötet. Er schaut Glamser mit großen Augen an.

Warum, mein Junge, warum wolltest du ausgerechnet mich?
Spuck's aus!

Sie schauen einander in die Augen. Kein Wort mehr.
»Erich, bist du noch hier?! Komm zurück!«, unterbricht die Stimme des Kommandanten ihre wortlose Konversation.
Glamser bleibt jedoch still und starrt dabei dem Jungen weiterhin in die Augen. Glamser weiß, was ihm die Augen des Jungen mitteilen. »Lass mich hier nicht sitzen! Nimm mich mit!« Glamser will aber nicht.
»Erich! Ich weiß, dass du noch da bist!«, hallt es erneut durch die Gänge. Noch kein Bariton. Glamser hat Zeit. Glamser sucht nach einem Ausweg. Aber die Augen des Jungen haften auf ihm. Er kann ihn doch nicht hier wie bestellt und nicht abgeholt stehen lassen! Sicher kann er

das! Gegen seinen Willen spürt Glamser, wie seine Hände feucht werden. Ein kurzer Blick. Die Augen! »Bitte!«

»Erich! Ihr kommt so mit dem Auto nicht raus, du brauchst eine Identifikationskarte! Lass die kindischen Spielchen, ich weiß, dass du da wo bist«, grollt der Kommandant und hat seinen Bariton nun voll aufgedreht. Den würde Glamser auch noch hören, wenn er bereits beim Schranken stehen würde. Mit einem Kopfschwenker deutet Glamser dem Jungen, mitzukommen.

»Danke«, antwortet der Junge leise. Weder demütig noch heuchlerisch, sondern glücklich. Das Glück des Jungen ist Glamsers Stress. Er spürt sein Herz. Im Gleichschritt marschieren sie nebeneinander her. Von Einklang will Glamser nichts wissen.

»Na, schon eingewöhnt?«, fragt der Kommandant und führt den Jungen an den Schreibtisch heran.

»Ja, danke«, antwortet ihm Mathias. »Mit Herrn Glamser haben Sie einen wunderbaren Polizisten, wenn ich das so sagen darf, Herr Kommandant.«

Glamser erstarrt zur Salzsäule. Andere freuen sich, er schreckt sich. Wie soll er sich denn verhalten!? Er ist Lob nicht gewohnt. Wer in der Kindheit und Jugend zu wenig Schokolade bekommt, will als Erwachsener auch keine mehr. Glamser spürt, wie ihn der Junge schwitzen lässt.

»Gut so, Glamser! Beide abtreten!«, scherzt der Kommandant, dem nicht entgangen ist, dass sich Glamser unwohl fühlt. Dieser bewegt sich nicht von der Stelle. Mathias will schon gehen, aber der Kommandant hält ihn zurück. »Dageblieben, junger Mann, es betrifft ohnehin euch beide. Wir schauen uns durch die Blogs, die den Funbomber zum Inhalt haben. Und da sind wir jetzt gerade auf folgenden Eintrag gestoßen. Ist nichts Besonderes, aber bitte, schaut selbst.«

»*Der fette Brunzer und der Junge!*

Glamser du alter Sack, bist auch wieder am Damm! Anstatt, dass du beim An-

schlag auf die Bahn gleich abgekratzt bist!

Ihn hat ja ein Ästchen getroffen und so ist er als erstes Terroropfer ins Spital gebracht worden ... mit Fotos und seiner bescheidenen Lebensgeschichte in der Zeitung und so weiter, wie es sich halt für einen C-Promi gehört.

Und jetzt mit dabei hat er einen Knaben, der sein Sohn sein könnte. Der Sohn vom Halbleiter-Neumann. Ob die beiden etwas zusammenbringen ist zu bezweifeln ...

Bleiben folgende Fragen zu klären, vielleicht können uns da die beiden Herren weiterhelfen. Glamser, was macht so ein Schlappschwanz wie du bei der Kripo? Willst du gar Anschlag Nummer II lösen, du Brunzer? Warst ja schon bei der Streife und als Fernseh-Bulle keine Leuchte! Und für was schleppst du ein Tamagotchi mit dir! Geht ihr vielleicht zusammen auf die Toilette? Putzt ihr euch gegenseitig den Arsch aus? Hat man da wen in die Kripo gepresst? Will man so dem Funbomber begegnen? Bregenz wird sich noch wundern, dieser scheiß Dilettantenhaufen! Bregenzer Blutspiele, die wünsch ich Euch – just for fun!«

»Löschen!«, kommt von Glamser der Befehl. Was auch immer dieser Internet-Unhold erreichen will, so sicher nicht! Der Kommandant nickt und hebt bereits den Telefonhörer.

»Ich würde das nicht tun«, antwortet der Junge, der mittlerweile beim Fenster steht.

Die zwei Alten schauen überrascht über ihre Schultern.

»Die größte Provokation wäre doch, auf diesen Blog gar nicht zu reagieren.«

Glamser nickt. »Hört, hört!« Der Junge hat etwas zu sagen. Zuerst erspäht er den Nato-Einsatzwagen, und dann diese souveräne Einstellung.

»Wenn euch das recht ist? Ihr müsst damit leben, nicht ich«, antwortet der Kommandant und legt den Hörer wieder zurück auf die Gabel.

Glamser verschränkt die Hände hinter seinem Nacken. »Bregenzer Festspiele – Bregenzer Blutspiele, dieses Wortspiel löst bei mir Unbehagen aus.«

»Ist nicht mehr als ein Blog, wie Mathias sagt«, antwortet der Kommandant.

»Nur wegen dem Blog hast du uns aber nicht nochmals zurückgerufen«, kontert Glamser.

Der Kommandant nickt. »Schon richtig, Erich. Wir haben es nie offiziell gemacht, dass dich ein Ast k.o. geschlagen hat. Der Typ hat also Insiderinformationen. Das haben wir nicht einmal deiner Versicherung weitergegeben.«

Glamser bleibt stumm. Die Leute, die das wissen, kann er an einer Hand abzählen, und die wissen wiederum nicht, dass er mit Mathias zusammenarbeitet.

Ganz nebenbei teilt der Kommandant die Identifikationskärtchen aus und drückt Glamser die entsprechende Autoplakette in die Hand.

In der Nacht fliegen nur die Fledermäuse. Glamser spaziert.

Glamser zählt 3.000 Schafe. Auf ein rotes folgt immer wieder ein schwarzes. Immerhin haben sich die Sozis und die Konservativen zu den Festspielen angesagt. Zuerst Mörbisch, dann Bregenz und schließlich Salzburg und die Wiener Festwochen. Glamsers Herz pocht. Um ehrlich zu sein, freut er sich auf diesen Eröffnungsevent. Freuen ist vielleicht nicht das richtige Wort. Er findet die Angelegenheit, das ganze Drumherum, spannend. Laut darf man es ja nicht sagen, aber im Grunde ist endlich etwas los in diesem verschnarchten Kaff! Das wird ein ganz großes Kasperltheater! Wenn erst einmal die Medien Wind davon bekommen, dass es am österreichischen Bodenseeufer nur so von internationalen Sicherheitskräften wimmelt, sind die Skandale nicht mehr weit. Und irgendwie ist er ja doch dabei. Wenn schon nicht auf großer Flamme, dann wenigstens als Glühwürmchen. Und falls Sabine einmal einen Enkel nach Hause bringt, ist er um eine Anekdote reicher: Die Tage, als er mit dem Kanzler Bregenz unsicher machte. Unsicher? Natürlich. Trotz allem wird es eine Party werden. Wir sind doch in Österreich. Eben!

Vor Glamsers Augen tummeln sich 3.285 Schafe. Manche rammeln sogar. Schwarze und rote Schafe rammeln herum. Er sollte dem Treiben noch länger beiwohnen. Wer weiß, welche illustren Tierchen da rauskommen? Die könnte er fast als politische Vision verkaufen, solange da kein blaues oder oranges Ungetüm herauskommt. Man stelle sich das einmal im Parlament vor. Rote und schwarze Schafe rammeln wie wild herum. Dieser Gedanke übersteigt das Maß jeglicher Vorstellungskraft, und Glamser verscheucht alle Schafe mit einem Klatscher. Wie ein Schwarm Sardinen spritzen sie auseinander. Benommen steht er auf. Herta schläft. Er braucht ein bisschen Frischluft.

Auf geht's, Alter!
Ob du nun bei mir bist oder nicht, ich ziehe meine Runden trotzdem.

Was für ein Panorama! Als ob alles für diesen Moment geschaffen ist. Der Sternenhimmel, dazu das Festspielhaus vor ihm, rechts die noch geschlossene Gastronomie, links der langgezogene Platz der Wiener Philharmoniker und aus dem Augenwinkel heraus erkennt er die bronzene Statue des Vorarlberger Künstlers Gottfried »Göpf« Berchtold. »Frau im Stamm« nennt sich die Skulptur, die in der Nacht fast schwarz in den dunkelblauen Himmel ragt. Glamser nennt sie Goldbaum. Langsam bewegt er sich in Richtung Festspielhaus, das rund hundert Schritte vor ihm liegt. Er schlendert an der »Göpf«-Skulptur vorbei, die im Grunde ein genialer Springbrunnen ist. Ein Springbrunnen, aus dem kein Wasser springt. Irgendwo lässt der Stamm ein bisschen Wasser aus, sodass sich die Asphaltdelle rund um den Baum stetig mit Wasser füllt und den Goldbaum spiegelt.

Die Stühle stehen ungeordnet um die Skulptur herum. Glamser nimmt kurz Platz und spürt sofort das kalte Metall auf seinem Hintern. Er holt einen Block aus seiner Gesäßtasche hervor und skizziert kurz den Platz. Natürlich hätte er zu Hause einfach ein Bild abmalen können, aber wenn er schon einmal hier ist, erledigt er die Kleinigkeit vor Ort. Hier überall, und das ist das Unglaubliche, hier überall könnte eine Bombe in die Luft gehen. Glamsers Nackenhaare stellen sich auf. In ihm kribbelt es. Kommen die Flammen von der Explosion am Bahndamm wieder? Die Gelbe Wand! Das Kribbeln flaut ab, nichts. Fehlanzeige. Erschöpft lässt Glamser die Hände baumeln. Das kann nicht allein ein Flashback sein. Er ist kein psychisches Wrack, er ist belastbar! Er steht auf, stopft den Block zurück in die Hosentasche und kickt einen Kieselstein vor sich her. Er ertappt sich dabei, dass seine rechte Hand nach Fluppen sucht. Scheiße ist das alles, scheiße! Keine Fluppen, keine Gedanken, zumindest nicht die richtigen. Was will ihm sein Unterbewusstes mit diesen Bildern sagen? Es ist, als ob er etwas Wesentliches nicht kapiert. Aber was?! Die Bilder werden so oft wiederkommen, bis er versteht. Bloß was?! Glamser kickt den Kieselstein zur Seite.

Und du hilfst mir auch nicht weiter, du Penner!

Er geht zum Aufgang für die offenen Ränge. Glamser versucht, das Tor zu öffnen, aber es tut sich nichts. Von einem Moment auf den anderen wird er daran erinnert, dass sie sich in einem Ausnahmezustand befinden. Er wischt sich den Staub von seinen Jeans und geht die Absperrung entlang. Sie wird durch einen Maschendrahtzaun verlängert, vielleicht gibt es dort ein Schlupfloch. Früher konnte man in der Arena schon mal einen Abend ausklingen lassen. Manchmal fuhren sie auch mit der Streife vorbei und schauten, ob die Partys nicht ausarten, aber in den meisten Fällen stießen sie auf keine Probleme. Die Menschen haben vor der Kunst im Grunde Respekt, stellt er zufrieden fest.

Seine Schuhe tasten sich unter dem Zaun durch, der unten nicht ganz schließt. Hier scheint überhaupt eine größere Mulde zu sein, durch die er in den Publikumsbereich eindringen kann. Der Gedanke ist so kindisch, dass er ihm schon wieder gefällt! Glamser krempelt die Ärmel seiner Jeansjacke hoch und hebt den Zaun an. Wie aus dem Nichts hält ihm wer eine Taschenlampe ins Gesicht. Glamser hält seinen Vorderarm schützend vor seine Augen.

»Hat man denn hier nicht einmal in der Nacht vor Ordnungshütern seine Ruhe?«, versucht es Glamser auf locker. Im Grunde fühlt er sich ertappt, und das ist ihm mehr als peinlich!

»Ja, Erich, was machst du denn hier?«

»Hi, Anatol. Hab nicht schlafen können. Wie geht's, wie steht's?«

Sie schütteln sich die Hände. Für einen Moment wäre Glamser wieder gerne Bulle, Streifenbulle, so wie er es sein Lebtag lang war. Eine größere Verantwortung zu tragen, kann auch unangenehme Seiten haben. Was ist, wenn dem Kanzler wirklich der Schädel explodiert?

»Wenn du das Dilemma mit dem Türken meinst, den ich nach der Flucht mit dem gestohlenen Auto abgeknallt hab, da bin ich fein raus.«

»Ja?«, fragt Glamser erfreut nach.

»Ja, in den Autoreifen werde ich ja noch schießen dürfen. Dass ein

Querschläger in seine Halsschlagader geht, für das kann ich nichts. Immerhin ist der Typ auf mich zugerast, da habe ich aus Notwehr gehandelt.«

Glamser nickt. »Gratuliert man zum Freispruch?«

»Ha, ha, ha … für alle wäre es besser, er wäre am Leben, aber er ist es nun mal nicht mehr. Willst du etwa auf die Bühne?«, fragt Anatol nach, dem es ganz recht sein dürfte, wenn das Thema gewechselt wird.

»Wenn du mich schon direkt fragst: Ja, ich will.«

»Und warum sagst du das nicht gleich?«, fragt Anatol und öffnet die mittlere Torschleuse.

So leise rollen die Schleusen auseinander, dass Glamser vor Neid fast die Spuke wegbleibt, wenn er an sein verhunztes Gartentürl denkt. »Ist das etwa auch ein Lindpointner?«, fragt er interessiert und denkt dabei an sein rostiges quietschendes Etwas, das in prähistorischer Zeit Einfahrtstor geheißen hätte.

Anatol leuchtet kurz die Legierung ab, sieht ein kleines Etikett und antwortet: »Sieht ganz danach aus, ja, das ist ein Lindpointner. Warum?«

»Ach, nur so«, antwortet Glamser, »ich schau mich demnächst, wenn ich Zeit habe, ein bisschen um. Gestern hat Herta schon eine Beschwerde bekommen, weil ich in der Nacht das quietschende Türl bei uns zu Hause geöffnet habe und damit fast die halbe Nachbarschaft aufgeweckt hätte.«

Sie stehen mitten auf der Bühne. Nun kommt's zum Ritual: Für einen Moment schweigt man und betrachtet die größte bespielbare Seebühne der Welt. Wie wenn man auf einem Gipfel steht und den Augenblick genießt. Anatol schaltet die Taschenlampe ein. Er leuchtet zuerst durch die bestuhlten Reihen, dann hinunter in den Wassergraben, der den Publikumsbereich von der Bühne trennt, und schließlich fährt er elegant über das überdimensionale Bühnenbild, als ob er ein kostbares Zimmer in einem Schloss abstauben würde. Heuer spielt man ja die Tosca. Aber in der Nacht liegt das Auge wie ein Teller flach, und überhaupt ist von der mächtigen Bühne wenig zu sehen.

»Aus Sicherheitsgründen ist der Scheinwerfer in der Nacht nicht mehr an. Man will keinem die Möglichkeit geben, sich zu orientieren. Auch die Webcam auf der Festspiel-Homepage hat man ausgeschaltet.« Anatol leuchtet mit der Lampe in die letzte Sitzreihe. Eine Katze kommt ins Bild. Beide Bullen schmunzeln.

»Stell dir einmal vor, da bringt jemand jeden Tag irgendeine Schraube in den Zuschauerraum, und plötzlich sprengt sich der bei der Premiere in die Luft. Im Prinzip kannst du nichts verhindern.«

Betroffenheit macht sich breit. Das sind 7.000 Menschen, die sich jeden Abend dem Kulturgenuss hingeben werden. Die Festspiele sind schon Monate im Vorhinein ausverkauft. Heuer gibt es 23 Vorstellungen, ganz zu schweigen von den Veranstaltungen, die sich im Haus abspielen werden. Der ganze Spaß dauert von Ende Juli bis Ende August. Dazu kommen dann noch die Tagesausflügler und die Badegäste, auf die darf man auch nicht vergessen. »Alleine auf der Seebühne erwarten sie über 160.000 Besucher. Und nur einer davon muss ein Irrer sein.«

»Glaubst du, dass es nur einer ist?«

»Sicher nicht. Aber geht man von den zwei Anschlägen aus, da muss nur einer das Bomberl in die Arena bringen. Und wer Sprengstoff für zwei Attentate hat, hat auch welchen für ein drittes. Anatol, warum bist du eigentlich heute Nacht eingeteilt?«

»Weil ich bei Bond auch schon vor Ort war.«

»Und da soll noch einer sagen, es gäbe nicht immer eine Kehrseite.«

»Stimmt. Ich darf wahrscheinlich den ganzen Sommer da verbringen, außer die letzte Woche, weil da mach ich Urlaub. Und das eine sag ich dir: Das hier wird ein größerer Aufwand, als die paar Tage, wo man hier James Bond gedreht hat«, ergreift Anatol das Wort. »Die Bond-Crew kennt sich erstens mit der Abriegelung von Drehorten aus. Die machen die halbe Zeit nichts anderes, und das schon seit Jahren. Ob du jetzt am Eiffelturm drehst oder bei den Bregenzer Festspielen, das ist denen egal. Als die gedreht haben, haben wir und die Kollegen von der privaten Security nur darauf achten müssen, dass kein Unbefugter das Areal betritt. Jetzt müssen wir schauen, dass die 160.000 Besucher ihre Tosca sehen können, ohne dass wir ihnen zu sehr auf den Zeiger gehen. Und trotzdem kann einer von denen der Funbomber sein.«

»Du meinst von See- und von Landseite alles abriegeln, natürlich.«

»Selbstverständlich. Der See wird bis zum Molo abgeriegelt sein. Der Hafen muss ja für die Schifffahrt offen bleiben. Aber vom Strandbad bis zum Molo wird definitiv alles abgesperrt werden«, antwortet Anatol und macht mit seiner Lampe die Bewegungen mit. »Das Gleiche gilt für den Platz vor den Festspielen. Der wird zumindest ab 18:00 Uhr nur mit Personalausweis passierbar sein.«

»Und wo, glaubst du, liegt der größte Unterschied zwischen Bond und dem Funbomber?«

»Der Bond war nur zum Spaß da, der Funbomber kommt, weil er einen Auftrag zu erfüllen hat, solche Menschen sind unberechenbar. Beim Bond hat man vier Tage gedreht und dann sind die Scheinwerfer ausgegangen. Da hat sich alles auf einen sehr kurzen Zeitraum konzentriert. Jetzt muss das ganze Affentheater einen Sommer lang durchgehalten werden, will man sich keine Vorwürfe machen, falls doch etwas passiert.«

Glamser wendet seinen Blick von der Bühne ab, beide spazieren in Richtung Ausgang. »Und, was ist deine persönliche Meinung?«, fragt Glamser nach. Die Meinung von Anatol ist ihm gleich wichtig wie die vom Kommandanten. Streifenbullen liegen selten falsch.

»Ganz ehrlich?«

Glamser nickt.

»Ich hab da so meine eigene Theorie mit der Angst. Angst geht immer von einer tatsächlichen Gefahr aus, weil sonst wäre sie nicht in uns.«

»Stimmt!«, antwortet ihm Glamser. Man muss den Gefühlen auf den Grund gehen. Zeit, einmal bei seinem jungen Freund vorbeizuschauen. Bei nächtlichen Streifzügen treten mitunter unangenehme Erkenntnisse zu Tage.

Glamser stellt sein Auto an der Hauptstraße in eine Ausweichstelle. Der Auspuff von seinem altersschwachen Kadett lärmt und seine kleine Visite sollte nicht für unnützes Aufsehen sorgen. Es ist kühl geworden und er formt seine Finger zu Fäusten, mit denen er seine Jackentaschen ausbeult. Warum er sich so albern aufführt, weiß er selber nicht. Er schüttelt den Kopf. Jetzt ist er derjenige, der den Jungen nicht in Ruhe lässt. Joe hätte ihn sicher schon zurückgepfiffen, aber was soll er denn machen? Kein Joe, kein Schiedsrichter. Er sollte sich's gut gehen lassen, denn Joe war ja gelegentlich auch einer von der Sorte, die einem jedes Späßchen verderben. Und was macht er? Er benimmt sich wie ein Jammerlappen, weil sich Joe in Luft aufgelöst hat.

Zwei Laternen zieren den Gartenweg zur Villa Neumann. Sie stehen auf Marmorsäulen, die der Antike nachempfunden worden sind. Auf den Marmorsäulen sind fußballgroße Leuchtkörper angebracht. Die rechte Laterne ist von der Nacht eingehüllt, nur die linke erstrahlt in milchigem Licht. Sie wird von einem Mückenschwarm umschwirrt. Zwei Brückenspinnen huschen über ihre Netze, die sie zwischen der Lichtkugel und dem Laternenmast gewebt haben. Die Ausbeute in dieser Nacht ist einträglich. Kaum sitzt eine der Spinnen wieder in ihrem Netz, verfängt sich darin erneut ein Insekt, sodass die Spinne zu ihrem nächsten Opfer huscht. Instinktiv geht Glamser einen Schritt zurück. Mit einem Klatscher landet auf der Laterne eine daumengroße Hornisse. Ihr Gang ist zittrig und konfus. Ihre Flügel vibrieren. Sie dreht sich im Kreis, dann krabbelt sie wieder einige Zentimeter weiter. Sie sieht nicht aus, als ob sie auf Nahrungssuche ist. Das Licht scheint sie rasend zu machen. Glamser versucht, ihrem Weg zu folgen und eine Botschaft darin zu lesen. Er scheitert. Ein Nachtfalter nähert sich der Laterne. Aber nicht lange. Eine Fledermaus taucht aus dem Nichts auf, macht einen Haken und schnappt sich den Falter.

Die Villa liegt im Dunkeln. Einzig die Gegensprechanlage am prunkvollen Eingangstor ist mattblau beleuchtet. Glamser schaut auf seine Uhr. Es ist kurz vor zwei. Den Trip hätte er sich sparen können. Erst jetzt fällt ihm auf, dass sich auf der Gegensprechanlage keine Mücken tummeln. Unter dem goldenen Namensschild hat jemand etwas eingeritzt. Glamser geht in die Hocke. Seine Gelenke krachen. Unter dem Namensschild steht in Blockbuchstaben »REAKTIONÄRER BRUNZER«. Das ist aber nicht nett, denkt Glamser. Wie lange mag das schon hier stehen? Was macht man gegen so etwas? Wahrscheinlich tut der alte Neumann gut daran, es zu ignorieren. Das Namensschild ist nun mal verschandelt, wechselt man es aus, macht man dem Unhold eine Freude. Vielleicht hat Mathias aus der Situation etwas gelernt und deshalb gemeint, sie sollen den Blog, in dem sie beide beschimpft worden sind, einfach Blog sein lassen. Ignoranz dürfte wohl die beste Irritation sein.

Unbeabsichtigt schaut Glamser zu Boden und sieht, dass zwischen seinen Beinen eine Ameisenstraße hindurchgeht. Es ist ein schwarzer, krabbelnder, lebendiger Strich, stecknadelkopfgroße Arbeiterinnen. Er kennt sie von seiner Veranda. Dort treten sie dann auf den Plan, wenn zum Beispiel ein Nachtfalter zu nahe ans Licht gerät und verbrannt abstürzt. Am nächsten Tag ist von dem fetten Brummer nichts mehr übrig. Ihm schwant nichts Gutes. Glamser greift nach seiner kleinen Taschenlampe, die er an seinem Schlüsselbund trägt, und leuchtet unter die Haselnusshecke. Angeekelt wendet er seinen Blick ab, bevor er sich abermals hindreht und das Licht anknipst. Unter der Hecke, beim Stamm, liegt wie ein vergessener Cricketball ein Katzenkopf. Das Fell ist arg zerzaust, das Maul ist weit aufgerissen und dient den Ameisen als Einstieg zum Kopf. Die Nase ist blutig und die Augen sind geschlossen. Glamser zuckt zurück. Er hat Tiere sehr gerne. Solch einen Anblick kann er seit seiner Kindheit nicht ertragen. Er versucht, das Bild zu verdrängen.

Glamser sinniert. Auch im Blog, der sich über seine Aktivitäten mit dem Jungen lustig macht, wurde das Wort »Brunzer« verwendet. Vielleicht wollte hier auch wer gegen Mathias oder dessen Familie seinen Groll ablassen und nicht gegen ihn. Gedankenverloren geht Glamser an der Villa vorbei und dreht sich noch einmal um. Er ist erstaunt. Es ist doch noch wer auf. Ein Zimmer, ganz oben, im ausgebauten Dachstock. Der Junge sitzt vor seinem Laptop und arbeitet. Das Zimmer ist verdunkelt, es wird nur vom Licht des Laptops erhellt. Gerade jetzt erstrahlt alles im roten Licht. Mathias' Antlitz ist blutrot, außer seine Haare und seine Augen, die sind pechschwarz. Plötzlich verdunkelt sich der Raum. Der Computer ist runtergefahren. Glamser schaut nun in ein schwarzes Loch. Er kann sich nicht von der Stelle bewegen, er muss in das schwarze Loch schauen.

Du hast mich gesehen, was? Und deshalb hast du den PC runtergefahren. Hast du etwas gemacht, von dem ich nichts wissen soll? Was hast du vor? Sag mir einfach, was du vor hast.

Glamser verharrt. Er hört nichts mehr. Er schaut einfach nur in das schwarze Loch, in dem er nichts erkennen kann. Gegensätzlich dazu die Bilder in seinem Kopf: Dort buhlen grelle Farben und gellende Geräusche um seine Aufmerksamkeit.

Zwei Ungeheuer im Kampf. Immer wieder stoßen sie mit ihren robusten Körpern aneinander. Funken fliegen. Dämonische Schatten tanzen auf den Geleisen. Der Lärm in Glamsers Kopf wird unerträglich. Er taumelt zurück auf die Straße, hält sich die Ohren zu, während die Natur schweigt. Wie ein Betrunkener torkelt er zum Auto. Die Hornisse, die vorhin noch beim Licht der Laterne klebte, krabbelt mittlerweile erschöpft auf dem Boden herum. Fast wäre sie Glamsers unbeholfenem Schritt zum Opfer gefallen, aber Starlight, das Mädchen mit den braunen Haaren, nimmt ihn an der Hand, bringt ihn zu seiner Villa mit dem grünen Rasen zurück und hört ihm beim Sprechen zu.

Heute hast du ein neues Unternehmen gegründet. 47 Mitarbeiter eingestellt. Ihnen drei Großraumbüros übergeben. Zwei junge Sekretärinnen arbeiten für dich. Sie finden es aufregend, wie gut es dir geht. Dein neuer Geschäftsführer verschiebt seinen lang ersehnten Urlaub, damit er endlich gegen dich Tennis spielen kann. Du ladest den besten Mitarbeiter der Konkurrenz auf dein Boot zum Brunch ein. Du stehst vor einem Autohaus und kannst dich nicht entscheiden, ob du dir zur Feier des Tages einen neuen Sportwagen oder einen Van für die Familie kaufen sollst. Du lachst und kaufst beide Autos. Du kommst nach Hause und parkst deinen neuen Van ein. Dein Sohn kreischt und will hinter das Lenkrad. Deine Frau wirft dir von der Veranda aus eine Kusshand zu. Dein Vater steht im Dinnerjacket im Garten und spielt eine Runde Cricket. Deine Mutter prostet dir mit einem Margarita zu. Deine Tochter zeigt dir ihr fehlerloses Deutschdiktat. Dein Gärtner schafft eine Dreimeterpalme in das vorgesehene Loch. Du entledigst dich deines Anzugs, schlüpfst in deine Badehose und springst in den Pool ...

Er gerät ins Stocken. Zeit, ihn in sein Auto zu setzen. Und anzuschnallen, sonst passiert dem armen Kerl noch was.

Glamser erwacht. Er sitzt angeschnallt in seinem Auto. Weiß der Teufel, wie er dorthin gekommen ist! Er zittert. Ihm ist, als wäre er in eiskaltes Wasser eingetaucht. Irgendwie riecht es hier nach Chlor.

Joe!

Zurück zum Beton.

Glamser hat alle Fenster runtergelassen, sich seiner Jeansjacke entledigt, und aus dem Autoradio dröhnt irgendwas wie Bach oder Händel, Barock jedenfalls. Sein T-Shirt klebt nass auf seiner Haut und sein durchschwitztes Haar wird von der wirbelnden Luft getrocknet. Er schneidet die Kurven sehr eng an und beschleunigt bereits wieder, wenn er sie verlässt. Die Endstufe, das einzige Teil von seinem Kübel, der noch nicht museumsreif ist, startet durch, seine Reifen lassen Gummi und der Kies spritzt von der Straße. Erst an der Kreuzung vor der Hauptdurchzugsstraße muss er das Bremspedal durchdrücken. Unter dem Schild ‚Bahnhof' sind die Aufschriften ‚Casino' und ‚Stadion' angebracht. Er biegt nun nach rechts in Richtung Stadion ab. Die lange Gerade gibt ihm die Möglichkeit, durchzuatmen. Unerwarteterweise nimmt er die Einfahrt zum Bahnhof und geht zum Zigarettenautomaten. Er weiß selber nicht genau, wie ihm geschieht, aber seine Füße tragen ihn dorthin. Er schiebt seine Kreditkarte in den Schlitz, zieht sie wieder heraus, dann steckt er einen Zehner in die Öffnung und drückt zweimal auf den gleichen Knopf. Zwei Schachteln Zigarillos poltern in das Blechfach, ein paar Münzen in die Restgeldentnahme. Das müsste reichen. Auf den Zigarettenautomaten knallt er das Büchl vom lustigen Nichtraucher und greift nach dem Zündschlüssel.

Er biegt nach rechts ab, nimmt die Straße stadtauswärts, bleibt bei der nächsten Ampel stehen, legt den linken Blinker ein, fährt die Brückenauffahrt hoch, überquert nun die dem Bahnhof vorgelagerten Schienenstränge und sieht vor sich schon das Betonoval – seine Kathedrale.

Planlos steht er heute vor ihr. So planlos wie noch nie. Wie oft war er in der letzten Zeit schon hiergewesen, hat gedacht, es wird sich was ergeben. Er lehnt sich gegen das Gemäuer und spielt mit einem Zigarillo. Er lässt ihn durch die Finger wandern. Er kommt ihm so dick, so fleischig vor, dieses Gefühl ist unangenehm. Der weiße Filter leuchtet unter dem Tabakblatt hervor. Dies scheint die einzige Ähnlichkeit mit einer Zigarette zu sein. Glamser streicht sich über seine Bartstoppeln. Er schnauft. Ist das ein Teil des langen Wegs zum kurzen Abschied vom Nikotin? Oder ist es die Rückkehr zum Nikotin? Sein Atem ist schwer, sein pochendes Herz spürt er bis in die Fingerspitzen. Seine Lippen trocknen aus und seine Zunge sehnt sich nach einem Tropfen Wasser. Er streicht mit der Handfläche über den kühlen Beton. Er spürt die feinen offenen Poren, die kleinen Risse und die Narben, wo die Betonklötze miteinander verbunden wurden.

Wenn mit seinem Verein alles gut geht, wird es diese Haut noch länger geben als die der Menschen, die dieses Oval zu etwas Besonderem machen. Soll so sein. Er presst den Filter zusammen. Das Tabakblatt zerbröselt. Seine Hände zittern. Er schließt seine Augen. Er spürt jede Zelle seines Körpers. Die Flamme des Feuerzeugs bettet seine Gedanken in ein weiches Licht. Ein Friedensangebot an sich und an die Welt. Und trotzdem: Er hat verloren. Warum auch nicht? Damit es Gewinner gibt, braucht es auch Verlierer. So ist das nun mal auf der Welt, mehr als ein paar solcher spröder Gedanken wird man nicht ins nächste Leben rüber retten können. Sonst würde der Mensch ja gescheiter werden, aber der Mensch ist und bleibt ein Depp. Den ersten Zug pafft er. Oh Gott, was macht er hier nur? Er ist so ein Arsch! Er ist sicher der Vorarlberg-Arsch des Tages, beziehungsweise der Nacht, da ist er sich sicher! Er raucht nicht, er frisst das Zeug regelrecht in sich hinein. Er spürt, wie der heiße Rauch sich den Weg durch den Filter in seinen Mund bahnt. Den zweiten Zug inhaliert er, volles Rohr. Ein veritabler Hustenanfall macht ihm klar, welcher Idiot er ist, so ein Idiot! Aber was soll's. Ein Idiot mehr oder weniger, darauf kommt es in Österreich nicht an.

Joe, kommst du jetzt endlich wieder? Du verdammter Hurensohn!

»Ich glaube nicht, dass man Zigarillos inhalieren sollte, oder?«
    Glamser reißt die Augen auf. Es ist nicht Joe. Joe ist auch nicht Fleisch geworden. Joe ist keine Frau. Vor ihm steht Mona Handlos.
    »Was, was machen Sie hier?«, stammelt er.

»Ich habe gewusst, dass Sie wieder einmal bei Ihrem Stadion vorbeischauen. Also war es nur eine Frage der Zeit, bis Sie endlich auftauchen.«

»Campen Sie hier?«

»Nein. Aber ich nehme diese Straße immer, wenn ich in der Gegend bin, und heute habe ich Ihren roten Kadett hier stehen gesehen. Von denen gibt es hier nicht mehr viele.«

»Stimmt«, antwortet Glamser, »es sind in ganz Vorarlberg nur noch 47. Ich habe bei den Zulassungen nachgeschaut.« Er nimmt noch einen Zug. »Ich kenne aber keinen der anderen Kadett-Fahrer persönlich. Ich lehne jeglichen Kontakt, der über das Auto läuft, ab.«

Eine kurze Pause entsteht. Beide schauen sie auf die Glut von Glamsers Zigarillo. »Und, was wollen Sie?«, fragt Glamser.

»Mich würde interessieren, was Sie hier um diese Zeit noch bei dem Stadion machen. In ungefähr einer Stunde wird es hell.«

»Das ist eine gute Frage«, antwortet Glamser.

»Und die hat eine gute Antwort verdient«, lässt Handlos nicht locker.

»Ja, das ist eine lange Geschichte«, bleibt Glamser kurz angebunden. Er zieht an seinem Zigarillo. Er spürt, wie sich das Nikotin in seinem Körper ausbreitet. Sein Körper fühlt sich so leicht an, als könnte er jeden Moment abheben. Entspannt lässt er seine Glieder baumeln.

»Sie haben hier jemanden verloren«, spricht Handlos weiter. »Und dass Sie wieder am Damm sind, können Sie dem Kommandanten erzählen, ich sehe die Schatten der Explosion in Ihrem Gesicht.«

Im Nu ist die nikotinbedinge Ruhe verflogen. Glamser starrt sie an.

»Glamser, reden Sie endlich, verdammt noch einmal, oder wollen Sie irre werden?!«

Glamser erzählt. Glamser erzählt von Joe, vom Flammenmeer in seinem Kopf. Glamser erzählt ihr die ganze Geschichte. Sie schenken sich dabei keinen Blick. Sie sitzen nebeneinander, sie rauchen, sie lehnen am Beton und schauen in das Licht des anbrechenden Tages.

Das Comeback des Jahres.

Kaltes Wasser rinnt über Glamsers Schultern. Er pfeift eine unsinnige Melodie. Der Duft von frischem Kaffee zieht durch den offenen Spalt der Badezimmertür. Für heute hat sich Glamser vorgenommen, dem Jungen die verschiedenen Teilbereiche in der Kripo zu zeigen. Das wird ihm sicher Spaß machen. Es ist eben sein Auftrag, daran führt kein Weg vorbei, warum soll er sich also noch länger grämen.

Er füttert sein Meerschwein und lässt es über die Terrasse laufen. Seine Krallen geben ein klackendes Geräusch von sich, das Glamser daran erinnert, dass er mit Mini zum Tierarzt gehen müsste. Dort zittert sie immer am ganzen Körper. Tiere sind eben nicht viel anders als Menschen, denkt Glamser, oder Menschen sind nicht viel anders als Tiere. Ach, ist er heute wieder philosophisch! Er isst die letzten Krümel seines Honigbrötchens, schenkt sich noch einen Schluck Kaffee nach und beobachtet Neuper, wie er mit seinem jagdgrünen Porsche Boxster Cabrio aus der Garage fährt. Unerwarteterweise bleibt Neuper vor Glamsers Ausfahrt stehen.

»Und Glamser, alles im Lot?« Glamser nickt, steht kurz auf und geht zur obersten Stufe der Terrasse, die in den Garten führt. Er bringt seinen Blick vom Boxster nicht weg. Er wird nie verstehen, warum sie diesem Auto Spiegelei-Scheinwerfer verpasst haben.

»Ich hab den Kanzler abgekriegt«, antwortet Glamser kleinlaut. Glamser ärgert sich. Auf den Kanzler aufzupassen ist ja keine Schande. Andere suchen in dieser Zeit den Handtaschenräuber am Feldkircher Hauptbahnhof – ohne zu wissen, dass ausgerechnet dort über das Schicksal von James Joyce' Ulysses entschieden wurde.

Neuper stellt den Motor ab. »Wie bitte?«

»Ich bin zum Personenschutz für unseren Bundeskanzler abgestellt. Das heißt im Klartext, ich bin die Schnittstelle zwischen den Wiener und Vorarlberger Einheiten. Der Kanzler darf keinen Schritt ohne mich machen«, erklärt Glamser seine Situation und spürt, dass seine Stimme an

Sicherheit gewinnt. Er schaut auf die Uhr. »Jetzt in einer Stunde haben wir die erste Vorbesprechung mit Wien. Da gehen wir das Protokoll durch.«

Philipp Neuper spitzt seine Lippen und nickt anerkennend. »Dann bist du ja auch auf der Hohentwiel dabei, wenn unser Landeshauptmann den Kanzler, den Berlusconi und weiß Gott noch wen nach der Festspieleröffnung zum Dinner auf den Bodensee einlädt.«

»Stimmt«, antwortet ihm Glamser. Daran hat er noch gar nicht gedacht. Gesellschaftlich gibt sein Gig mit dem Kanzler einiges her. Aber er bleibt pessimistisch. »Falls es heuer überhaupt zu solchen Aktivitäten kommt – zum einen ist das Sicherheitsrisiko gewaltig, die Hohentwiel würde ja traditionell nach Lindau und retour fahren, den Weg muss man erst einmal absichern können. Abgesehen davon, 15 Terroropfer sind kein Grund zum Feiern.«

Neuper runzelt seine Stirn. »Ich darf dir nur eines verraten: Ich bin ja auch in der Kammer tätig, und gestern war auch die Eröffnung Thema. Das wird zumindest in kürzerer Form über die Bühne gehen. Und dann triffst du sogar auf Silvio! Vielleicht kannst du ihm ja zwei VIP-Karten für den AC Milan abluchsen?«, fragt ihn sein Nachbar, ohne mit der Wimper zu zucken.

Glamser verdreht die Augen. »Zwei Karten für Livorno und anstatt Berlusconi Walter Veltroni als Gast zu haben wäre mir lieber, aber ich muss die Dinge nun mal nehmen, wie sie kommen.«

»Diese professionelle Einstellung steht dir gut, mein Lieber. Endlich lässt du deine Gesinnung in deinen vier Wänden zurück. Du musst mich unbedingt am Laufenden halten. Heute am Abend auf der Terrasse bei mir auf einen Drink? Ich lade ein paar Bekannte ein.«

Glamser nickt. Warum auch nicht. »Machen wir. Und du weißt eh. Meine Infos sind top secret.«

»Alles klar, mein Lieber. Ich muss! Vergiss die Badehose nicht und wennst willst, kannst deine Family auch mitbringen. Die Glamsers kommen heute zu den Neupers! Ich sag meiner Alten Bescheid!«

Glamser kann darauf nichts mehr antworten, denn schon läuft Neupers 6-Zylinder-Motor auf Hochtouren. Genüsslich zündet sich Glamser eine Fluppe an und lässt die Morgensonne auf seine Arme brennen. »No ja, wenn der Neuper meint, mein Kanzler-Job ist Spitzenklasse, wird es schon so sein«, gibt sich Glamser entspannt. Neuper ist so etwas wie sein persönlicher Seismograph. So wie der Neuper'sche Seismograph ausschlägt, so denken viele in diesem Land. Und jetzt zeichnet er die Kurve im absolut grünen Bereich. Das Leben kann doch sehr schön sein, denkt er sich, steckt Mini zurück in ihren Käfig und trägt ihn zurück in die Küche. Am späteren Nachmittag wird er sie raus in den Garten nehmen. Den Rasen muss er auch mähen, und dann wird er eine anständige Bombe in Neupers leberförmigen Pool machen. Und Sabine kommt ja auch schon! So ein Tag, sorgenlos wie die Titelseite eines Micky Maus Comics. Wie lange hat er das schon nicht erlebt?

Du solltest nicht immer an die Handlos denken.
    Glamser erstarrt zu einer Salzsäule.
    Stimmt's oder hab ich Recht?
    Glamser nimmt den ausgegangen Zigarillo aus dem Aschenbecher und inhaliert kalten Rauch.
    Abgesehen davon solltest du weitertun. Mathias wird auch heute pünktlich sein.
    Glamser zündet die Fluppe an. Zeit vergeht.
    Und wenn du die Dinger inhalierst, kannst du gleich wieder Zigaretten rauchen.
    Welch seltener Gast zwischen meinen Gehirnwindungen. Was erweist mir die Ehre?
    Kaum lässt man dich für einen Moment allein, baust du auch schon Scheiße.
    Tatsächlich?
    Ich hab dir schon gesagt, du sollst nicht immer an die Handlos denken, vor allem nicht, wenn du Auto fährst!
    Schnauze! Wer so lange unentschuldigt fernbleibt, der hat überhaupt nix zu melden!
    Soll ich wieder gehen?

Hey Joe, war nicht so gemeint, altes Haus! Kleines Witzerl gefällig?

Also, erzähl.

Kommt ein kroatischer Fernlastwagenfahrer zu einem kleinen Grenzübergang nach Serbien und zeigt seine Papiere her. Der Zöllner bittet ihn auszusteigen und hält ihm seine MG an die Schläfen. »Du musst jetzt wixen!« Verzweifelt nimmt der Brummi seine Nudel heraus und holt sich einen runter. »Noch einmal wixen!«, befielt ihm der Zöllner. Der LKW-Fahrer tut, was man ihm befiehlt. Nach dem dritten Mal verlangt der Zöllner nach einem weiteren Mal. Der Brummi schaut ihn verängstigt an. »Ich kann nicht mehr, also erschieß mich«, antwortet er ihm. Der Zöllner lächelt. »Bist du so gut und nimmst meine Tochter in die nächste Stadt mit?« – Toller Witz was?!

Erich?

Yes.

Seit wann wolltest du den Witz schon bei mir anbringen?

Seit du verschwunden bist.

Dacht ich's mir doch! Manieren hat dir in meiner Abwesenheit auch niemand beigebracht.

Das Problem der Tasche ist der Inhalt.

Pünktlich auf die Minute steht Mathias wieder vor der Tür. So nett wie gestern, als ob in der Nacht nichts gewesen wäre. Vielleicht bildet sich Glamser das Szenario auch nur ein. Wenn er ihn so sieht, kann er sich nicht vorstellen, dass irgend etwas nicht stimmen soll.

Der Junge steigt ein. »Guten Morgen, Herr Glamser, haben Sie gut geschlafen?« Glamser nickt, wenn der nur wüsste.

»Und du?«

»Ja, ich konnte nicht einschlafen. Ich weiß auch nicht warum, aber in meinem Zimmer ist es wahrscheinlich zu heiß.«

»Komisch, die dicken Mauern müssten doch auch im Sommer die Hitze fernhalten.«

»Das schon«, antwortet der Junge und streicht mit seinen Händen über den PC, »ich wohne aber im Dachausbau, und da ist es im Winter kühl und im Sommer unerträglich heiß.«

Glamser nickt, als ob das alles neu für ihn wäre. »Dann bin ich meistens bei meinem Computer und beschäftige mich mit irgendwelchen Programmen oder bin ganz einfach im Internet. Und manchmal, so wie gestern, da stürzt mir der Computer irgendwann einmal ab, das ist dann ein guter Moment, um schlafen zu gehen.«

Glamser schaut kurz zu Mathias und nickt. Er bleibt cool. Er lässt sich nicht anmerken, dass er das Schauspiel gestern mitbekommen hat. Alles, was der Junge sagt, kann der Wahrheit entsprechen. Tatsächlich hat es so ausgesehen, als wäre der Computer abgestürzt. Warum er aber ausgerechnet in der Nähe des Jungen, beim Haus seiner Eltern, so ein Flashback bekommen hat, kann er daraus nicht ablesen.

»Und dann war etwas ganz Komisches«, redet der Junge weiter. Intuitiv schaltet Glamser einen Gang hinunter und wird langsamer.

»Ich hoffe, Sie nehmen das jetzt nicht persönlich.«

Glamser bleibt still.

»Also, ich wurde gestern beobachtet, von einem Mann, der Ihnen ähnlich schaut.«

»Tatsächlich?«, kommt es fröhlich von Glamser.

»In dem Moment, wo mir der Computer abgestürzt ist, habe ich aus dem Fenster geschaut, weil das Licht von außen plötzlich heller war als das im Zimmer. So habe ich ihn bemerkt. Er stand direkt vor den Hecken beim Haus. Also, dort wo Sie mich immer abholen, nur noch einige Schritte weiter. Ich kann Ihnen den Platz heute noch zeigen, wenn Sie wollen.«

Er ist nicht falsch gelegen. Er hat es ja gewusst! Er hat gewusst, dass er in kein schwarzes Loch, sondern in die Augen des Jungen schaut. Ha!

»Wie lange hat er in dein Fenster geschaut?«

»Einige Minuten«, bleibt der Junge wortkarg.

Glamser merkt, dass der Junge mit etwas hadert. Er will ihn aber nicht drängen. Er hat auch keinen Grund dazu. Er weiß ja, dass er vor dem Haus gestanden ist.

»War dir das egal?«

»Nein, es war mir sehr unangenehm.«

»Und warum?«

»Es ist nicht angenehm, wenn man sich beobachtet vorkommt.«

»Stimmt«, antwortet Glamser. »Wenn man tatsächlich weiß, dass man beobachtet wird, ist das nicht angenehm. Und, was sagen deine Eltern dazu?«

»Wie gesagt«, beginnt der Junge zu reden, seine Stimme klingt plötzlich belegt, »es war schon sehr spät. Mein Vater hat schon geschlafen. Meine Mutter ist übrigens in unserem Ferienhaus in Italien, die ist gar nicht hier.«

»Und beim Frühstück?«

»Wir reden am Morgen nicht sehr viel. Mein Vater liest die Zeitung, Nena, unsere Haushälterin, ist in der Küche beschäftigt, mein Bruder ist seit gestern wieder in der Schweiz.«

»Und die Bullen hast du vermutlich auch nicht angerufen, weil du sonst deinen Vater geweckt hättest, oder?«

»Stimmt! Der hätte blöd geschaut, wenn ihn plötzlich die Blaulichter vor dem Haus aus dem Schlaf holen. Mein Vater hätte – «, spricht der Junge und beendet den Satz abrupt. Glamser fragt nicht nach. Es scheint Schwierigkeiten zwischen Vater und Sohn Neumann zu geben.

»Ich hätte fast Sie angerufen, Herr Glamser. Aber wenn ich um halb drei bei Ihnen anrufe, Ihnen etwas von einem Doppelgänger erzähle, dann halten Sie mich doch für verrückt und – «.

Wieder gerät der Junge ins Stocken. Dieses Mal spricht Glamser aber seinen Satz fertig. »… und mache mit dir nicht mehr den fünfwöchigen Trip durch die Kripo.«

»Ja, das habe ich befürchtet«, antwortet Mathias.

Glamser merkt, dass ihn der Junge anschaut. Er fühlt sich schon wieder eingeengt, aber er bleibt ruhig. »Hör mal, Mathias. Du kannst mich jederzeit anrufen, die Uhrzeit ist egal. Wenn ich nicht will, hebe ich nicht ab. Das kannst du auch noch nach deinem Sommer bei der Kripo. Alles klar?«

»Danke!«, antwortet ihm Mathias so voller Freude, als hätte er ihn gerade zu einer Spritztour nach München eingeladen, während sich Glamser die peinliche Situation vorstellt, dass er dem Jungen nachspioniert und gleichzeitig von Mathias den Anruf bekommt, dass er gerade von seinem Doppelgänger beobachtet wird.

»Und dann ist der Typ vor deinem Fenster einfach verschwunden?«

»Ja, das war wirklich komisch!«, plappert der Junge sichtlich erleichtert darauf los. »Am Anfang hat der einen irren Voodoo-Tanz gemacht. Da war ich schon wirklich besorgt. Wenn der sich verletzt hätte! Er war wirklich sehr außer sich. Aber plötzlich ist er ruhiger geworden, fast anschmiegsam, als ob ihn jemand an der Hand genommen hätte und dann nach Hause führt, oder so.«

»Ja nicht schlecht!«, antwortet Glamser und sieht sich gerade so richtig schön in der Voodoo-Ekstase.

»Als er sich beruhigt hat, wie er von unserem Haus weggegangen ist, habe ich rasch die Zimmer gewechselt und ihn weiter beobachtet. Da hat er plötzlich zu erzählen begonnen, als ob er dem Unsichtbaren, der ihn führt, eine Geschichte erzählen muss. Irgendwas von einer Firma, zwei Autos oder zwei Frauen, so genau weiß ich das nicht mehr, und jeder freut sich wenn er nach Hause kommt, das hat er zwei Mal gesagt … das habe ich ja alles nur noch so schemenhaft mitbekommen. Er ist ja auch hinter den Nachbarshäusern verschwunden. Dann ist noch eine Autotür zugefallen und so war der Spuk vorbei. Ich wollt noch nachschauen, habe es dann aber doch mit der Angst zu tun bekommen. Aber trotzdem hat er mir sehr leid getan. Wahrscheinlich war er einmal dieser erfolgreiche Mann und ist durch ein Unglück auf Abwege geraten.«

Glamser zieht seine Augenbrauen hoch und streicht sich mit einer Hand über den Nacken. Das ist ja die volle Packung! Auf einen Schlag wird der Junge für ihn interessant. Welche Scheiße hat er da palavert? Ist ja nicht zu fassen! Er kann sich an den Schwachsinn nicht erinnern. Er weiß nur, dass Feuer war! Feuer im Hirn!

»Trotz allem, der war absolut irre! Da habe ich ganz genau gewusst, das können Sie nicht sein. Am Anfang hatte ich Zweifel, aber durch die Aktion war mir klar: das sind nicht Sie. Das ist ein Irrer!«

Glamser lacht. Ein ausgelassenes Lachen. Der Junge lacht mit. Das Lachen des Jungen ist echt. Der Junge scheint sich wirklich zu freuen, dass er Glamser so viel Grund zur Ausgelassenheit bereitet.

»Mathias, darf ich dir ein Geheimnis verraten?«

»Nur zu!«

»Ich bin irre!«

Der Junge schaut ihn mit seinen großen Augen entsetzt an. Glamser bekommt abermals einen Lachanfall. »Aber so irre wie dieser Typ bin ich nun auch wieder nicht!«

Beide lachen. Der Junge über den Witz, Glamser aus Verzweiflung.

Glamser klopft mit der Hand gegen das Lenkrad. »So ein Mist. Er ist also wieder da.«

»Darf ich wissen, wen Sie meinen?«

»Tatsächlich ein Geheimnis. Es gibt hier einen Typen, der mir zum Verwechseln ähnlich schaut. Vor einigen Jahren machte der Streifzüge durch die Beiseln und gab sich als Glamser, als Bulle, aus. Ich habe ihn nie erwischt. Aber das Problem löste sich von selbst, da er plötzlich wie vom Erdboden verschwunden war. Und jetzt ist er also wieder hier. Wäre aber gut, wenn du dich ihm nicht näherst. Wie es aussieht, ist er mittlerweile ziemlich unberechenbar.«

»Und Sie machen sich da keine Sorgen? Er könnte ja zumindest Ihren Ruf schädigen.«

»Nö. Sorgen soll sich lieber der Herr Doppelgänger machen. Falls ich den Herrn einmal zufällig im gleichen Wirtshaus antreffe, dann schieße ich dem die Eier weg!«, übertreibt Glamser maßlos. »Dann hat er nämlich eine Stimme wie ein Sängerknabe. Ab dem Moment wird's keine Verwechslungen mehr geben.«

»Mann, wäre ich da gerne dabei!«, antwortet der Junge, und Glamser tut es schon wieder leid, dass er ihn verarscht hat. Es hat nie einen Doppelgänger gegeben. Aber einem Bullen glaubt man jeden Dreck.

»Wir werden den schon noch ausfindig machen«, spricht der Junge, strahlt ihn mit seinen großen Augen hinter den Brillengläsern an und tätschelt seinen Laptop. Erst jetzt bemerkt Glamser wieder dieses Ding auf seinem Schoß.

Sie biegen um die Kurve. Kurz darauf ein Einsatzfahrzeug mit Blaulicht, halb auf dem Gehsteig. Ein Pannendreieck. Ein Polizist leitet den Verkehr um. Vor dem Bahnhof stehen zwei weitere Einsatzfahrzeuge, inklusive einem Spezialwagen des Sprengstoffräumkommandos. »Jetzt wird es aber interessant«, spricht Glamser. Er parkt seinen Kadett hinter dem Einsatzfahrzeug und geht zum Polizisten nach vor.

Nach einigen Minuten deutet er dem Jungen, rauszukommen. Mathias hüpft aus dem Wagen und steht so schnell vor ihm, dass Glamser mit dem Schauen gar nicht nachkommt. »Na dann, komm mal mit!«, meint er gönnerhaft.

Der Bahnhof schaut gespenstisch aus. Den Verkehr leitet man von einer Seite über die Bahnhofsbrücke um, von der anderen schickt man die Autos auf die Umfahrungsstraße. Alle Seitenstraßen sind abgeriegelt. Die Busse sind auf den hinteren Bereich des Bahnhofs gedrängt. Am Eckhaus gegenüber vom Bahnhof öffnet eine Frau ein Fenster. Ein Polizist deutet ihr mit seinem Funkgerät, sie soll das Fenster wieder schließen.

»Eine Bombe, oder?«, fragt Mathias während er neben ihm herumhüpft.

»Ein Bombenalarm, ja. Hat mir vorhin der Kollege mitgeteilt.«

»Und da dürfen wir hin?«

»Nein.«

»Aber … .«

»Entweder du willst etwas erleben, über das du schreiben kannst, oder du bleibst zu Hause«, antwortet Glamser im Bewusstsein, dass er beobachtet wird. Die Kripo befindet sich nämlich auf einer kleinen Anhöhe rechts vom Bahnhof, und der Kommandant wird sich die Show sicher nicht entgehen lassen. Und der hat doch ausdrücklich gesagt, der Junge soll in den nächsten Tagen etwas erleben.

»Kann es sein, dass die Bombe in die Luft geht?«

»Ja.«

»Und dann?«

»Dann müssen wir nicht mehr zum Rapport.«

Der Junge schluckt und Glamser pfeift ein Lied.

Glamser klopft beim Einsatzwagen an. Langsam öffnet sich die Seitentür, Glamser erklärt kurz die Situation, und der Junge darf eintreten. Auf einem Monitor erscheint eine einzelne Tasche, der sich gerade ein Sprengstoffexperte nähert.

»Und wie schaut's aus?«

»Wissen wir nicht. Herkömmlicher Sprengstoff ist es keiner. Unsere Spürhunde reagieren nicht. Aber man weiß ja nie. Die Sporttasche ist schon mindestens seit einer Stunde unbeaufsichtigt unter der Bank gestanden. Auf der Tasche stehen arabische Zeichen, in der Tasche müssen elektronische Bestandteile sein.«

Wie gebannt schaut der Junge in den Monitor. »Und wie wissen Sie, was in der Tasche ist?«

»Zuerst haben unsere Metalldetektoren ausgeschlagen. Es kann sich also um einen elektrischen Bausatz handeln. Jetzt wird die die Tasche mittels einer Mikrokamera untersucht.« Plötzlich meldet sich das Funkgerät. Der Beamte geht ran. Glamser kann in seinem Gesicht die helle Aufregung sehen. Kurz darauf legt er das Funkgerät aus der Hand und wischt sich den Schweiß von der Stirn. »Fehlanzeige. Ein MP3 Player, ein kleines Radio und ein paar CDs. Ansonsten Sportmode und unzählige kleine gelbe Badeenten. Wir sind also einer Ente aufgesessen.«

Glamser geht mit dem Jungen zum Auto zurück. »Ist Ihnen klar, dass wir sterben hätten können?«

Glamser nickt. »Das kann dir aber auch passieren, wenn du über die Straße gehst.«

»Ja schon, aber wenn ich über die Straße gehe, habe ich doch ein anderes Gefühl, als wenn ich in Richtung Bahnhof gehe und weiß, dass mein letztes Stündchen geschlagen haben kann.«

»Stimmt«, antwortet ihm Glamser. »Und deshalb bin ich ein Bulle geworden und kein Über-den-Zebrastreifen-Geher.«

Glamser schaut in die oberste Etage der Kripo. Er sieht, wie sich das Fenster des Kommandanten öffnet. Er deutet ihm mit einem Fingerzeig, raufzukommen. Für einen Moment fühlt er sich in die Schulzeit zurückversetzt. »‚No risk, no fun' hat es bei den Hippies geheißen. Bei uns lautet der Leitspruch ‚Kein Spaß ohne Schmerz'.«

Damit hat es sich aber schon mit dem Galgenhumor. Warum hat er sich zu dem Schmarrn hinreißen lassen! Wieder einmal! Sein Ruf eilt ihm ja schon voraus, aber wen wundert's? Nicht nur, dass er das Leben des Jungen riskiert hat, er hat sich einfach nicht an das Einmaleins der Bullerei gehalten. Stufe für Stufe kommt ihm die Gewissheit: Er hat's vermasselt. Scheiße! Was wird jetzt folgen? Wahrscheinlich eine Beurlaubung für die Zeit der Festspiele. Plötzlich vermisst Glamser sogar den Termin mit dem Kanzler. Gott im Himmel, was ist da nur los in seiner Birne! Warum ist in dem Moment, wo er sich zu einer Scheiße hinreißen lässt, nicht eine Bremse in seiner Birne eingebaut, wie bei anderen Menschen auch, wie bei normalen Menschen auch, bessert Glamser nach. Was ist er nur für ein bescheuerter Arsch! Er ist tatsächlich der Vorarlberg-Arsch des Tages! Er traut sich fast nicht mehr, zu Mathias zu schauen, der Typ tut ihm verdammt leid. Wahrscheinlich wird er nicht einmal wissen, dass diese scheiß Aktion seinem Auftritt bei der Kripo mit Sicherheit ein jähes Ende bereitet hat. Wie konnte er nur! Arrrgghhh!

Hey Joe, warum hast du mich nicht zurückgehalten?
Weil es Zeit wird, dass du dich einmal aus deiner Pubertät verabschiedest.
Das wird mir jetzt aber eine große Hilfe sein!
Hätte ja auch Mathias einschreiten können.
Ja eh. Eifersüchtig?
Leck mich!
Du mich auch.

Der Kommandant erwartet Glamser bereits in der Tür und schüttelt den Kopf. Er will bereits zu einer Art Entschuldigung ansetzen, aber wider Erwarten ergreift der Junge das Wort.

»Das alles ist meine Schuld. Ich habe Herrn Glamser dazu verleitet. Er wollte mich noch zurückhalten, ist dann aber mitgelaufen. Ich weiß, ich hätte es nicht tun sollen. Wenn dadurch nun mein Auftritt in der Kripo beendet ist, dann ist das mehr als ärgerlich, das können Sie mir glauben. Aber die Aktion Herrn Glamser in die Schuhe zu schieben, das wäre falsch.«

»Und du weißt, was da passieren hätte können?«

Der Junge schaut betroffen zu Boden, Glamser mit einem Dackelblick zum Kommandanten.

»Es ist mit mir durchgegangen, es tut mir leid. Ich wollte auch etwas hautnah erleben, was dem Dienst hier gleichkommt.«

Glamser sieht, dass der Kommandant vor einem Problem steht. Jetzt hat er sich die ganze Abreibung für ihn um sonst ausgedacht.

»Mein lieber Schwan …«.

»Ein Mal ist kein Mal, oder?«, versucht Glamser, sich einzubringen. Immerhin steht er in der Schuld des Jungen, was ihm mehr als unangenehm ist, aber dagegen ist nun nichts mehr zu machen.

»Auf Grund der Ehrlichkeit lasse ich das ausnahmsweise durchgehen, aber wenn du deinem Vater oder sonst jemandem nur ein Wort sagst, dann fliegst du im hohen Bogen raus. Ihr beide fliegt raus, ja?«

»Kein Sterbenswörtchen wird er erfahren, Herr Kommandant. Ich schwöre es! Darf ich von euch beiden ein Foto schießen?«

Der Kommandant nickt und Glamser stellt sich zu ihm. Der Junge ist genial! Der hat das Zeug, jemandem die Schneid abzukaufen!

»Und jetzt schauen Sie sich bitte noch an.«

Sie machen es. Der Kommandant schaut nicht glücklich. Glamser zwinkert ihm zu. Der Junge drückt ein paar Mal auf den Auslöser. »Da fällt mir ein: Mein Vater gibt übermorgen aus Anlass der Bregenzer Festspiele eine kleine Dinnerparty bei uns im Garten. Hier wären die Einladungen.«

Er kramt in seinem Rucksack und fischt zwei verdrückte Kuverts hervor. »Schauen nicht mehr ganz frisch aus, aber die Party wird sicher frisch.«

Der Kommandant schaut schnell über die Einladung und über sein Gesicht huscht ein Hauch von Freundlichkeit. »Glamser, vergiss deinen Anzug nicht. Nach Möglichkeit gebügelt!«, gibt er den Befehl aus und verschwindet in seinem Zimmer.

Glamser läuft mit dem Jungen die Stiegen runter. Jetzt ist es an ihm. Er muss sich bedanken, aber er hasst dies. »Das hast du wirklich gut gemacht!«, würdigt Glamser seine Leistung.

»War eine Kleinigkeit, da der Kommandant nicht darauf vorbereitet war. Sie haben mir aber mit der Aktion ein unvergessliches Ereignis geschenkt.«

»Ja?«

»Jetzt weiß ich es, wie es sich anfühlt, wenn man für eine Sache sein Leben aufs Spiel setzt.«

»Und?«

»Davon kann man süchtig werden.«

»Am Nachmittag zeige ich dir einmal die Kripo von innen. Sei aber bitte nicht enttäuscht, mehr als ein paar Büros gibt es nicht zu sehen«, meint Glamser und zwinkert dem Jungen zu.

»Jetzt gehen wir aber erst mal Mittagessen, das haben wir uns doch redlich verdient.«

Sie gehen in Richtung See. Glamser will es vermeiden, in die Kantine vom Spar zu gehen, wo einige seiner Kollegen jetzt ihre Mahlzeit einnehmen. Er hat keine Lust auf die ganze Pampe, außerdem will er an die frische Luft und nicht unbedingt in ein Einkaufszentrum. Der Junge stolpert fast, rammt den Laptop in Glamsers Schenkel, fällt aber wie durch ein Wunder nicht hin.

»Wie wäre es mit Schnürsenkel zubinden«, bleibt Glamser im freundlichen Bereich. Der Junge bekommt einen roten Kopf und bückt sich. Mit aller Sorgfalt bindet er den Schuh zu. Glamser spürt regelrecht, wie er sich für das kleine Ungeschick schämt. Seine dunkelbraunen Halbschuhe sind wunderbar poliert. Jetzt nimmt er ein Papiertaschentuch zur Hand und wischt über die aufgeraute Stelle. So, wie Mathias mit seinen Schuhen herumtut, was hätte er denn gemacht, wenn sein Laptop eine Schramme abbekommen hätte?

Er hat schon öfters mit Pressefotografen geredet, die er auch in der Freizeit mit einer zumindest kleinen Kamera gesehen hat. Ohne Kamera kommen sie sich halb vor, war die Antwort der meisten. Er hat das nie wirklich verstanden. Vielleicht fühlt sich der Junge auch nur halb, wenn er seinen Laptop nicht dabei hat. Er vermeidet es jedoch, den Jungen direkt darauf anzusprechen, sein Bauch sagt ihm, er solle dies vorerst sein lassen.

»Weißt du eigentlich, ob dieser Pseudo-Funbomber, der uns beide besudelt hat, wieder etwas ins Netz gestellt hat?«

»Nein, hat er nicht!«, antwortet der Junge, während sie über die Straße gehen. »Ich schau regelmäßig die Eintragungen an, er ist mir aber nicht mehr untergekommen.«

War wahrscheinlich eine Eintagsfliege, denkt sich Glamser, wie so vieles im Leben, das für einen Moment Aufmerksamkeit erweckt, im nächsten jedoch bereits vergessen ist.

»Was aber nach wie vor komisch ist, ist, dass dieser Blogger vermutlich nicht sehr interessiert daran ist, dass man ihn ausfindig macht«, geht der Junge ins Detail.

»Wie darf ich das verstehen?«, fragt Glamser nach.

»Ich hab mit einem Bekannten aus Innsbruck gemailt, der betreibt eine kleine Computerfirma. Der hat sich den User genauer unter die Lupe genommen und festgestellt, dass der Blog von einem öffentlich zugänglichen Computer erstellt worden ist.«

»Aus einem Internet-Café?«

»Kann sein, ja. Kann aber auch ein öffentliches Terminal gewesen sein.«

»Ja nicht schlecht«, antwortet Glamser gedehnt.

»Aber das muss natürlich noch nichts heißen«, spinnt der Junge Glamsers Gedanken weiter.

»Und trotzdem«, sinniert Glamser, »dürfen wir nicht außer Acht lassen, dass der Typ zumindest nicht wollte, dass man ihm auf die Schliche kommt.«

Sie sitzen im Gastgarten eines Hotels, das dem Festspielhaus vorgelagert ist. Glamser bestellt Kässpätzle mit einem gemischten Salat, der Junge bestellt das Gleiche. Glamser bestellt dazu ein Mineral-Zitron, der Junge einen gespritzten Apfelsaft. Glamser atmet durch. Eine gewisse Eigenständigkeit hat er also doch noch.

Zu gestern Nacht hat sich einiges getan, stellt Glamser fest. Die Vorbereitung der Festspiel-Gastronomie steckt in den letzten Zügen. Neben dem Festspielhaus wird alljährlich ein modernes Gastronomiezelt aufgebaut. Ein nicht unhübscher Zusammenbau, der während der Festspielzeit den Gaumen der Kulturfreunde verwöhnen soll.

Im Gegensatz zu den anderen Jahren spürt er eine gedämpfte Stimmung. Das kann nicht an den zwei Streifenwagen liegen, die vor der Einfahrt des Festspielhauses stehen. Die Jungs und Mädels haben hier öfters zu tun, aber klar, in Zeiten wie diesen nimmt jeder gleich das Schlimmste an, wenn er wo Einsatzfahrzeuge sieht. Die Arbeiter beim Aufbau kommen ihm so wortkarg vor. Unter anderen Umständen würden die jetzt auf den Holzstapeln sitzend ihre Jause einnehmen, doch heute scheint es, als wollten sie den Rekord im Schnellaufbau brechen, um möglichst schnell wieder wegzukommen.

»Ich finde das ganz phantastisch«, antwortet der Junge, »und dass wir, ich meine, dass Sie für den Kanzler als Bodyguard auftreten, finde ich spitzenmäßig! Sie freuen sich doch auch, oder?«

»Ich bin mir nicht sicher, ob ich es freuen nennen kann, weil die Umstände sind nun mal nicht erfreulich«, bleibt Glamser zurückhaltend, die freudige Erwartung von Mathias passt so ganz und gar nicht zu dem Fluidum, das der Platz verströmt. Aber mein Gott, wenigstens ist einer happy, denkt sich Glamser. »Aber die 24 Stunden mit dem Kanzler, die werden einiges hergeben«, räumt er ein.

»Sie haben ja immer schon so ähnliche Aufgaben gehabt, oder?«

Glamser schiebt seine letzten Spätzle auf dem Teller hin und her und stochert in seinem Salat. Durch das Kernöl, das auf der Gabel bleibt, färben sich die hellgelben Spätzle nun grün. »Stimmt«, antwortet Glamser gelassen. Zu oft hat er über den sicherlich ganz abwechslungsreichen Kram gesprochen.

»Meine Aufgaben als Streifenbulle waren mitunter ganz lustig. Sehr oft, wenn die Jungs vom Fernsehen Aufnahmen gebraucht haben, bin ich dafür ausgewählt worden. Ich habe zu meinem Fünfziger ein Video geschenkt bekommen. Glamser beim Alko-Test, Glamser beim Überprüfen von Vignetten, bei der Fahrzeugkontrolle, auf der Streife an ereignisreichen Tagen wie Silvester oder Faschingsdienstag, bis hin zu Fußballspielen, die als Risikospiel eingestuft worden sind.« Dass er aber dort lieber zu den Fans als zu den geächteten Bullen zählte, erwähnt Glamser nicht, auch nicht, dass er im Rausch mit seinen Freunden schon einmal »Bullenschweine« gesungen hat. Über sein Privatleben will er mit dem Jungen nicht sprechen. Das hat nichts mit dem Dienst zu tun. Und plötzlich kommt ihm wieder die Handlos in den Sinn. Das ist wiederum eine andere Sache, denkt sich Glamser. Über die sollte er jetzt ganz und gar nicht nachdenken. Privat ist privat, und Mathias gehört zu seinem Job. Der hat mit privat nix zu tun. Auch die Einladung für den Samstag ist rein beruflich zu sehen. Und aus!

»Im Spital hat der Primar gesagt, jetzt liegt der arme Kerl selber in einem der Zimmer, wo er ansonsten immer an der Tür wacht.«

»Du meinst Hugo?«

Der Junge nickt.

»Da hat der Primar recht. Wenn sich die Promis bei uns im LKH operieren haben lassen, war dann ich der Idiot, der stundenlang den kostengünstigsten Bodyguard gespielt hat«, erzählt Glamser wie aufgezogen, während er weiterhin die Aufbauarbeiten des Gastronomiezelts beobachtet. Sie sind gerade mit der Überdachung fertiggeworden, die letzten zwei Arbeiter steigen von den Leitern herunter. Der Vorarbeiter klopft das Metallgestänge ab, alles hält. Zwei Arbeiter spannen nun die Zeltwände, deren Ornamente an den Jugendstil erinnern sollen, während sich die anderen der langen Bar annehmen, die sich parallel durch den Raum ziehen wird. Die braunen Teppichläufer stehen schon zum Aufrollen parat, während auf der Seebühne bereits die Tosca geprobt wird. Glamser hat die Szene, die sie proben, noch gut im Ohr: Es ist Toscas Auftritt, wo sie an der Kirche steht und wartet, dass ihr Geliebter sie hineinbittet.

»Na ja, und weil wir da gerade bei den Klängen der Tosca sitzen, voriges Jahr habe ich nach dem letzten Vorhang für die Festspiele einige Tage vor der Zimmertüre der Floria Tosca, also der Sopranistin, ausharren müssen. Die ist knapp vor dem Blinddarmdurchbruch gestanden. Die war im Übrigen ganz reizend, zuvorkommend und höflich. Durch das Herumstehen lernt man halt auch die Leute kennen. Wenn man dann wieder einmal am Abend unterwegs ist, hat man was zum Tratschen.«

»Und dort stehen Sie dann einfach nur herum?«

Glamser lächelt und schiebt seinen Teller zur Seite. »Das kommt auf den Patienten an. Mancher will seine Ruhe haben und manchem ist fad, der will dann quatschen. Bei der Opernsängerin habe ich dann und wann halt auch das Essenswagerl reingeschoben. So kommt man halt auch zum Reden.«

»Klingt alles sehr spannend!«

»Dann freuen wir uns auf die nächsten Tage, oder?«

Der Junge will gerade antworten, als durch die Lautsprecher ein Fluchen in einer fremden Sprache ertönt. Gleich darauf kommt ein schrilles Pfeifen und ein Knacksen.

»Ich glaub, wir zahlen lieber«, meint Glamser in der Erwartung, dass es bald etwas zu sehen gibt.

»Darf ich Sie einladen? Mein Vater hat mir Geld mitgegeben.«

Glamser presst die Lippen aufeinander.

»Es würde ihn wirklich freuen. Sie sollten meinetwegen keine zusätzlichen Ausgaben haben.«

»Na ja, essen müsste ich sowieso«, antwortet er Mathias, »aber wenn's sein muss.«

Der Junge strahlt, schaut kurz auf die Rechnung und legt ein großzügiges Trinkgeld dazu. »Geld spielt bei uns keine Rolle, müssen sie wissen.«

Als ob Glamser eine Vorahnung gehabt hätte, rauscht die Sängerin einige Minuten später über den Vorplatz des Festspielhauses. Neben ihr ein Festspiel-Mitarbeiter, der auf sie einredet.

Glamser deutet Mathias, mitzukommen.

»Aber das können Sie nicht machen, das geht nicht. Denken Sie an die Folgen!«, hören sie den Mann aus nächster Nähe auf sie einreden.

»Ich denke an die Folgen, ja. Ich kann hier aber nicht professionell arbeiten, wenn ich bedroht werde. Alles andere müssen Sie mit meiner Agentur besprechen.«

Die Sopranistin kommt nun direkt auf Glamser zu. Glamser weiß, dass sie ihn nicht mehr erkennen wird, er legt es auch nicht darauf an, er will sich ja nicht lächerlich machen. Viel wichtiger ist ihm, dass er sie erkennt. Sie lässt den Mitarbeiter der Festspiele stehen und geht an Glamser vorbei. Die Verunsicherung ist ihr regelrecht ins Gesicht geschrieben. Ihr Blick ist flüchtig, kurz verharrt er auf Glamser. Ihre Augen sind voller Angst.

Glamsers Handy läutet. Es ist der Kommandant. Kurz schluckt er. Dann schaut er auf den See und sieht, wie eine dünne Wolke sich für einen Moment wie ein dunkler Schatten auf den See legt. Glamser legt auf.

»Der Funbomber macht sich über uns lustig, weil wir über eine Stunde gebraucht haben, bis uns die Bombe aufgefallen ist, und noch eine weitere halbe Stunde, um sie zu entschärfen.«

»Spannend! Was gibt's sonst noch?«, fragt der Junge.

»Er hat sich im Internet dazu bekannt, die Polizei gefoppt zu haben und hat als Beweis seiner Identität ein Foto mit all den Utensilien reingestellt, die in der Tasche waren.« Glamser setzt kurz ab.

»Dazu ein Bekennersatz sowie alle Hoteladressen und Zimmernummern, wo die Stars während der Festspiele untergebracht sind, und das mit folgender Headline: ‚Wir wissen, wo Ihr wohnt.' Und deshalb ist die Sopranistin ausgeflippt. Und das alles auf einer Seite für Sommerpartys, wo er sich einfach einloggt und dort die Show abzieht!«

»Komisch«, antwortet der Junge, »bis jetzt war der Funbomber immer eine Einzelperson. Jetzt spricht er plötzlich im Plural?«

»Du solltest dich als Profiler bewerben«, antwortet Glamser, unterdrückt aber seinen ironischen Unterton. Was der Junge nicht alles weiß! Aber das ist schon wieder eine Kleinigkeit, die nur dem Jungen aufgefallen ist und nicht ihm. So viel steht auch fest.

»Und wie ist man draufgekommen, dass er auf einer wildfremden Seite postet?«

»Indem er den Medien den Link zugmailt hat. Die Kripo hat er als c/o Adresse angegeben. In den Betreff hat er reingeschrieben: ‚Tasche verloren!'«

Mathias reibt sich die Hände. »Verzeihen Sie, Herr Glamser, das klingt gar nicht so unwitzig.«

Glamser nickt und steckt sich eine Fluppe zwischen die Lippen. »Das ist ja das Problem. Wenn uns der noch länger auf der Nase herumtanzt, bekommt er noch massiven Zuspruch.«

Kripo sitzt einer Ente auf. Das sitzt tatsächlich. Die Medien werden eine Freude mit ihm haben.

»Wir haben doch Zeit, oder?«

»Wofür?«

»Würde mir gerne die Eintragung im Blog anschauen. In der Nähe vom Bahnhof ist ein Internetcafé.«

Glamser willigt ein. Alles lieber, als in die muffige Kripo zurück.

Der Feind im eigenen Haus.

Sie betreten das Internetcafé. Mathias geht gleich zum Schalter und legt etwas Kleingeld auf den Tisch. Der Mann hinter dem Schalter weist ihnen den Computer am Fenster zu.

Glamser atmet neue Luft. Er muss lachen. Bis heute war er noch nie in einem Internetcafé. Wenn er auf Urlaub war, ließ er den Computer immer Computer sein, und zuhause hat er einen fixen Anschluss.

Vor allem Jugendliche und Ausländer bevölkern das Café. Zwei Frauen mit Kopftuch tippen Mails. Daneben haben sie ihre Kinderwagen mit den Einkäufen stehen. Glamser tippt, dass dieses Café ihr Weg in eine liberalere Welt ist, fernab von ihrem traditionellen Leben. Wahrscheinlich dürfen sie in ihren Wohnungen nicht an den Computer, falls sie dort überhaupt einen stehen haben. Im Grunde ist er das einzige erwachsene Bleichgesicht in dem Café.

»Hast du auch Durst?«, fragt Glamser, und Mathias nickt. Glamser ist sich gar nicht sicher, ob der Junge ihm zugehört hat, so vertieft ist er in den Computer. Die Bilder der Nacht kommen wieder: Das rote und das schwarze Licht auf dem Kopf des Jungen, sein dadurch dämonisches Aussehen. Und jetzt schaut er aus wie die Harmlosigkeit in Person. Glamser schüttelt den Kopf, während er zwei Cola-Light aus dem Automaten holt. Er sieht, wie die Finger des Jungen über die Tasten fliegen. Als wäre er ein Pianist. So leicht und locker schafft das Glamser nicht einmal bei der eigenen Tastatur, bei einer fremden schon gar nicht. Der Junge beherrscht auch den 10-Finger-Satz. Er benutzt die ganzen Zeichen oben an der Computerleiste, die Glamser zur Sicherheit immer auslässt. Macht er beim Computer etwas falsch, muss er seinen Nachbarn, den Neuper, bitten, ihm weiterzuhelfen. In den Ferien übernimmt den Job seine Tochter. Herta sagt immer nur, er soll die Finger von Dingen lassen, bei denen er sich nicht auskennt. Herta schweigt im Übrigen noch immer. Sie findet das nicht richtig, dass er den Kanzler überwacht. Glamser atmet durch. Herta liegt im Grunde nie falsch. Er weiß nicht, woher die

Frau die richtige Eingebung zur richtigen Zeit hat. Aber es ist nun mal sein Weg, und der ist zu beschreiben.

Eine leichte Müdigkeit überkommt ihn, da fällt ihm ein, dass er die ganze Nacht nicht geschlafen hat. Er nimmt einen anständigen Schluck Cola und rafft sich auf.

Na Joe, du kleiner Eifersüchtler? Siehst du, wie Mathias in die Tasten haut? Keine Antwort? Ööööhhh, sei doch nicht so!

Wieder beobachtet er Mathias' Fingerfertigkeit. Es ist keine Frage, der kann was. Das ist wie bei einem Kicker. Manchmal reicht es bei einem Kicker, ihm beim Aufwärmen auf die Beine zu schauen, um zu erkennen, ob der was draufhat oder nicht. Und Mathias? Ein Tastenanschlag links, einer rechts, einer oben und einer unten, so flattern seine Finger über die Tastatur. Glamsers Blick wandert zu seinen Beinen. Den Laptop hat er regelrecht eingezwängt, mehr noch, er hat den Gurt zwei Mal um seinen Fuß gedreht, als ob sie in Neapel wären und nicht in Bregenz. Man müsste also sein Bein ausreißen, um zu dem Laptop zu kommen. Dieses Festmachen am Bein muss so schnell passiert sein, dass es Glamser nicht aufgefallen ist. Es scheint für den Jungen eine übliche Haltung zu sein.

»Also, das ist der Blog der Erzürnung, stimmt alles, was Ihnen der Kommandant gesagt hat, außer dass der Funbomber im Singular schreibt«, berichtet der Junge leicht enttäuscht. Glamser zieht den freien Sessel vom Nachbartisch heran. Es erzeugt ein schrilles Quietschen, was für einen Moment alle Blicke auf ihn lenkt.

»Eine Kleinigkeit noch: Er wünscht uns allen ‚Bregenzer Blutspiele, blutrote Blutspiele'.«

»Das kennen wir ja schon, oder? Das kommt ja auch in dem Blog vor, den der Kommandant uns gezeigt hat. Dieses Mal schreibt er jedoch blutrote Blutspiele abgetrennt mit einem Komma zu seinem üblichen Satz dazu. Ist das nicht auffallend?«, spricht er und holt aus dem Laptopseitenfach den Ausdruck vom ersten Blog.

»Schauen Sie selbst.«

Glamser ärgert sich. Das Bürschchen ist tatsächlich aufgeweckt. »Ich bin für den Personenschutz zuständig und kein Profiler«, schnauzt er ihn an.

»Die Herren und Damen in der Analyse werden sich da sicher den Kopf zerbrechen. Du kannst aber gerne in die Analyse wechseln, Mathias«, macht ihm Glamser ein durchaus ehrlich gemeintes Angebot.

»Nein, nein, ich mein ja nur … ein bisschen mitdenken kann ja nicht schaden«, antwortet er und dreht sich mit seinen ultragroßen Augen zu Glamser um.

»Ist schon recht«, antwortet der Bulle. Er hat nun mal den Typen am Hals, was soll's. »Wenn wir gerade dabei sind, wie schaut es mit den Kommentaren aus?«

»Die Kommentare gehen alle in eine Richtung«, antwortet der Junge und Glamser spürt die Erleichterung in seiner Stimme, dass er nicht weiter auf dem Profiler-Ding herumhackt. »Der Funbomber soll sich schleichen, bis zu feiger geht's nicht und immer wieder die Frage, warum denn Bregenz für den internationalen Weltunfrieden büßen muss. Antworten gibt's natürlich keine. Besonders lustig, heute hat er sich in einen Blog eingespeist, wo es um Ratschläge für gelungene Sommerfeste geht.«

Glamser schaut auf den Bildschirm. Es ist nicht unwitzig, das muss er sich eingestehen. Vorher noch gute Tipps von Usern, wie man denn Ameisen von den gegrillten Steaks fernhält und wie man den Margarita am besten kaltstellt, ohne zu viel Eis verwenden zu müssen, und dann knallt plötzlich der Funbomber ins Netz. Auf einmal geht es auf der Seite nur noch um Mord und Totschlag und nicht um Sommerpartys, Drinks und Grillsaucen. Die Ironie daran, dass der Funbomber das größte Kulturfest am See nicht stattfinden lassen will, ist Glamser nicht entgangen. Es ist natürlich klug, das Internet als zweite Bühne zu verwenden.

»Und was sagst du als EDV-Fachmann dazu?«

Der Junge errötet. Glamsers Lob ist angekommen.

Mathias schaut kurz um sich. »Besprechen wir das draußen«, sagt er. Einer der Jugendlichen stürzt sich zum Computer. Die anderen haben das Nachsehen.

»Haben Sie das gesehen?«

Glamser schaut ihn fragend an. »Was? Den Typen, der jetzt deine Kohle versurft?«

Mathias setzt sein kluges Lächeln auf, schließt dabei die Augen und schüttelt leicht den Kopf. Glamser ballt seine Fäuste, er könnte ihm schon wieder eine in die Fresse hauen.

»Also, ich bin rein, hab zwei Euro hingelegt, habe mich zu einem Computer gesetzt und mir die Eintragungen im Blog angeschaut. So nebenbei habe ich mir eine Fake-MMS-Adresse unter dem Namen Kuno Rutz eingerichtet, hab mich auf der Gartenparty-Seite eingeloggt und auf den Funbomber-Blog geantwortet. Forscht die Polizei nun nach, wer dieser Kuno Rutz ist, wissen die zwar, dass er von dem Internetcafé aus tätig gewesen ist, aber der Mann hinter dem Schalter hat nicht einmal den Kopf gehoben. Er könnte also überhaupt keine Beschreibung von mir abgeben. Jetzt stellen Sie sich einmal vor, wie es auf einem öffentlichen Platz ausschaut, wo sich viele Menschen tummeln. Dort hat überhaupt niemand einen Durchblick, wer was wann von einem Terminal aus mailt.«

Glamser atmet durch. Er versteht. Nichts auf der Welt ist einfacher, als gefakte E-Mails durch die Gegend zu ballern.

»Einen Moment bitte«, sagt der Junge und läuft zum Tabakladen. Glamser schaut sich indessen am Bahnhof um. Hier war die Tasche. In jedem halbwegs vernünftigen Krimi würde jetzt irgendein Indiz auftauchen, das ihn auf eine Fährte bringen würde. Nichts. Der Bahnhof ist verschmutzt, so wie in anderen Städten auch. Er ist einer der wenigen Bregenzer Plätze, wo ihn der Glaube an die Tatsache, dass Bregenz eine Stadt ist, noch nicht verlassen hat.

Der Junge ist zurück, Glamser versucht, den Faden wieder aufzunehmen. »Wir waren beim Mann an der Kassa, dem es so ziemlich scheißegal ist, ob da jetzt Mick Jagger oder Osama Bin Laden vor ihm steht.«

»Stimmt!«, antwortet der Junge und kickt einen Kieselstein in das ausgetrocknete Rinnsal. »Es hat also jeder Zugang zu öffentliche Terminals. Stellen Sie sich einmal öffentliche Einrichtungen vor, oder große Firmen, dort stehen heutzutage oft Terminals, um den Kunden die Zeit des Wartens zu verringern oder damit sie schnell Geschäftliches erledigen können.«

»So wie bei deinem Vater?«

Der Junge schaut ihn mit seinen durch die Brille vergrößerten Augen an. Glamser kommen sie für einen Moment noch eine Spur größer vor.

»Stimmt. So wie bei meinem Vater.«

Sie stehen nun vor dem Spielplatz, der das Festspielareal mit den Seeanlagen verbindet. An sich tummeln sich an einem sonnigen Tag wie diesem hier mehr Menschen, als es angenehm ist. Die Bänke sind übervoll und bei der Kletterburg stellen sich die Kinder an. Heute ist er verlassen. Einzig eine Schaukel widersetzt sich der natürlichen Schwerkraft, da eine Amsel auf ihr sitzt. Die Amsel hebt nun ab, die Schaukel bewegt sich einen Hauch schneller, doch geht sie sogleich in den Stillstand über. Erst jetzt sieht er, wie abgenutzt der Spielplatz ist. An den Lokrädern splittert der Lack, das Seil im Klettergarten franst an den Schlaufen aus, und am Boden der Rutsche gehört wieder einmal Erdreich und Schotter aufgeschüttet. Glamser schmerzt dieses Bild. Das erinnert ihn an die Zeiten als Streifenbulle zurück. Ein kinderloser Spielplatz in einer Siedlung ist beispielsweise immer ein sicheres Indiz dafür, dass hier etwas nicht stimmt. Entweder gibt es zu wenig Nachkommen, oder es ist einfach zu gefährlich, sodass man die Kinder nicht mehr ohne Aufsicht auf den Spielplatz lässt. Meistens trifft das zweite zu.

Gerade dieser Spielplatz ist heutzutage multikulturell, wenn man das Wort in den Mund nehmen will. Meistens spielen hier türkische Kinder oder Kinder aus den Balkanstaaten, aber mit den Jahren sind auch immer öfter Kinder von österreichischen Eltern hergekommen. Immerhin, denkt sich Glamser. Ein Türken-Ghetto war das in der letzten Zeit nicht mehr.

»Mathias, schau mal«, fordert ihn Glamser auf und zeigt auf die Betonlokomotive, die man mit dem Satz ‚Forza Italia! Raus mit dem Türkenpack! Mörder!' in hellblauer Farbe besprüht hat.

Glamser ist verärgert. Jetzt gehen plötzlich Minderheiten aufeinander los! Ihn würde es nicht einmal wundern, wenn sich hier ein Pack ans Werk macht, das vor zwei Wochen nicht einmal gewusst hat, dass es italienischer Abstammung ist!

»In meiner Zeit spielten hier nur die türkischen Kinder, ich durfte nie hierher kommen. Das hat mir mein Vater verboten.«

»Also dann«, sagt Glamser und bewegt sich in Richtung Schaukel.

»Ich verstehe nicht«, spricht der Junge und geht durch die unebene Wiese dem Bullen nach.

»Wir müssen ein gutes Beispiel geben. Irgendwer muss ja wieder auf den Spielplatz gehen, und da nun kein einziges Kind hier ist, kann man uns auch nicht als Kinderverzahrer verdächtigen. Darf ich bitten?«

Kurz ist der Junge verlegen. Er weiß nicht, wohin mit seinem Laptop und hängt ihn sich wie eine Kindergartentasche um.

Beide schaukeln und ziehen dabei die Füße ein, um nicht überflüssigen Lärm zu machen, wenn die Schuhsohlen auf der mit Kies gefüllten Rinne aufkommen. Die Passanten schauen sie verwirrt an. Manche schütteln den Kopf. Glamser muss lachen. Der Junge tut es auch.

Glamser sieht, wie einige Passanten bei der Brüstung stehen, die den See zum Festland abgrenzt. Sie schauen nicht nach Lindau, zum üblichen Aussichtspunkt der Sommergäste, sie schauen in Richtung Molo. Manche legen sogar ihre Hände auf das Geländer. »Komm mit!«, fordert Glamser den Jungen auf.

Sie stoßen sich von der Schaukel ab und machen einen größeren Schritt, damit das Holz sie nicht in die Kniekehlen treffen kann. Bei der Brüstung angelangt, sehen sie in sichtbarer Entfernung ein Boot der

Wasserpolizei und eines vom Zoll. Davor liegt ein Kutter, der übervoll mit orangen Bojen angefüllt ist. Dunkelhäutige Arbeiter, deren Sprache Glamser nicht versteht, lassen eine Boje ins Wasser. Zuerst kommt der Betonsockel, der die an einer Leine befestigte Boje ins Wasser zieht, bevor sie wieder auftaucht; dann fahren die Arbeiter mit ihrem Boot ein Stück weiter. »Tatsächlich«, sagt Glamser zum Jungen, »sie machen ernst. Vom Molo bis rüber zur Seebühne wird der See von der Bühne abgetrennt.«

Glamser schaut zu den Schaulustigen. Sie wirken wie die üblichen Sommergäste. Ihre luftigen Flanellhemden sind anständig in Bundfaltenhosen gesteckt und die leicht verknitterten Sakkos hängen über den Schultern. Kleine Taschen baumeln von den Handgelenken der Männer. Golden blitzen die Uhren an den Handgelenken. Ihre Schuhe sind frisch poliert. Glamser erkennt die feinen Striche, die entstehen, wenn man die Schuhe unter die Putzmaschinen steckt, die in den Hotelhallen stehen. Wie gebannt schauen sie dem an sich trostlosen Treiben zu. In ihren Augen sieht er Neugierde, also kein Entsetzen, und das überrascht ihn doch. Nicht, dass es ihn dezidiert stört, aber wo ist das Entsetzen hin, das bei solchen Ereignissen die Menschen normalerweise überfällt? Nein, man hat für den Urlaub bezahlt, und jetzt mal gucken, was?

Glamser spitzt die Ohren. Er hört ein metallenes Geräusch, wie wenn eine Bierdose auf dem Asphalt umher gekickt wird. Er dreht sich um. Drei junge Männer im Militärlook kommen des Weges. Das sind weder Skins, noch sind sie von hier. Vom Dialekt her müssen die aus München kommen. So, wie sie reden, könnten das Studenten sein. – Mal schauen was hier los ist. Just for Fun. Funbomber – irgendwie passt das Bild ja wunderbar zusammen. Tja, die Zeiten haben sich wirklich geändert.

Eine ältere Dame bleibt vor den Jugendlichen stehen und schüttelt den Kopf. Einer von ihnen geht auf sie zu und sagt ihr etwas, was Glamser nicht versteht. Glamser muss ihn jedoch nicht verstehen, ihm reicht die Körperhaltung des Jungen, sodass er seinen Arsch in Bewegung setzt. Er sieht dem Gesicht der Frau an, dass sie sich nicht so recht wehren kann. Die andern zwei Typen stehen daneben.

»Macht der Typ Ärger?«, fragt Glamser die ältere Dame, die ihn nur fassungslos anschaut.

»Was geht Sie das an?«, fragt ihn der Junge.

Glamser kommt es fast hoch. Das gute Essen. Es ist eine Schande!

»Ich hab nicht mit dir geredet«, antwortet Glamser.

Der Junge grinst ihn hämisch an. Er hat schiefe Zähne. Glamser weiß alles.

»Und, was geht dich das an, Alter? Mach Meter!«, schnauzt er Glamser an und will sich wieder der Alten widmen. Im Hintergrund halten sich die anderen zwei ihre Bäuche vor Lachen.

So schnell kann der Typ gar nicht schauen, dreht ihm Glamser seine Hand auf den Rücken und drückt mit seinem freien Unterarm das Genick des Unruhestifters in Richtung Boden.

»Au, Sie tun mir weh!«, keucht der Junge.

Glamser nickt der Frau zu. »Gnädige Frau, wir haben das alles unter Kontrolle, Sie können weitergehen.«

Die Frau schüttelt verwirrt den Kopf und macht sich wackelig auf den Weg.

»Jetzt lassen Sie mich los, ich werde Sie –«.

»Ja, sicher, ich dich auch, du kleiner Arsch!«

»Das ist ein freies Land!«

»Aber nicht für Idioten wie dich!«

»Jetzt lassen Sie mich los, ich werde Sie –«.

Glamser lässt ihn nicht aussprechen, sondern schubst ihn zu seinen zwei Freunden hin, die ihn geistesgegenwärtig auffangen. Er sieht, dass der Ärmel des Tarnanzugs an der Schulter eingerissen ist und ein weißes Baumwollshirt rausschaut. Glamser ist zufrieden.

»Das kostet Sie was!«, schimpft einer der Freunde und deutet auf das kaputte Hemd. »Ich werde Sie anzeigen!«

»Klar«, antwortet Glamser. »Geh zu den Bullen und erzähle die ganze Geschichte. Mein Name ist Erich Glamser. Gib ihnen den auch bekannt. Und vergiss die Rechnung nicht!«

Glamser dreht sich um. Erst jetzt kommt ihm wieder Mathias in den Sinn. Er hat ihn in den letzten Minuten total ausgeblendet. Mathias hält seine Kamera mit geöffnetem Objektiv in der Hand. Er scheint alles fotografiert zu haben. Glamser will ihn schon anschnauzen, beherrscht sich aber noch. Der Junge hat seinen Groll nicht verdient. Dafür entdeckt er jetzt plötzlich, dass er Publikum hat. Die, die vorhin noch ihre Augen auf die Bojen richteten, glotzen nun ihn an.

»Da gibt's nichts zu schauen! Ich bin ja keine Boje!«, beschimpft er sie. Verlegen drehen sie sich wieder um und richten ihre Augen auf den Kutter.

»Hätten Sie dem Typen nicht Ihre Marke zeigen können?«, fragt der Junge aufgeregt. Glamser spürt, wie ihn die Situation mitnimmt.

»Klar hätte ich das. Ich bin aber nicht in der Hundeschule«, antwortet Glamser, während sie wieder in Richtung Festspiele gehen.

»Eine Frage noch, Herr Glamser?«

»Schieß los!«

»Haben Sie etwas gegen Menschen in Uniform? Sie haben ja auch jahrelang eine getragen.«

»Stimmt«, antwortet Glamser, »aber ich habe die Uniform in meiner Freizeit abgelegt.«

Glamsers Handy läutet. Er beginnt zu strahlen. Heller als es die Sonne vermag. Endlich! Egal was passiert, jetzt kann nichts mehr schiefgehen. Seine Tochter ist am Telefon. Der Sommer wird also doch noch so, wie ihn Glamser seit jeher hatte. Seine Tochter ist im Lande. Sie hat mit dem Zug bereits den Arlbergtunnel hinter sich gelassen. Sie ist also tatsächlich wieder hier.

»O.k., das ist irgendwie machbar. Wann sagst du? Ja, das geht schon, das schaffe ich.«

»Bevor ich dich jetzt zu Hause abliefere, holen wir noch meine Tochter vom Bahnhof ab«, gibt Glamser die Marschrichtung vor.

»Herr Glamser, Sie müssen mich nicht zu Hause abliefern, ich bin ja nicht mehr im Kindergarten. Es ist auch schon 17:00 Uhr, unser Arbeitstag ist erledigt.«

»Nein«, antwortet Glamser, »erledigt ist er dann, wenn du zu Hause bist.« Er hat sich heute schon eine Eskalation geleistet, zu einer zweiten soll es nicht kommen. Sein Auftrag lautet, hol den Jungen ab und bring ihn wieder nach Hause. Punkt.

Früher war ein Familiensommer das Normalste, was man sich vorstellen kann, aber seit Sabine studiert, ist sie die meiste Zeit in Innsbruck. In Vorarlberg gibt es ja keine Universität. Als Wien in den Siebzigerjahren in Vorarlberger eine Universität bauen wollte, lehnte der Vorarlberger Landtag dieses Vorhaben ab. Studenten bringen Unruhe, das brauche man hier nicht. Und so muss jeder Vorarlberger, dessen Kind studieren will, die Miete in einem anderen Bundesland brennen. Andererseits ist es nur gut, wenn die jungen Leute weggehen, kommen sie wieder ins Land zurück, bringen sie neue Ideen mit. Und heute ist eben der Tag, an dem Sabine wieder heimkommt!

»Ich nehme an, Ihre Tochter studiert.«

»Gleich wie du, in Innsbruck«, antwortet Glamser zurückhaltend.

»Das ist aber witzig, vielleicht sind wir uns schon mal über den Weg gelaufen!«

»Kann schon sein«, antwortet Glamser. Auf die Idee ist er noch gar nicht gekommen. Das wäre ja noch schöner! Womöglich kennen sich die zwei schon, nur wissen sie nicht, dass Sabine seine Tochter ist. Nein, nein, denkt Glamser, ein Blick auf Mathias beruhigt ihn. Das hellblaue Hemd, die Cordhose und die brav geschnürten Schuhe von Mathias, an so einem hat seine Tochter kein Interesse. Ihre Freunde haben zwar alle eine Macke, aber die sind anders gestrickt als Mathias.

Kurz bleibt er stehen. Er ist irritiert. Warum soll er sie eigentlich abholen? Die letzten Male ist sie immer alleine gekommen, oder ihr Freund hat sie nach Hause gebracht, oder sie haben sich ein Taxi genommen und Sabine ist zwischendrin ausgestiegen. Er hat sie nicht danach gefragt. Er war so erfreut, dass sie kommt, dass er es glatt vergessen hat.

Er will sie aber jetzt nicht mehr anrufen. Das geht Mathias nun wirklich nichts an. Er wird es zu Hause erfahren. Der Lautsprecher gibt die Einfahrt des Zuges bekannt.

Sie steht vor ihm, und sie braucht kein Wort zu sagen. Er hat immer gewusst, der Typ ist ein Penner, ein Versager, ein EDVler, ein Techniker. Was kann man sich denn auch von dem schon erwarten? Er nimmt sie in die Arme. Er will sie schon mit einem Satz wie »Der Typ war eine Niete, ich hab das schon immer gewusst«, trösten, doch sie kommt ihm zuvor. »Hi Paps, kein Wort darüber. Ich hab da ziemlich viel zum Schleppen.« Glamser staunt nicht schlecht. Zwei Koffer, zwei Taschen und ein unerhört großer Karton.

»Willst du das nächste Semester in Vorarlberg verbringen?«, fragt er im Scherz nach.

»Das nicht, aber ich muss eine Arbeit schreiben und hab gestern im Abverkauf einen nagelneuen Computer ergattert.«

»Hallo«, meldet sich Mathias aus dem Off. Glamser hat ganz auf ihn vergessen. »Hallo, ich bin Mathias. Mathias Neumann. Mit einem t und zwei n.«

»Oh, hallo!«, antwortet Sabine. »Sabine Glamser. Mit einem s für Sabine und einem g für Glamser.« Für Glamser hört sich das eine Spur zu nett an.

»Dann helft mir mal, die Sachen hier rauszuschleppen, Vorstellung kommt nachher.«

Glamser stopft alles in seinem Kofferraum, während die beiden es sich bereits im Wagen gemütlich gemacht haben. Er will sich ja nicht aufregen, aber warum reden die eigentlich miteinander? Seltsam. Könnten ja auch blöd aus dem Fenster schauen. Glamser wirft so nebenbei einen Blick durch die Heckscheibe. Sabine zündet sich eine Zigarette an. Seit wann raucht Sabine?! So, wie sie das macht, raucht sie schon länger. Warum weiß er nichts davon?! Rauchen war immer sein Vorrecht in der Familie. Aber bitte, für die Sucht ist es nie zu spät. Soll sie halt machen.

Mit 20 Jahren noch zum Rauchen anfangen, denkt sich Glamser. Er will nicht sagen, dass es ihm weh tut, wenn er die Fluppen zwischen ihren Lippen sieht, aber für entbehrlich hält er es allemal. Und was ist das jetzt? Ja, das schlägt dem Fass den Boden aus! Jetzt weiß er, was Mathias in der Trafik gemacht hat. Er hat sich Zigarillos besorgt. Ja, ist der noch zu retten?! Die Koffer und Taschen sind schon längst verstaut, doch Glamser steht immer noch vor dem geöffneten Kofferraum und beobachtet die beiden. Mathias hat seinen Laptop geöffnet, drückt einige Tasten und versucht, seiner Tochter etwas zu erklären. Sabine nickt. Glamser kennt dieses Nicken sehr gut: ‚Von der Sprache her verstehe ich, was du sagst, aber ich kann dir rein inhaltlich nicht folgen'. Seine Tochter nimmt jetzt das Handy und telefoniert. Gerade jetzt fährt ein Zug ein, die Räder quietschen. Glamser weiß nicht, wen sie angerufen hat, er kann es sich aber gut vorstellen. Er atmet drei Mal durch. Das kann ja noch heiter werden.

»Hi Paps. Ich hab gerade mit Mama telefoniert. Mathias kann mir helfen, den Computer zu installieren. Außerdem hat er viele Programme, die ich nicht habe. Das ist eh o.k., wenn er zu uns mitkommt, oder?«

»Natürlich«, antwortet Glamser, »kein Problem.« Er vermeidet, ihnen ins Gesicht zu schauen.

»Dann fahren wir am besten gleich bei mir vorbei, dann kann ich die nötigen CDs holen!«, freut sich Mathias.

»Selbstverständlich«, antwortet Glamser und reiht sich in den Verkehr ein. Chauffeur, das wollte er schon immer einmal spielen.

»Dann kannst du ja auch gleich bei uns zu Abend essen, während sich das Zeug installiert«, wirft Sabine ein.

Mathias, das ist wirklich kein Problem, würde ihm Glamser gerne sagen, solange du nur deine dreckigen Streberfinger von den Titten meiner Tochter lässt. Ich weiß nicht warum, aber du gefällst mir nun mal nicht, denkt Glamser und schluckt. Jetzt hat er wenigstens die Ursache seiner inneren Ablehnung gefunden. Mathias macht seine Tochter an, und er hat das schon intuitiv gewusst! Am liebsten würde er jetzt den Rasen mähen, das macht er sehr gerne, wenn er mit den Dingen, wie sie verlaufen, nicht wirklich einverstanden ist, aber da wird es in den nächsten Tagen noch den einen oder anderen triftigeren Grund geben, den vergammelten Rasenmäher anzulassen, denkt sich Glamser, denn Sabine und Mathias sind bei ihrem Gespräch bereits im Privatbereich angelangt. Kennst du in Innsbruck das Lokal, oder das, das Zappa, das Down Under und überhaupt … .

»Weißt du, wo man um 2 Uhr in der Nacht noch geil essen kann?« Mathias schaut seine Tochter groß an. Glamser muss sich gar nicht umdrehen, er weiß, dass er groß schaut. Natürlich wird das der Streber nicht wissen.

»In der Kaiser-Stuben!«, antwortet seine Tochter triumphierend, als hätte sie gerade eine Diplomprüfung bestanden. Und Glamser weiß jetzt auch, wo sein sauer verdientes Geld hinfließt. Kennst du den, oder den. Bla, bla, bla. Neuper kommt ihm in den Sinn, Neuper! Er hat ja noch den kleinen Abstecher bei Neuper vor. Bis jetzt hat er noch niemandem von seiner Familie von der Einladung erzählt. Er wird das allein durchziehen und sich einen angluckern. Jawohl! Genau so viel, dass er nach dem Neuper tot ins Bett fällt.

Passt dir etwas nicht?

Kaum redet man vom Unglück, ist es auch schon da. Tag, Joe.

Meinst du damit deine Tochter, Mathias, oder mich?

Hey Joe, leck mich an Arsch.

Du mich auch!

Auch Geschichten haben eine Seele.

Glamser erwacht. Er greift nach dem Handy. Eine Minute nach vier. Für einen Moment bleibt er ausgestreckt liegen. Unsinn geht durch seinen Kopf, wie zum Beispiel, dass er sich nicht daran erinnern kann, jemals um eine Minute nach vier Uhr aufgewacht zu sein. Aber sehr schnell spürt er, wie sich die morgendliche Energie in seinem Körper ausbreitet. Der Körper arbeitet wie ein Bergwerk, denkt er sich. Am Anfang schlägt nur ein Hammer, ein einsamer Klang, der durch die Täler hallt, aber schon kurz darauf rattern alle Förderbänder. Auf zu neuen Taten!

Neuper hat zum Glück noch ein paar andere Freunde eingeladen gehabt, also ist es nicht weiter aufgefallen, dass er ohne Anhang aufgetaucht ist. Wichtig war dem Neuper, dass er den Kerl da hatte, der für den Kanzler Bodyguard spielt, der ein bisschen über die Dinge reden kann, die ablaufen. Glamser kam sich vor wie ein Kriegsberichterstatter, der auf Fronturlaub ist. Die Menschen haben keine Ahnung, was passieren kann, die wollen es auch nicht wissen, sie wollen nur haben, dass alles wie gewohnt weitergeht und sie wer beruhigt. Glamser hat ein bisschen was von den allgemeinen Sicherheitsbestimmungen erzählt, der intensiveren Grenzkontrolle in die Schweiz, den stichprobenartigen Fahrzeugkontrollen auf dem ehemaligen deutschen Grenzposten, dass man seitens des Ministeriums überlegt, einige Soldaten einzusetzen, die bereits Erfahrungen beim Grenzschutz im Burgenland gemacht haben. Er lümmelte in einem naturfarbenen Rattanstuhl, hielt gemächlich seinen Drink und stand Rede und Antwort. Die Menschen wollen einen gewissen Grusel haben, der sorgt für Geborgenheit, so lange es nicht unmittelbar vor ihnen kracht. Das ist wie Fernsehen, hatte Glamser gedacht. Schaltet man die Glotze nach dem Thriller aus, erwartet man auch nicht, dass der Psychopath an die Haustür klopft. Glamser nahm sich den einen oder anderen Happen und schielte immerzu zu seinem Kirschbaum, zum klaffenden Loch, und dieses Loch sprach eine ganz andere Wahrheit: Wer sagt, dass hier nicht in fünf Minuten ein Wagen stehenbleibt und die Neuper Villa in Schutt und Asche legt? Er weiß es, und Neuper weiß es auch. Er beobachtete Neuper, sah, wie es auch seinen Blick in den hinteren Gartenbereich zog. Doch die Explosion, die hier vor zwei Wochen stattgefunden hatte, wurde nobel umgangen. Das gab dem Abend eine gewisse Künstlichkeit. Soll so sein, schlussendlich hat jede Dinnerparty etwas Gekünsteltes, stellte Glamser fest und trank mit einem großen Schluck seinen Cocktail aus. Der Rasen vor den Geleisen ist nachgewachsen. So schnell geht das alles. Und schon bald wird niemand mehr über diese Geschehnisse reden. Man lässt Gras darüber wachsen, dachte Glamser und blickete nochmals zu den Geleisen. In zwei Wochen hat das junge Gras zum alten aufgeschlossen. Im ersten Winter werden die Stahlschienen verwittern und im Frühling wird hier niemand mehr ahnen, dass letzten Sommer die Fetzen geflogen sind.

Aber die Gäste genossen den Abend, Neuper war als Geschichtenerzähler in seinem Element, und so war es auch nicht dramatisch, dass sein Besuch nur von kurzer Dauer war. Er stellte seinen letzten Margarita ab, flüsterte dem Neuper etwas von einem anstrengenden Tag zu und machte die Fliege. Der Moment war günstig gewählt. Einige Minuten vorher hatte er seinen Kadett aufbrausen gehört. Kurz war es still gewesen, die schicken Neuper-Gäste sind so alte, laute Motoren nicht mehr gewöhnt. Dann sprachen sie weiter. Glamser reckte seinen Hals. Er sah, wie seine Tochter Mathias in seinem Auto nach Hause brachte, nachdem sie es alle drei, Herta, Sabine und Mathias, auf seiner Veranda sehr lustig gehabt hatten.

Mathias schaute regelmäßig auf Sabines Laptop und installierte ein Programm nach dem anderen. Gelegentlich beugte sich Sabine zu ihm hinunter. Glamser beobachtete genau, worauf der Junge bei seiner Tochter schaute. Auf die Beine, in den Ausschnitt, in den Schritt oder auf den Computer. Es war immer nur der Computer. Ausnahmslos der dämliche Computer, das musste er leider zugeben. Dass er den gestrigen Abend auch mit seiner Familie hätte verbringen können, davon will er nichts wissen.

Er stellt sich unter die Dusche und hält den Strahl möglichst gering. Er will nicht nur vom gestrigen Abend im Hause Glamser nichts wissen, er will auch niemanden wecken. Er will keine blöden Fragen beantworten, ob er etwas hat, warum er sich denn zurückzieht, oder ob ihm etwas nicht passt. Verstehen würde ihn ohnehin keiner. Herta saß auf der Bank mit dem Rücken zur Hauswand und ließ die zwei »Kinder« auf den Stühlen sitzen. So hatte sie einen sensationell guten Ausblick auf die Dinnerparty und auf Glamser. Die Blicke zwischen Herta und ihm haben gereicht. Das muss sich heute Morgen nicht wiederholen.

Als ob er es ihr gleichtun wollte, hatte er sich mit seinem Rattanstuhl ebenso günstig platziert, dass er immer das Treiben auf seiner Veranda und so auch Herta im Blickfeld hatte. Aus Trotz hat er echte Fluppen geraucht, also Zigaretten. Er hat keine Lust mehr, Zigarillos zu rauchen, wenn es ihm der Junge gleichtut. Als er sich die erste Fluppe zwischen die Lippen steckte, brannte ihr Blick fast ein Loch in das Filterpapier. Bei der zweiten wusste er, dass sie ihren Kopf schüttelt, bei der dritten Fluppe nahm sie ihre Gefühle zurück. Eiszeit.

Dann hat er, noch am helllichten Tag, sichtlich zu viele Cocktails vernichtet. Herta hasst es, wenn er am helllichten Tag harte Alkoholika trinkt, und seine Margarita waren voll davon, grad dass keine blaue Agaven aus seinem breiten Cocktailglas wuchsen. Die Bowle, das Bier und den gekühlten Wein hat er anderen überlassen. Er war auf Margarita unterwegs. Nach dem dritten Margarita hörte Herta auf, zu zählen. Glamser auch.

Und vorher, schon wie sie im Hause Glamser angekommen waren, hatte Mathias nichts Besseres zu tun gehabt, als über den aufregenden Tag mit dem Kommissar Glamser zu berichten. Von der Aktion am Bahnhof bis zu der an der Seepromenade. Hatte ihm der Kommandant nicht eingebläut, keinem Menschen davon etwas zu sagen? Herta schenkte ihm einen kurzen Blick, er ist daraufhin gleich in den oberen Stock gegangen, um sich für die Party beim Neuper umzuziehen. Hertas Blick war eindeutig: Mein lieber Mann, was ist los mit dir? Bitte benimm dich!

Und Joe? Der ziert sich. Glamser ist allein. Wahrscheinlich muss das so sein.

Glamser trinkt im Stehen seinen Espresso und liest die Headline der Tageszeitung. »Ente! Funbomber narrt die Kripo!« Die leere Tasse dampft noch und Glamser macht sich auf den Weg. Der Reisetaschen-Funbomber ist nicht echt. Er hätte doch nie das Leben des Jungen und sein Leben aufs Spiel gesetzt. Der ist ein Trittbrettfahrer. Wäre es der echte Funbomber gewesen, hätte er eine Bombe gelegt und aus. Außerdem gibt es tatsächlich Parallelen zwischen dem Mail, welches den Jungen und ihn betrifft, und dem gestrigen Bekennerschreiben. Mathias ist ja nicht doof, was ihn ankotzt ist die »zufällige« Nähe zu Sabine. Warum will Mathias unbedingt zur ganzen Familie Kontakt haben?

Glamser hebt das Garagentor an, so kann es nirgendwo hängenbleiben, er öffnet es so langsam, dass es wirklich keinen Lärm mehr verursachen kann. Dann startet er den Kadett und lässt ihn im zweiten Gang anfahren. Und jetzt gibt er Gas!

Er weiß, dass diese Personenkonstellationen nur in diesem Sommer möglich sind, in keinem anderen. Es passiert nichts zufällig. Der Funbomber passiert nicht zufällig, und Mathias auch nicht, dass seine Tochter gerade jetzt keinen Freund hat auch nicht, dass er mit dem Kanzler zu tun hat, wird auch so seine Gründe haben, denkt sich Glamser und steigt aus. Das Betonoval ist auch nicht zufällig. Dass er darin Joe vermutet hat, ist ein Irrtum. Er hat eine Kirche ohne Götzen gesucht und nun hat er sie gefunden. Amen.

Ein zweites Auto bleibt stehen, ein blitzblauer Ford Escort, auch nicht gerade der neueste Kübel, denkt sich Glamser. Mona Handlos steigt aus.

Glamser erzählt. Er geht weit zurück. Er geht in die Zeit seiner Jugend zurück. In die Zeit, als er Herta kennenlernte und bis dorthin ziemlich alleine war in seiner Welt, er in seiner und sie in ihrer. Wie alles begann. Wie alles zu blühen begann. Wie Sabine kam. Wie die Welt damals plötzlich Sinn bekam. Als man das neue Lebensgefühl so natürlich in sich aufnahm wie Sauerstoff und es ähnlich gedankenlos verbrauchte. Wie man von allem, was kommen sollte, noch keine Ahnung hatte.

Glamser weiß nicht genau, wie er das Folgende in Worte fassen soll, vielleicht hängt es auch damit zusammen, dass er nicht einmal weiß, warum er der Handlos diese ganze Scheiße aufs Aug drückt. Er streicht sich über seinen Kopf und spürt seinen plötzlich erkalteten Nacken. Intuitiv hat er sich wieder in die Welt von damals hineinversetzt. »Vielleicht sind wir damals einfach erwachsen geworden, das wird man ja nicht mit der Volljährigkeit, sondern durch die Ereignisse, die mit den Jahren auf einen zukommen.« Wie der unerwartete Frost, ein zu früher Wintereinbruch, der die noch lebendige Natur tötet. Sein kalter Nacken ist wie ein Hauch davon.

»Als ich dem x-ten Straffälligen die Handschellen anlegte und dabei plötzlich wusste, dass das alles keinen Sinn macht. Als meine Frau das zweite Mal schwanger wurde und wir uns gegen das Kind entschlossen. Es wäre ein Sohn geworden.« Er gerät ins Stocken, kann den Blick nicht mehr halten und spricht für sich weiter. Seither sieht er in allen Jungen, die ähnlich alt sind wie seine Tochter, seinen Sohn. In einem Moment kann er die Typen leiden, in einem anderen wieder nicht. Als ob ihn zum einen die Sehnsucht nach dem Sohn überkommt, den sie kriegen hätten können, und zum anderen den Ungeborenen in ihnen sieht, dem man vor lauter Selbsthass nicht in die Augen schauen kann. Glamser findet wieder zu seiner Stimme zurück und erzählt weiter. Über die Freunde seiner Tochter. Er versucht, ihnen Vertrauen zu schenken, gleichzeitig lässt er sie durch die Filter des Innenministeriums laufen. Er versucht, nichts von ihnen zu wissen, um sie als Mensch schätzen zu können, gleichzeitig ruft er bei seinem Schwager in der Finanz an und schaut, was denn die Familie so verdient. Darüber herrscht Stillschweigen, nicht einmal Herta schöpft Verdacht. Aber an manchen Tagen bedrückt ihn die dadurch entstehende Einsamkeit, fast erdrückt sie ihn, diese Isolation ist dann noch schlimmer, als würde die ganze Welt von seinem Misstrauen wissen. Und immer wieder taucht der Tag im Hinterkopf auf, an dem sein Verein in die Bedeutungslosigkeit abstürzte. Der Tag, an dem er betrunken vor dem Stadion zusammenbrach und jeder über ihn drüberstieg. Der Tag, an dem er die unverständlichsten und zur gleichen Zeit verständlichsten Tränen vergoss: Das Unfassbare hat erneut zugeschlagen. Es passiert immer alles, was nicht passieren darf. Das Leben spart nichts aus.

Wieder schauen sie sich nicht an. Sie sitzen auf dem Karton, den sie gestern zum Zaun gestellt haben, sie lehnen am Beton, als wäre es eine gemütliche Parkbank für Frührentner. Sie rauchen und trinken Kaffee. Handlos hat einen Kaffee in der Warmhaltekanne mitgebracht. Glamser die Fluppen. Handlos raucht mit. Wieder geht die Sonne hinter dem Pfänder auf. Zwei zierliche Vögel, zwei Mönchsgrasmücken, machen sich über die verdorrten Beeren eines Holunderstrauchs her.

»Und jetzt sind Sie dran, Handlos«, kommt es so unerwartet von Glamser, dass sie ein Stück von ihm abrückt und ihm einen verwunderten Blick schenkt.

Sie erzählt ihm von ihrem Freund, der Medizin studierte, den sie schon knapp nach der Schulausbildung kennenlernte. Von ihrem Glück, das sich so ähnlich anhört wie das von Glamser in seinen jungen Jahren. Über die erste Wohnung, die sie zusammen angemietet haben, das Geld, das sie oft zusammenkratzten mussten und darüber, dass sie manchmal als Polizistin mehr zum Lebensunterhalt beisteuern musste als ihr Freund, der einmal um vieles mehr verdienen würde.

Glamser hört ihr aufmerksam zu. Er schätzt ihre Stimme, er hat es gerne, wenn diese Stimme nach einer kurzen Zeit leicht heiser klingt und ihm einen wohligen Schauer über den Rücken laufen lässt. Das erste Auto, das sie sich zusammen gekauft haben, die großen Gedanken für die Zukunft, dem sich nur eines in den Weg stellte: »Er war Muslim«.

Sie setzt kurz ab. Glamser sieht, wie in ihr Bilder ablaufen, die ein sofortiges Weitersprechen unmöglich machen.

»Er war Muslim«, beginnt sie erneut, und sie wollte nicht zu seinem Glauben konvergieren. Sie konnte sich nicht vorstellen, einer Religion beizutreten, die in so großer Zahl Vertreter extremer Einstellungen mit sich bringt. »Er war keiner von den Bärtigen und hatte nicht mehr glühende Kohle hinter seinen Augen als ein Italiener, aber er ging nicht von seinen Standpunkten ab: Solange wir nicht heiraten und ich nicht seinen Glauben annehme, leben wir in Sünde.«

Er, Glamser, möge ihr glauben, dass ihr Freund kein Extremist gewesen sei, bittet ihn Handlos. Er war ein aufmerksamer Student, er war lustig, er trank dann und wann ein Bier zuviel, er machte gerne Witze, setzte sich für die Gleichberechtigung von Minderheiten ein, und ja, es funktionierte überall, auch im Bett. Doch immer mehr schob sich die Religion in den Vordergrund. Und irgendwann ging die Religion in seine Lebenseinstellung über, wurde Fleisch und Blut, und eine entsprechende Tagespolitik wurde zum Seismographen seiner Befindlichkeit. Sie konnten sich keine Weltnachrichten mehr anschauen, ohne mit ihren entzweiten Lebensauffassungen konfrontiert zu werden. Kaum kamen dem Nachrichtenmoderator Reizworte wie Gaza über die Lippen, war der Abend gelaufen. Und waren es ausnahmsweise gute Nachrichten, kam ihr seine Freude dennoch gekünstelt vor: Nicht sie waren ausschlaggebend für seine gute Stimmung, seine Heiterkeit kam auch nicht aus seinem Innersten, sie war allein davon abhängig, ob man im Nahen oder Mittleren Osten Scheiße baute.

So mussten sie kein Wort mehr über ihre unterschiedlichen Standpunkte verlieren. Jeder Bericht, der die arabische Welt schlecht ausschauen ließ, trieb den Keil weiter in ihre Beziehung. Waren die österreichischen Nachrichten beendet, drehte er die Satellitenschüssel um 180 Grad und sie konnten die gleichen Bilder mit arabischen Kommentaren sehen. Der redaktionelle Teil war unterschiedlich, zumeist eine Gegendarstellung der Ereignisse. Terroristen waren Freiheitskämpfer, Kriegsverbrecher waren Volkshelden. Er übersetzte für sie. Diese Übersetzung trieb den Keil wieder ein Stück weiter in ihre Beziehung, wie zuvor die europäischen Nachrichten. Die Last der Nachrichten war groß, kein Mensch konnte erahnen, welche Tortur sie für die beiden war. Die Politik verpestete ihr Wohnzimmer.

Eine Frau mit Hund schenkt ihnen einen verwunderten Blick. Im Hintergrund hört man nun deutlich den Lärm der erwachenden Stadt. Wie auf Signal stehen sie auf und gehen in verschiedene Richtungen. Sie müssen sich nicht verabschieden, sie wissen, dass sie sich wieder treffen werden, dann, wenn die Stadt noch schläft, aber der anbrechende Morgen schon eine Idee vom nächsten Tag in sich birgt.

Rot.

Glamser ist noch immer benommen. Er fährt vom Stadion weg, über die Brücke, und reiht sich in den Stadtverkehr ein. Er passiert die Kripo und schlüpft bei der Bahnhofskreuzung gerade noch durch, bevor die Ampel auf Rot umschaltet. An der Seestraße kommt jedoch der Verkehr zum Erliegen. Sogar am Samstag schafft man es nicht, ohne Stau durch die Stadt zu kommen. Er will sich am Kiosk gegenüber der Post mit den nötigen Zeitungen eindecken. Heute ist Samstag. Heute ist sein freier Tag.

Dass die Opernsängerin das Handtuch geworfen hat, wird Auswirkungen haben. Der nächste Knick hat auch nicht lange auf sich warten lassen: Der Kinderchor, der bei der Tosca zwei Mal auftritt, wird durch erwachsene Statisten ersetzt. Vielleicht ist das Gift schon bis zu den Festspielen vorgedrungen, sodass alles von innen her zusammenbricht.

Glamser schnauft und zündet sich eine Fluppe an. Im Grunde sollte er lockerer sein. Der Tag hat ja prächtig begonnen. Die paar Einkäufe erledigt er mit links. Danach gibt er sich die Zeitungen. Mittagessen, ein bisschen was im Garten arbeiten, vielleicht bei seinem Kirschbaum vorbeischauen und dann halt die Dinnerparty bei Mathias. Gegen sechs Uhr wird er sicher einen Anruf von seinem Kommandanten bekommen. Ob sie zusammen hinfahren oder alleine, wird er wissen wollen. Wie lange denn Glamser gedenke zu bleiben, und ob er wohl in entsprechender Mode erscheine. Nein, wird Glamser antworten, er fährt alleine hin, da er nicht weiß, wann er wieder abhebt, er kann auch nicht abschätzen, wie lange er bleibt, das kann eine Stunde sein, oder so lange es ihm halt gefällt, etwas länger eben. Nein, sie sollten nicht zusammen kommen und auch nicht zusammen gehen, das hält er für unklug. Sie sind weder die Dackel eines Großkonzerns, auch nicht verwandt, und schon gar nicht schwul. »Schon gar nicht schwul«, das dürfte der Kommandant verstehen, nicht, dass er etwas gegen Warme hätte, aber er ist nun mal ein astreiner Hetero. Dann wird er Glamser noch an den Anzug erinnern, ob er ihn wohl bei der Reinigung gehabt hat. Das wird dann der Moment sein, wo Glamser sein Handy schon nicht mehr zum Ohr hält, den Alten ratschen lässt und erst wieder dran geht, wenn seine Stimme verstummt. Dann wird er zusammenhanglos antworten, dass er jetzt weitertun muss, und alles andere können sie ja auf der Dinnerparty bereden. Glamser weiß genau, dass er sich davor drückt, über die Handlos und ihre Geschichte nachzudenken. Das hat Zeit, denkt er sich, als vor dem Kunsthaus der Verkehr wieder einmal ins Stocken gerät. Zumindest ist der Kiosk bereits sichtbar. Die Odyssee hat also ein Ende, denkt sich Glamser, als er plötzlich rotsieht.

Alles rot. Die Windschutzscheibe. Plötzlich ein Aufprall von hinten. Glamser wird in das vordere Auto hineingeschoben. Bumm, krach, ächz! Glamser springt aus dem Auto. Kein Wahn, keine Einsicht, alles Realität. Vom gesamten Kunsthaus rinnt knallrote Farbe, vom Dach schießt eine Fontäne. Die rote Farbe hat das anschließende Landestheater, den Vorplatz, die Autos, einfach alles erwischt. Ein Geistesblitz. Glamser läuft zum Kunsthaus. Er rüttelt an der Tür. Nichts. Zugesperrt. Noch kein Dienst. Alles rot. Das Kunsthauscafé, die Skulptur. Auch auf der Rückseite hat es das Kunsthaus voll erwischt. Der helle Treppenaufgang, der sonst durch das milchige Glas schimmert, ist hinter der roten Farbe nicht mehr zu sehen. Glamser schwitzt. Die feinen Farbpünktchen auf seiner Haut zerfließen im Schweiß. Das ist Deckfarbe, kein Lack, aber Farbe. Abwaschbare Farbe. Dem Funbomber ist es diesmal nur um die Aktion gegangen. Gleich nach der Spurensicherung wird ein Kran mit einem Trupp Fensterputzer kommen, die das Kunsthaus säubern. Den Platz rund um das Kunsthaus und die Straßen werden sie mit einigen tausend Litern Wasser sauberspritzen. Als ob nichts gewesen wäre. Glamser erinnert sich an Mathias' Worte: Der Funbomber wünscht allen »Bregenzer Blutspiele, blutrote Blutspiele.«

Von Weitem hört er die Polizeisirenen und geht zurück zu seinem Auto. Mit dem Pannendreieck sichert er den Unfallort ab und weist die ersten Autofahrer, die keinen Schaden davongetragen haben, aus der Kolonne in die Stadt hinein. Er greift nach seinem Handy und ruft seine Kollegen an. »Ihr könnt gleich wen zur Spurensicherung mitbringen. Beim Kunsthaus ist eine Riesensauerei. Nein, keine Toten, vermutlich nicht. Nicht einmal Verletzte. Wahrscheinlich nicht, keine Ahnung. Unfallort abgesichert, ich leite jetzt einmal den Verkehr um.« Glamser spricht mit gelassener Stimme. Man hat ihnen eine Lektion erteilt: Ein Anschlag ist immer und überall möglich. Sie können nicht jeden Quadratmeter in Bregenz absichern. Das geht nicht! Das Kunsthaus fällt ihm jetzt als besonders reizvolles Objekt ein. Ja, klar. Jetzt schon. Aber gestern? Hätte der Irre heute ein Passagierschiff in die Luft gehen lassen, wäre das im Nachhinein betrachtet auch absehbar gewesen. Zwei Schlappen in zwei Tagen. Der Druck auf die Exekutive wird zunehmen. Der Kommandant wird rotieren. Glamser sichert den Verkehr. Leitet um und wartet eine Minute. Kollegen springen aus dem Einsatzfahrzeug. Glamser erzählt ihnen in knappen Sätzen den Ablauf der Ereignisse. Ein Polizist sagt ihm, dass er sich umdrehen soll. An manchen Stellen hat die Farbe nicht gegriffen. Vier Wörter sind rauszulesen, an den Stellen, wo jetzt wieder das milchige Glas durchscheint. »ART IS FUN. FUNBOMBER! Carotin A«. Sein Handy läutet. Es ist der Kommandant. Der Kommandant flucht. Den freien Samstag kann er sich in den Arsch schmieren. Wer zum Teufel ist Carotin A?

Nichts geht über ein Glas Weißwein, bevor man zu einer Party geht, denkt Glamser und steht auf der Terrasse vom Deuring Schlössle. Das Juwel liegt in der Oberstadt, der wahren Bregenzer Altstadt. Nur eine schmale Gasse führt durch das mittelalterliche Stadttor. Dementsprechend ruhig ist es auch. Um ihn herum sind schon die Gedecke für den Abend gerichtet. Hier pflegt man nicht nur eine exquisite Küche, der Gast genießt auch noch einen wundervollen Blick auf die Stadt. Der Weißburgunder ist richtig temperiert, das schlanke Glas macht ihn zum Vergnügen. Das Deuring Schlössle ist wahrlich ein Schloss. Hier lebt es sich königlich. Auch kann man hier nächtigen, wenn man wie Gott in Frankreich leben will. Das Kunsthaus ist tatsächlich wieder gereinigt, alle Spuren sind beseitigt. Für diese Voraussage hat er kein Prophet sein müssen, trotzdem beruhigt es ihn, dass wenigstens sein Verstand noch funktioniert. Glamser raucht sich eine Fluppe an. Er weiß, dass mit nur einem Zug das Weinaroma dahin ist, aber was soll's.

»Und, Erich, alles in Ordnung?«

Erich lächelt. Heino, der Chef des Hauses, seines Zeichens auch Chefkoch, steht hinter ihm. In weißer Arbeitsrobe, mit einem Glas Wein in der Hand.

»Das könnte ich dich auch fragen«, bleibt Glamser zurückhaltend. Was soll er ihm antworten, wenn die Zahl der Gäste rückläufig ist? Solange der Funbomber nicht geschnappt wird, wird man möglicherweise der Exekutive die Schuld geben. Dass sie den Kerl nicht erwischen, bleibt an ihnen hängen.

»Uns geht's in Zeiten der Festspiele gut wie immer. Es ist ja die einzige Saison, in der wir restlos ausgelastet sind.«

Glamser ist erleichtert. Wenigstens muss er sich keine dummen Ausreden einfallen lassen, dass sie dem Funbomber bereits auf der Fährte sind, oder sonst was. »Macht sich der Funbomber bei euch nicht bemerkbar?«

»Nein«, antwortet der Gastronom. »Einige Stammgäste werden ausbleiben, aber die Nachfrage an freien Zimmern ist enorm. Es ist fast so, als wäre mehr los als sonst.«

»Wie soll ich das verstehen?«, fragt Glamser nach.

»Das muss unter uns bleiben, aber ich hab da so meine eigene Theorie. Festspieleröffnungen gibt es viele, aber nur eine, wo es wirklich rund gehen könnte, und auch bereits rund geht, wenn du die heutige Aktion mit dem Kunsthaus in Betracht ziehst.«

Glamser schaut ihn fragend an. Er hat noch immer nicht begriffen, wahrscheinlich weil er nicht begreifen will.

»An diese Festspieleröffnung wird sich jeder zurückerinnern. Versteh mich jetzt nicht falsch, niemand will, dass etwas passiert, und schon gar nicht will man selbst daran glauben. Jeder will sich schlussendlich sicher fühlen und verlangt, dass ihr von der Polizei ganze Arbeit leistet. Aber die Leute lieben den Nervenkitzel.«

»Tatsächlich?«, witzelt Glamser. Sein ironischer Unterton ist nicht zu überhören.

»Erich, ich kann dir nur sagen, was ich als Hotelier und Gastronom mitbekomme. Es hat sich eine Gegenwirklichkeit herausgebildet. Und die funktioniert in etwa so: Du sitzt in der Tosca, genießt das Treiben auf der Bühne und im Hinterkopf hast du, dass die ganze Bude in die Luft gehen könnte – aber dann doch stehenbleibt.« Der Gastronom schenkt Glamser nach. »Das ist wie ein wohliger Schauer. Du weißt, irgendwo lauert das Böse, aber das Gute wird schlussendlich gewinnen. Und außerdem, rate mal, warum die Sopranistin bleibt?«

»Was, die bleibt?«, unterbricht Glamser. Die Zeitungen sind voll mit Berichten, dass sie bereits über alle Berge ist.

»Ich muss es wissen, sie residiert ja bei mir. Das Storno wurde rückgängig gemacht, was wohl heißt, dass sie bei der Eröffnung trällern wird.«

»Und warum bleibt sie?«

»Das kann ich dir jetzt nicht sagen, weil sie mein Gast ist. Aber du wirst wohl eins und eins zusammenzählen können.«

»Das Risiko, dass ihr tatsächlich die Bühne um die Ohren fliegt, ist minimal«, antwortet Glamser, setzt kurz ab und trinkt seinen Wein aus, »also ist es ein besseres Zeichen, wenn sie bleibt und ihre Rolle im Namen der Freiheit der Kunst durchzieht.«

»Mein Lieber, ich muss in die Küche. Aber deine Rechnung ist gar nicht so falsch …«.

»Und was denkst du über das Ganze?«

»Mir persönlich kann der Funbomber erspart bleiben. Stell dir einmal vor, da tritt wirklich ein, was niemand glaubt. Aber die Festspiele haben massiv an Anziehung gewonnen. Im Frühjahr war James Bond da, zur EM die ZDF-Sportarena mit der ausverkauften Fankurve, die haben 130.000 Tickets aufgelegt gehabt, und jetzt haben wir halt einen Irren abbekommen. Die Zeit kann niemand aufhalten. Willst du noch einen Schluck?« Glamser verneint. Sie verabschieden sich, und Heino verschwindet in die Küche.

Glamser geht gedankenverloren das steile Kopfsteinpflaster hinab in Richtung Neumann-Villa. Er ist ja auch nicht besser als der durchschnittliche Tourist, denkt sich der Bulle. Er war ja total geil drauf gewesen, einen Job zu bekommen, der mit dem Funbomber zu tun hat. Und um bei der Wahrheit zu bleiben, er freut sich ja noch immer, dabei zu sein, wenn auch langsam, aber sicher, mit einem bitteren Nachgeschmack.

Die Gelbe Wand.

Als Glamser den Garten betritt, erwartet ihn ein Sprachengewirr. Die Menschen hier reden deutsch, englisch, italienisch, sogar Inder mit Turban und Japaner in schwarzem Gewand hat er schon gesehen. Erst langsam gewinnt die deutsche Sprache in Glamsers Gehörgängen Oberhand. Der Bulle greift nach einem Glas Weißwein. Er lässt die Cocktails an sich vorbeiziehen, er will einen klaren Kopf behalten. Obgleich ihm natürlich die Dekadenz nicht entgangen ist: Der Longdrink hat genau dieselbe Farbe, haargenau das gleiche Rot wie die Farbe, in die das Kunsthaus eingetaucht wurde. Es wird irgendein Campari-Mix mit Sekt und Orange sein, aber die Ironie, die dahintersteckt, ist Glamser nicht entgangen und erinnert ihn an die Worte Heinos im Deuring: Die Leute nehmen den Funbomber als Event wahr.

Der Kommandant ist noch nicht anwesend, und das ist angenehm. Mathias hat sich auch noch nicht sehen lassen, das wundert ihn zwar, stört ihn aber nicht weiter. Dennoch: Als Sohn des Gastgebers müsste er eigentlich zugegen sein, denkt sich Glamser. Er nickt Mathias' Vater kurz zu. Mehr Haare als er, dafür um einen Ton weißer. Ausgleichende Gerechtigkeit, denkt sich der Bulle. Der Vater ist gerade in ein Gespräch vertieft, und Glamser ist das auch ganz recht so. Er hat nicht die geringste Lust, über Mathias, die Kripo oder den Funbomber zu talken. Glamser wirft einen Blick in die Menge. Rund 150 Gäste werden es wohl sein. Einige Gesichter kennt er von früher, aber er muss sich ehrlich eingestehen, das ist nicht die Gesellschaft, in der er sonst verkehrt. Mit den Wirtschaftstreibenden hat er nichts am Hut. Denen hat er bisher nur Strafmandate ausgestellt. Was macht er dann eigentlich hier? Er schaut auf die Uhr. Eine halbe Stunde nach acht. Er muss mindestens bis neun Uhr bleiben. Ist die Stunde voll, kann er sich schleichen.

Glamser schlendert zwischen den Leuten herum. Er hat kein Problem, so zu tun, als hätte er hier eine Aufgabe zu verrichten. Bei wie vielen Veranstaltungen war er schon als Bulle eingeteilt gewesen, die ihm am

Arsch vorbeigingen, und wo er dennoch seinen Job ohne gröbere Zwischenfälle erledigte? Er kann sich nicht erinnern, aber an die 200 werden es schon gewesen sein. Der einzige Unterschied zu damals ist, dass er heute in Zivil ist und ein Glas Wein in der Hand hat. Ansonsten kann er noch immer den Streifenbullen Glamser spielen. Einmal durch diese Reihe gehen, dann wieder durch jene. Kurz stehenbleiben, aufschauen, dann einen Achter ziehen, ganz zu schweigen von den geometrischen Figuren, die er »gehen« kann. Ertappt er sich bei der Sehnsucht nach seinem alten Job? Nein, das gerade nicht. Glamser lächelt in sich hinein, womöglich müsste er die Tage damit zubringen, sich unter der brütenden Sonne vor einem Konsulat oder vor dem Kunsthaus die Beine in den Bauch stehen.

Er schaut den Menschen eher zufällig ins Gesicht, sein Blick ist meist auf die Schuhe der Gäste gerichtet. Er hat gar nicht gewusst, wie viele Frauenschuhe schon mit Broschen oder sonstigem Firlefanz verziert sind. Im Hintergrund spielt irgendein beschissenes Jazz-Trio, aber es passt hierher. Vielleicht sollte er einen Sprung auf die andere Hausseite wagen, so könnte er einen Blick in Mathias' Zimmer werfen. Nein, denkt sich Glamser. Er wollte doch unauffällig bleiben. Und das Fest findet nun mal auf der Rückseite des Hauses statt. Dennoch wirft er einen ausgiebigen Blick in das Wohnzimmer. Das kann nicht verboten sein, die Veranda ist ja speerangelweit geöffnet.

Als erstes fällt ihm ein Porträt des Gastgebers auf, es ragt hinter einem schlanken weißen Fauteuil hervor. Es zeigt den Gastgeber, das Haar noch ein bisschen dunkler, das Bild scheint aus unzähligen Porzellanscherben zusammengebastelt zu sein. Der Durchmesser ist gewaltig, es beherrscht den Raum. Gefühlsmäßig müsste auf diesem Platz ein Familienbild hängen, aber dem ist nicht so. Die Stellung, die Mathias' Vater in der Familie einnimmt, ist also klar. Die roten Mosaikteile, aus denen die Gesichtshaut des Patriarchen besteht, sagen viel über den alten Neumann aus. Glamser sucht dessen Kopf in der Menge. Tatsächlich, er ist eine Spur röter als alle anderen. Der Künstler hat also recht. Auch die hohe Stirn kommt beim Bild sehr stark zum Tragen. Ein Dickschädel? Einer, der jedem anderen die Stirn bietet? Auf alle Fälle einer, der seinen Weg geht, denkt sich Glamser. Der Wohnzimmertisch ist aus Stein, die Tischplatte aus dickem, bläulich schimmerndem Glas, die Sessel um das Sofa herum sind aus durchsichtigem Kunststoff und mit blauen Pölstern ausgelegt. Die weißen Parketten, die Stehlampe, die schwarze Voodoo-Maske, die deckenhohen Fenster, die man in die alte Villa gestemmt hat, der blaue Aufgang in den ersten Stock, im Übrigen das gleiche Blau wie die Tischplatte – Glamser bekommt das Gefühl nicht weg, dass sich hier ein Innenarchitekt ausgetobt hat, der bloß eines vergessen hat: Gemütlichkeit. Er stellt sich nun Mathias in diesem Wohnzimmer vor, auf einem der Kunststoffstühle. Er macht auf ihn einen sehr verlassenen Eindruck. Vielleicht braucht man dann einen Computer als besten Freund, der einem eine Welt offenbart, die man nach eigenen Bedürfnissen gestalten kann. Glamser geht noch einen Schritt in Richtung Wohnzimmer. In der schwenkbaren Terrassentür spiegelt sich ein anderes Bild. Es ist ein Katzenkopf. Der Kopf einer toten Katze. Die Augen sind schwarz, das Maul wild aufgerissen, als ob das Tier in einem allerletzten Kampf gestorben ist. Vorgestern der Katzenkopf bei der Einfahrt, heute das Bild. Langsam sollte Mathias auftauchen. Vielleicht sollte er ihn fragen, wie er sich das sonderbare Verhältnis der Familie Neumann zu Katzen erklärt.

Glamser macht kehrt und rennt fast eine Kellnerin mit kleinen Happen um. Er greift zu. Trüffel auf Schafskäse. Geld spielt bei den Neumanns eine äußerst untergeordnete Rolle, das hat er schon gewusst, bevor er Mathias kannte, es hautnah zu erleben ist aber doch wieder etwas anderes. Glamser zieht weiter seine Runden. Er schaut ins Leere, so kann er besser den Smalltalk der anderen einfangen. Jedoch müssten die Leute nicht in Dreiergrüppchen tratschen, ein Rundkreis wäre vielleicht sogar produktiver, denn es gibt so und so nur ein Thema: Die Anschläge in Bregenz. »Hast du heute schon das Kunsthaus gesehen … klar, bin extra vorbeigefahren, meine Frau hat gefilmt … mein Sohn hat alles auf You

Tube gestellt ... die Kids finden den Funbomber spannend, was soll man machen und wer bitte ist Carotin A ... Keine Ahnung, irgendwelche Freaks ... aber Freaks mit Geld ... heute hab ich gesehen, wie die Polizei im Planquadrat Autos überprüft hat, ganz wahllos, sogar Vorarlberger ... glaubst du, finden die Festspiele wirklich statt? ... ich hab mir für die dritte Vorstellung noch extra Karten gesichert ... und was ist, wenn's dort kracht? ... diese Frage muss ich mir dann nicht mehr stellen ... im Grunde wäre die Sache ganz einfach zu lösen, alle Araber ins Meer ... stimmt, ohne Araber, keine Probleme ... für was finanzieren wir eigentlich die Israelis, die sollen das mit den Arabern machen ... ich hab mein Haus neu absichern lassen, die zwei Kameras sieht man gar nicht, musst einmal anschauen kommen ... ich bin mit meiner Walther PPK wieder auf den Schießstand gegangen, das kann nicht schaden ... du hast auch einen Waffenschein ... klar, gleich nach dem Militär gemacht ... Waffenschein, Bootsschein, das erledigt man in der Jugend, und jetzt wissen wir warum ... hat eigentlich wer Angst vor dem Funbomber ... bis jetzt hat der Funbomber Spaß mit den Bullen ... und wir haben Spaß mit ihm ... aber nach dem Spaß wollen ihn alle hängen sehen ...«.

Glamsers Handy tutet. Eine SMS. Es ist der Kommandant: »Musste nach Wien fliegen. Dringend. Krisenstab BMI. Morgen 15 Uhr Krisensitzung bei mir im Büro. Carotin A – keine Sau weiß, was das soll ... Bleib über Nacht erreichbar und blamiere uns bitte nicht. Dein Kommandant.« Glamser klappt gut gelaunt sein Handy zu. Er wird schon niemanden blamieren, und jetzt hat er endlich einen Grund, um zu verduften.

Plötzlich versetzt ihm wer einen leichten Stoß. »Glamser, du alter Sack! Ich glaube, wir müssen in der meisterschaftslosen Zeit eine gemeinsame Beschäftigung für uns zwei suchen, damit wir uns nicht nur zufällig über den Weg laufen. Wie wär's mit Terroristen suchen?« Es ist sein Fußballplatzhaberer Wolfgang. Der grinst nun, als hätte er im Lotto gewonnen. Unter all den Gesichtern wieder einmal eines, das man nicht aus grauer Vorzeit kennt, sondern von heute, das tut gut.

»Was machst denn du hier?«

»Du weißt ja, ich bin die Qualle. Ich hab für den Halbleiter-Neumann ein neues PR-Konzept entwickelt, und jetzt bin ich halt hier. So oft trifft man nicht so viele Wirtschaftstreibende und Industrielle auf einem Fleck. Und da streckt dann die Qualle ihre Fangarme aus«, erzählt Wolfgang und zieht, wie ein Zocker seine Spielkarten, ein gutes Dutzend Visitenkarten aus seiner Sakkotasche hervor.

»So, so«, antwortet Glamser.

»Wie geht's dir mit dem Kanzler?«

»Morgen ist Krisenstab. Dann weiß ich mehr.«

»Gib ihm von mir bitte einen Arschtritt mit. Die in Wien sollen arbeiten, verstehst du, endlich anständig arbeiten! Was ich an Steuern und Sozialversicherung zahle, das geht auf keine Kuhhaut!«, erzürnt sich Wolfgang.

»Verdienst eh genug«, bleibt Glamser gelassen.

»Ich reg mich ja nicht auf, dass ich zahle, ich will nur haben, dass mit meinem Geld anständig umgegangen wird.«

»Hast eh recht«, antwortet Glamser, »aber ich kenne keine Partei, der ich zur Zeit auch nur irgendwas zutraue.«

»Auch wahr. Was ist, schnappen wir zwei uns den Funbomber? Im Internet ist schon ein hübsches Kopfgeld ausgesetzt. Ein sechsstelliger Betrag, übrigens von Neumann. Der macht das aber nicht unter seinem Namen, sondern unter einem Nickname. Aus Paul Neumann wird Paula Altfrau. Altfrau, das muss man sich einmal vorstellen.«

Langsam wird der alte Neumann spannend, denkt sich Glamser. Schmeißt teure Funbomber-Partys, beteiligt sich am Internet-Klamauk und zählt eigentlich zu den reaktionärsten Industriellen im Ländle.

»Was hältst du eigentlich von ihm?«

»Schwer einzuschätzen«, antwortet ihm Wolfgang. »Der Kerl hat die Halbleiterindustrie mit aufgebaut. Für ihn arbeiten schon mehr Leute in China und Indien als in Österreich.«

»Ja, ja, das steht eh in jeder Zeitung«, antwortet ihm Glamser ungeduldig, »aber du hast ja letztens mit ihm zu tun gehabt, oder?«

»Nicht direkt«, antwortet Wolfgang mit gedämpfter Stimme, »der war bei unserem ersten Arbeitsgespräch ganze zehn Minuten dabei, die haben es aber in sich gehabt. Wo andere eine Stunde herumsudern, war der nach zehn Minuten durch. Die Einladung hierher ins Paradies habe ich im Übrigen von seinem Geschäftsführer bekommen. Hans Franze, der blonde Junge neben ihm, der mit dem Mini-Notebook. Und trotzdem hat der Alte sich heute an mich erinnern können. Ich hab ihn vor seinem Haus getroffen, er hat keine Einsager dabei gehabt. Gedächtnis hat er also ein gutes.«

»Und wo ist eigentlich die Gastgeberin?«

»Die ist ihm vor zwei Wochen abgerissen und ist im Ferienappartment am Luganer See. Man sagt, ihr habe der Föhn nie gut getan. Immer Kopfschmerzen und Migräne.«

»Und wer streicht die Butterbrote?«

Wolfgang lächelt süffisant. »Die haben Personal, mein Lieber. Abgesehen davon lebt eh meist nur der Alte da, und der ist die halbe Zeit geschäftlich im Ausland unterwegs. Und der Sohn studiert ja in Innsbruck.«

»Mathias hat aber auch einen Bruder, oder?«

»Von dem weiß ich nichts«, antwortet Wolfgang, »ich kann mich aber einmal umhören. Wofür brauchst du das eigentlich, Glamser?«

»Mein Urin sagt mir, ich sollte das wissen«, bleibt er kurz angebunden.

Wolfgang schnappt sich zwei rote Cocktails. »Also, auf den Funbomber!«

Glamser stößt widerwillig an.

»Gar nicht gewusst, dass du mit deiner Tochter hier bist.«

Glamser runzelt die Stirn. »Ich versteh nicht.«

»Na, dann schau!«

Rund einen Steinwurf vor ihm steht seine Tochter mit Mathias.

Glamser stolpert über eine Bocciakugel, die sich im Gras versteckt hat, und hält sich an Wolfgang fest. »Das auch noch!«, flucht Glamser, will weitergehen, doch Wolfgang hält ihn am Arm fest.

»Wenn ich dir einen guten Rat geben darf, mein Lieber: Du bleibst jetzt hübsch bei mir und lässt die beiden in Ruhe.«

»Aber das ist meine Tochter!«

Wolfgang verhärtet seinen Griff. »Und die ist schon alt genug, um selber zu wissen was sie tut.«

»Aber du hast keine Kinder!«

»Nein, und ich hab nicht einmal eine fixe Alte! Da siehst du wieder einmal, wie wunderbar mein Leben funktioniert. Und gerade deshalb rate ich dir, lass deine Finger aus dem Spiel!«

Glamser bleibt stehen. Wolfgang hält ihm noch einen Funbomber-Cocktail hin. Glamser nimmt ihn angewidert an. Der Kommandant hat ihn darum gebeten, nicht die ganze Mannschaft zu blamieren. Er wird sich hüten. Jetzt, nach dem Drink, kann er ja verduften.

Sabine und Mathias entdecken Glamser, wollen auf ihn zugehen, als der Halbleiter-Neumann das Wort ergreift.

»Sehr geehrte Damen und Herren, liebe Freunde!

In Zeiten wie diesen kann man einerseits nicht vorsichtig genug sein, doch andererseits ist eine zu große Vorsicht genauso gefährlich wie eine zu große Unachtsamkeit. Der Funbomber hat uns heimgesucht. Ja, ich traue mich das Wort einfach so aussprechen, wie es ist: Funbomber. Aber trotz allem, was passiert ist, glaube ich nicht, dass man dem Funbomber ohne Spaß entgegentreten soll. Natürlich, damit mich niemanden falsch versteht: Keine seiner Taten soll ungesühnt bleiben, doch das Leben ist zu kurz, um sich nicht zu amüsieren. So oder so wird niemand mehr lebendig …«.

Glamser schaltet ab. Er nimmt den Alten nur noch im Hintergrund wahr. Er konzentriert sich auf Mathias. Dieser lauscht den Worten seines Vaters ebenfalls. Sehr gespannt. Er redet kein Wort mit seiner Tochter. Er hält seine Hände fest hinter dem Rücken, seine Nägel krallen sich ineinander fest, dazu eine eiserne Miene. Nein, das ist echt, denkt sich Glamser, das kann nicht gespielt sein, der Junge weiß wirklich nicht, was sein Vater vorhat, dafür ist sein Vater die Selbstsicherheit in Person. Er liebt es, den Menschen eine kleine Geschichte zu erzählen und ihnen so nebenbei seine Meinung auf's Aug zu drücken. Der Bulle kann sich bildhaft vorstellen, wie er Wolfgang in zehn Minuten abfertigte.

Und Glamser driftet in seine Traumwelt ab. Er steht im Garten seiner Traumvilla. Gäste bedanken sich für die Einladung. Freunde klopfen ihm auf die Schulter. Seine Frau dirigiert das Personal. Sein Junge und ein Freund setzen Koi-Karpfen in den dafür angelegten Teich. Seine Tochter löst mit ihrer Freundin das schwierigste Sudoku Rätsel. Seine Mutter steht auf dem Balkon und lässt Blattgold auf die Gäste regnen. Sein Vater spielt mit seinen Freunden Cricket, bis ihm der Chef de Range auf die Schuler klopft.

»Herr Glamser, Major Erich Glamser!«

»Glamser!«, schreit ihn Starlight, das Mädchen mit den braunen Haaren, an. Zeit, dass er zurückkehrt!

»Glamser!«

Glamser reißt seine Augen auf. Sein Tagtraum zerplatzt wie eine Seifenblase. Schon jetzt weiß er nichts mehr davon.

»Glamser!«

Hat er jetzt gerade seinen Namen gehört? Aber nein, denkt er. Oh doch! Der Alte, seine Tochter und Mathias schauen zu ihm. Einige andere schließen sich an. Glamser nickt verlegen, er spürt wie er Farbe annimmt. Man erwartet eine Antwort von ihm. Doch er weiß nicht einmal, was der Alte von ihm wollte. Er hat ihm ja nicht zugehört! Er steigt von einem Bein auf das andere, als ob er pinkeln muss, weil unter ihm brennt es! In seinen Augenwinkeln und Rädern steigen Flammen empor.

»Du sollst die Frage beantworten, ob die Menschen sich sorgen müssen, du Idiot!« Glamser räuspert sich, mechanisch nimmt er einen Schluck.

»Niemand muss sich fürchten, der keinen Grund dazu hat«, murmelt Glamser monoton, während sein Blick auf eine gelbe Feuerwand gerichtet ist. Die Gelbe Wand! In ihr steht nun der Halbleiter-Neumann und speit Feuerkugeln und jongliert ein glühendes Projektil. »Solange Ihr, liebe Gäste, uns unsere Arbeit machen lasst, und solange jeder weiß, in welchen Stall er gehört, solange wird Euch Euer Hirn nicht wegbrutzeln.« Wolfgang tritt ihm dezent gegen die hintere Wade, sodass niemand es sieht. Glamser schreckt innerlich auf. »Aber keine Sorge, wir Bullen werden jedem den Schädel wegpusten, der zum Spaß Bomben zündet!« Die Kleine mit den dunklen Haaren wischt ihm verärgert über die Augen, Glamser sollte mittlerweile so weit sein, seine Welten nicht zu vermischen!

Der alte Neumann beginnt, aus dem Affekt zu lachen, die Menschen schließen sich an, klatschen, und der Schlagzeuger des Jazz-Trios rasselt dazu.

»Also, meine Damen und Herren, Sie haben gehört, was Major Erich Glamser gesagt hat! Wir werden dem Funbomber noch anständig den Schädel wegpusten, und bis dahin lassen wir es uns gutgehen!« Ein Tusch. »Auf Euch!«

In Glamser beruhigen sich die Bilder. Kein Feuer mehr. Als ob er wirklich durch eine Gelbe Wand musste und nun wieder in der sogenannten Realität angekommen ist.

»Was hast du jetzt gehabt, ein Blackout?«, fragt ihn Wolfgang.

»Frag mich bitte was Leichteres!«, faucht ihn Glamser an. Die Wahrheit hat er nur der Handlos anvertraut, aber nun wird er auch mit Wolfgang darüber reden.

»Und zu guter Letzt ein kleines Spielchen: Ich habe auf eBay zwei Karten für den Eröffnungsabend der Festspiele ersteigert. Mit etwas Glück sind Sie der Gewinner!« Er zieht nun aus seinem Revers ein Kuvert, in dem sich die Karten befinden. Wieder ein anerkennendes Murmeln seiner Gäste. Mit einer kleinen Handbewegung bittet er um Ruhe. »Und vergessen Sie nicht, es könnte Ihre letzte Vorstellung sein.« Ein Kellner kommt gelaufen. Auf seiner rechten Hand balanciert er ein silbernes Tablett durch die Menschen und stellt es auf einen extra dafür vorbereiteten Tisch. Ein durch und durch roter Kuchen, auf dem die Stückchen mit einem schwarzen Schokoladengitter von einander abgetrennt sind.

»Sie sehen hier unser Dessert. Es sind genau 156 Schnitten, und unter jeder Schnitte befindet sich ein Zuckerblättchen mit einer Zahl. Wer nun die Nummer 23 hat, das ist der Tag der Eröffnung, dem überreiche ich die zwei Karten inklusive dem Gutschein für ein Festspiel-Galamenü in einem Bregenzer Lokal seiner Wahl.«

Die Menschen sind ausgelassen und klatschen. »Dass unsere Mehlspeise mit dem Kunsthaus eine gewisse Ähnlichkeit hat, soll kein Zufall sein«, stellt Neumann schelmisch fest, »sehen Sie es als kleines aktionistisches Kunstwerk, das wir uns am späten Vormittag einfallen haben lassen.« Er will darauf noch etwas sagen, bemerkt aber rechtzeitig, dass seine Gäste sich nicht mehr um ihn kümmern und schiebt das Mikrophon zurück in die Halterung. Kurz treffen sich ihre Blicke. Als ob Neumann davon wüsste, dass ihm Glamser als einziger in der Menge noch seine Aufmerksamkeit schenkt, zuckt er mit den Achseln, lächelt dem Bullen verschwörerisch zu und deutet mit einer abwertenden Handbewegung auf die Menschen, die gutgelaunt ein Stück Kuchen in die Hand nehmen, die kleinen Biskuits in die Höhe halten und sich gegenseitig ihre Nummern nennen. Glamser bleibt ungerührt, wartet bis sich die Menschentraube um den Kuchen auflöst und holt sich in aller Ruhe das vorletzte Stück ab. Es muss tatsächlich jeder Gast gekommen sein, denkt sich Glamser, das einzige Stück das übrigbleibt, würde seinem Chef gehören. In der Ecke liegt noch ein Stück. Er blickt kurz durch den Garten. Seine Tochter ist auch nicht mehr hier, die hätte auch noch ein Stück abgekriegt. Die Schokoladensplitter sind auf dem Tablett zurückgeblieben und laufen nun in der Wärme an. Das rote Gelee auf dem übriggebliebenen Kuchen wird bald schmelzen und in den Tortenboden einsickern, denkt sich Glamser, während er seine Schnitte vorsichtig anhebt und zufrieden feststellt, dass er mit der Nummer 137 meilenweit vom Schuss entfernt ist. Er isst seine Früchteschnitte auf, schaut kurz herum, und in einem günstigen Moment greift er nach dem letzten Stück und wickelt es in eine Serviette ein. Die Musik setzt wieder ein, wird aber durch eine schrille Frauenstimme jäh unterbrochen: »Ich, ich! Ich hab die 23!« Sie reißt ihre rechte Hand empor, stürmt zum strahlenden Neumann und hält ihm die Mehlspeise vors Gesicht. Dieser schenkt ihr einen beglückten Blick, umarmt sie kurz, gibt ihr zwei Küsschen und überreicht ihr das Kuvert. Das Auditorium klatscht. Ein guter Moment, um abzutreten, denkt Glamser und verschwindet.

Heino lehnt am prunkvollen Eingangstor und qualmt vor sich hin. Der große Durchlauf ist geschafft und die Desserts sind bereits gerichtet. Er staunt nicht schlecht, als er Glamser bereits das zweite Mal an diesem Abend sieht. »Hab geglaubt, du bist beim Neumann?«

»Das war ich auch«, antwortet Glamser, nimmt eine Serviette aus seinem Sakko und präsentiert dem Starkoch die kleine rote Mehlspeise.

»Das ist mir überhaupt noch nie passiert«, scherzt der Gastronom, »man bringt mir Essen in meine Hütte.«

»Ich hätte eine Bitte. Kannst du mir sagen, wie alt du diesen Kuchen schätzt?«

»Wie alt?«, fragt der Koch zurück und schaut verwirrt.

»Ich muss einfach nur wissen, ob der Kuchen von heute ist oder nicht.«

Der Gastronom nimmt die Obstschnitte entgegen und unterzieht sie einem prüfendem Blick. Dann kostet er. »Also alt ist die sicher nicht. Ansonsten schwierig zu sagen, weil das Gelee die Früchte frischhält.«

Glamser tritt ungeduldig von einem Bein auf das andere. »Glaubst du, der Kuchen ist von heute?«

Der Gastronom schaut noch einmal die Trennschicht zwischen Biskuit und Obst an. »Bitte nagel mich nicht ans Kreuz, wenn mein Tip nicht aufgeht, aber ich glaube, der Kuchen ist von gestern. Siehst du das angesaugte Biskuit? Das hast du eigentlich nur, wenn es über Nacht steht.«

Glamser nickt. Genau das wollte er wissen. »Und das Ding kann nicht erst im Nachhinein eingefärbt worden sein?«

»Nein, der liegt schon seit gestern im Kühlschrank, soviel kann ich dir versprechen. Brauchst du den noch?«

Glamser schüttelt den Kopf. Er hat ja noch die Obstschnitte vom Kommandanten mitgehen lassen, und die bringt er noch heute ins Labor.

»Kommst du noch mit rauf ein Glas?«

Glamser schließt sich an. Warum eigentlich nicht?

Say Goodbye.

Glamser taumelt aus dem Bett. Vier Uhr morgens ist eine harte Zeit, aber es muss wohl so sein. Wäre er sonst ohne Wecker aufgewacht? Eben. Ohne schlechtes Gewissen geht er unter die Dusche. Er lässt den Strahl auf seinen Nacken prasseln und versucht, seinen Atem zu verlangsamen. Er vergisst, dass der Strahl seine Wirbelsäule entlang rinnt und sich an seinen Beinen den Weg zum Abfluss bahnt. Glamser schließt seine Augen. Nach wie vor ist er benommen. Er weiß, dass er geträumt hat. Sein Traum hatte irgendetwas mit dem gestrigen Tag zu tun. Er versucht, in die letzten Minuten seines Traums vorzudringen, aber je mehr er sich anstrengt, desto weniger kann er sich fallen lassen. Er öffnet seine Augen, kurz bleibt alles im diffusen Bereich. Er reibt seinen Körper mit Duschgel ein, ein erfrischender Menthol-Geruch kommt in seine Nase. In Sekunden schärft sich sein Blick. Er hat irgendwas von einer roten Sauce geträumt, die jemand über einen Kuchen rinnen lässt. Für einen Moment glaubt er noch, Hände zu sehen, die rote Flüssigkeit aus einem silbernen Kännchen über den Kuchen verteilen, aber zugleich weiß er, dass das nicht der Traum ist, sondern ein jetzt erdachtes Bild, das er liebend gerne als Traum interpretieren würde. Die Hände gehören nämlich zu den Armen vom alten Neumann, wie gerne hätte er, dass ihm der Traum dieses Bild geschenkt hätte!

Im Vorbeigehen füttert er schnell Mini. Fast hätte er sie vergessen, er muss sie geweckt haben, als er den Kaffee aufsetzte, denn sie streckt sich am Geländer und hinterlässt mit ihren abrutschenden Krallen ein leichtes Surren an den Gitterstäben. Sofort fällt ihm wieder ein, dass er mit ihr zum Tierarzt gehen muss, um die Krallen zu kürzen. Er stopft ihr zwei Salatblätter in den Käfig und garniert sie mit ein paar kleinen Crackern. Dann streicht er ihr über das Fell, schließt die Käfigtür und macht, dass er wegkommt. Vor der Tür schaut er noch das Titelblatt der Zeitung an. Wie nur unschwer zu erraten war, ziert das Kunsthaus die Titelseite. Unten in dicken Lettern: »Wieder Wirbel! Kripo machtlos! Politik-Schulterschluss: Festspiele, jetzt erst recht! Operndiva zum Bleiben überredet!«

Na bestens, denkt sich Glamser, da haben sie ja heute beim Krisengipfel das volle Programm. Er geht gerade die Stufen von der Veranda runter und bläst im Vorbeigehen einige Rosenblätter vom Holzgeländer, als ein ohrenbetäubendes Geräusch ihn zur Salzsäule erstarren lässt.

Flutlicht und Sirenen. Glamser hält sich die Ohren zu. Einen Moment später setzt wieder Stille und Dämmerung ein, dafür hat er einen über das ganze Gesicht strahlenden Neuper vor sich.

»Glamser, ha ha ha … dein Gesicht hättest du sehen sollen … ha ha ha … Glamser … dein Gesicht, ha, ha, ha …«.

Glamser wirft Neuper einen verständnislosen Blick zu. Was ist bloß wieder in diesen Arsch gefahren!

»Geht's dir noch gut, Neuper!«

Neuper hält inne, obgleich Glamser an seinem Gesichtsausdruck bemerkt, er könnte von einer auf die andere Sekunde wieder loslachen.

»Glamser, es ist zum Heulen witzig. Wenn sich diese scheiß Alarmanlage auch sonst nicht auszahlt, für dein überraschtes Gesicht von vorhin hat sich der Kauf wirklich rentiert.«

»Darf ich wissen, warum der Bewegungsmelder in meinen Garten ausstrahlt? Bist du nun schon komplett bescheuert, Neuper?!«

»War nur ein kleiner Scherz, Glamser, ein Scherz unter zwei alten Nachbarn. Ich installiere gerade das Ding, und als ich beim Einstellen der Entfernung war, hab ich mir gedacht, werden wir mal schauen, wie der Glamser reagiert.«

»Und das am Sonntag in aller Herrgottsfrüh! Willst du die ganze Straße aufwecken!«, grollt Glamser, obgleich sich die Wogen bereits wieder glätten. Wenigstens scheint seine Familie einen Bärenschlaf zu haben.

»Na ja, ich wollte auch meine Familie damit erschrecken, und das macht man am besten, wenn man vor allen anderen aufsteht.«

Plötzlich entdeckt Glamser unter dem Hosenbund seines Nachbarn eine leichte Wölbung. Da kann auch noch so locker das Hemd drüberhängen, Glamser ist im Bilde. »Neuper, gar nicht gewusst, dass du einen Waffenschein hast?«

»Den habe ich gemacht, als du im Spital warst«, antwortet ihm der Nachbar. »Da ist mir vieles klar geworden. Die Zeiten haben sich geändert. Es hilft nichts, wenn wir uns durch Film und Fernsehen amerikanisieren lassen, aber auf das Wesentliche vergessen: Uns zu schützen.«

Neuper zieht eine Smith & Wesson 9 mm unter seinem Gürtel hervor und reicht sie Glamser über den Gartenzaun.

Glamser nimmt sie entgegen. Schweres Ding, Vollautomatik. Alles Metall. Wenn ein Ungeübter mit der länger als eine Stunde durch die Gegend läuft, bekommt er einen ziemlich bösen Arm. Wenigstens ist sie gesichert, so hätte sich Neuper nicht versehentlich die eigenen Eier wegschießen können.

»Das ist eine 22S, Kaliber .22 IfB mit einer Lauflänge von 5 1/2" /13,97cm in beschichtetem Edelstahl. 10 plus eins Patronen, optimal, was?«, prahlt Neuper und grinst wie ein aufgeblasenes Badetier.

Glamser gibt ihm die Pistole zurück. »Neuper, das ist keine Alarmanlage, bei der unbeabsichtigt der Sound abgeht, wenn du das Ding falsch installierst. Das ist eine Knarre. Wenn du da Scheiße baust, pustest du wem das Licht aus.«

Glamser geht, ohne Neupers Antwort abzuwarten.

Als ihn die Handlos kommen sieht, öffnet sie die Thermoskanne, sodass sich der Geruch von frischem Kaffee ausbreitet. Automatisch greift er nach den Zigaretten. Es reicht ein Augenkontakt. Sie müssen sich nicht begrüßen. Glamser nimmt einen Schluck Kaffee. Sie wartet ab, bis er den Becher auf dem Karton abgestellt hat.

»Also!«, fordert sie ihn zum Gespräch auf. Er ist »also« als erstes dran, denkt sich Glamser und liegt damit nicht falsch. Er zündet sich eine Fluppe an und ist nicht mehr zu halten.

»Meine Augen habe ich erst zugemacht, als ich die Schlüssel sperren hörte, die Schritte meiner Tochter, die Tür zu ihrem Zimmer, die sich kurz öffnete und wieder schloss«, erzählt er der Handlos. Das Klimpern der Schlüssel, die Schritte im Treppenhaus, das Drücken der Türklinke, er ließ diese Vorgänge immer wieder in seinem Kopf ablaufen, erzählt er ihr. Nein, da war seitens seiner Tochter kein schlechtes Gewissen dabei, kein Schleichen, kein Nicht-erwischt-werden-wollen, keine gespielte Natürlichkeit, kein Hilfe-ich-bin-spät-dran, es war ein einfaches Kommen, das ein einfaches Weggehen impliziert. Ein simples Kommen und Gehen, ohne Angabe von Gründen, es muss genügen, dass man hier ist. Vielleicht muss er seine Tochter gehen lassen, erzählt er der Handlos, dann kommt sie von selber wieder zurück, vielleicht ist sie auch schon längst gegangen. Natürlich ist sie mit 20 schon gegangen, mit 18, mit 16, im Grunde ist sie schon immer weg, von Geburt an gehen Kinder unsichtbare Millimeter von ihren Eltern weg, aber sie verlassen die Eltern eben nie ganz. Er beneidet Herta, die kommen und gehen lassen kann, wie es das Leben gerade verlangt.

»Aber im selben Moment kommt mir wieder der gestrige Abend in den Sinn!«, dringt Glamser zum Kern seiner Geschichte vor. Dabei starrt er wieder auf den Beton, auf seine Klagemauer, auf seine Kathedrale.

»Das funktioniert eben nicht so, wie sich das Fräulein Tochter das vorstellt, sie kann nicht monatelang weg sein, dann zurückkommen und sich in mein Leben mischen!« Natürlich wird er ihr das nie sagen, nie! Das geht so nicht, auf intolerant kann man heutzutage nicht mehr machen, man muss freizügig sein, alles geschehen lassen, nur nicht der Intolerante sein, der Ignorant, der Sperrige, obgleich das sehr vernünftig wäre, sagt er zu Handlos, dann würde nicht gleich alles verludern. Er schaut dabei auf seine Klagemauer, die ein jedes Wort schluckt und keines zurückgibt, auf sein Betonoval, und auf die Zufahrtsstraße, die am Sonntag frühmorgens so verlassen ist wie ein Feldweg, der zu einer zerfallenen Kirche führt. Was in seiner Tochter vorgeht, möchte er wissen! Warum sie denn zu Menschen tendiert, zu denen sie nicht dazugehört, bei denen sie sich nicht wohlfühlen kann, erzählt er der Handlos.

»Ich habe das gestern genau analysiert, auf dem Idiotenfest bei den Neumanns. Drei normale Gäste unter 156 Besuchern sind nicht viel. Wolfgang, meine Tochter und ich.« Seiner Tochter muss doch aufgefallen sein, dass der alte Neumann es nicht einmal ertragen konnte, dass Glamser keinen Titel hat.

»Major Glamser, General Glamser oder was auch immer, so etwas von peinlich!«, schimpft Glamser und zermalmt seine Fluppe auf dem Boden, dass die Funken fliegen. Dazu die »glamserspezifische« Einsicht, seine Flammen, die ihn wieder eingeholt haben, »die Gelbe Wand, in der der Neumann stand!«, flucht Glamser weiter und denkt sich wieder zurück, in die Dinnerparty-Welt, die nicht die seinige ist, das müsste doch seine Tochter spüren, so eine Scheißgesellschaft riecht man doch 100 Kilometer gegen den Wind, erzählt er der Handlos – und muss zugleich zugeben, dass Sabine in ihrem Abendkleid bezaubernd ausgeschaut hat, immer weniger Studentin und immer mehr Frau. Immer weniger Tochter und immer mehr Individuum, um eigene Wurzeln zu schlagen. Und sie bewegte sich zwischen den Menschen, die ihn ankotzen, ganz natürlich, sehr natürlich, ohne falsche Berührungsängste. Sie war, als hätte sie sich selber gefunden, selber erfunden, in einer Welt, in der er nicht einmal Zaungast sein möchte, nicht einmal gegen den Zaun pinkeln möchte, und Mathias ging mit ihr um, als wäre sie schon immer eine von ihnen gewesen, so natürlich, so leicht, und wie sie den Cocktail hielt, und wie sie rauchte und wie sie lachte und wie sie mit Mathias redete und wie er ihr Menschen vorstellte, denen er maximal einen Strafzettel vor die Windschutzscheibe knallt, sie war so weit weg von ihm und schon so sehr bei sich, dass ihm Sehen und Hören verging. Und plötzlich sollte er reden, in seiner Welt, die in Flammen stand, plötzlich sollte er für Menschen, die er nicht leiden konnte und die seine Flammen nicht sahen, den Major Glamser spielen, sein Revers zurechtrücken, seinen Krawattenknopf richten, einen überzeugenden Blick aufsetzen, und sie schaute auf ihn, seine Tochter schaute auf ihn und er spürte, wie wichtig ihr dieser Moment war, wo er der Vater sein sollte, der aus seinem Beruf erzählt, der mitteilt, wie es um das Land bestellt ist, der momentan mehr wert war als der Börsenindex, der Goldwert oder die russischen Gasbestände in Sibirien. Da stand er und stockte, brachte keinen Satz heraus, und wäre Wolfgang nicht gewesen, würde er wahrscheinlich jetzt noch immer dort stehen, versteinert in seinem Flammenmeer, während das Personal den Swimmingpool von den letzten Kippen der Nacht und den frischen Blättern des Morgens befreit. Und als er dann endlich sprach kam dies: »Solange Ihr, liebe Gäste, uns unsere Arbeit machen lasst, und solange jeder weiß, wohin er gehört, so lange wird Euch Euer Hirn nicht wegbrutzeln.« Wolfgang weiß, worum es geht, ansonsten hat niemand diese Anspielung verstanden, ja nicht einmal ernst genommen. Nicht einmal Mathias oder sein eingebildeter Vater werden damit etwas anfangen können. Warum auch, die Worte »solange jeder weiß, wohin er gehört« waren einzig für seine Tochter bestimmt, und die hat ihm postwendend den Rücken gekehrt. Sie hat nicht einmal mehr ihre Obstschnitte genommen, die war auf und davon. »Die ist weggeflogen, mein Baby war plötzlich auf einem anderen Stern, ein Planet hat sich zwischen uns gestellt, der auf meinen einen großen Schatten wirft, sie war nicht mehr sichtbar.«

Glamser tastet herum und findet eine verdreckte Eintrittskarte vom letzten Meisterschaftsspiel. Er präsentiert sie Handlos, als wäre sie ein großer Fund. In der vor kurzem zu Ende gegangenen Saison sind sie dem Abstieg nur knapp entronnen. Hat man einmal dem Tod in die Augen gesehen, verfolgt einen dieser Blick das ganze Leben lang. Wieder war es eine Gratwanderung zwischen Sein oder Nichtsein. Ein nochmaliger Abstieg in die Bedeutungslosigkeit darf nicht passieren! Gerade noch dem Unsäglichen entronnen, denkt Glamser, und auch die nächste Saison wird kein Honiglecken werden. Sich als ehemaliger Bundesliga-Verein in der dritten Division stabilisieren zu müssen, alleine dieser demütigende Gedanke treibt ihn zur Weißglut. »Was hätte alles passieren müssen, damit es nicht zum Vollabsturz gekommen wäre?«, stellt Glamser eine Frage in den Raum, die nicht zu beantworten ist. »Es ist passiert. Und aus«, durchschlägt Handlos den Gordischen Knoten. Glamser ist überrascht. »Denkst du über 9/11 auch so?« Und das war genau der Moment, auf den Handlos gewartet hat.

»Ich hatte meinen freien Tag und eher zufällig das Radio laufen. Plötzlich wurde die Sendung unterbrochen und live nach New York City geschaltet. Die erste Explosion, dann die zweite.« Sie kann sich noch gut an das Gefühl erinnern, nicht zu wissen, was los ist, aber zu wissen, dass das, was hier passiert, nicht sein darf. Doch dann kam plötzlich die erste Meldung über den Äther, dass der Anschlag islamisch orientiert sein muss. Man hatte die Passagierlisten ausgewertet und dementsprechend interpretiert. Irrtum ausgeschlossen. Je mehr die Katastrophe Konturen annahm, desto mehr leuchtete ihre innere Sonne. Islam-Terror!

Glamser sieht einen Schatten voller Licht über ihr Haupt huschen. Die beiden Explosionen wurden für sie zum Feuerwerk, zum ästhetisch reizvollen Feuerwerk, erzählt sie dem Bullen. »Die Explosionen waren wie ein Orkan, die Möglichkeit schlechthin, auf einen Satz alles Negative, was sich in unserer Beziehung angestaut hatte, hinwegzufegen!« In der gesamten Westlichen Welt zogen tiefe Gewitterwolken auf, unsagbare Trauer – sie war überflutet von Hoffnung. Die zwei Flugzeuge müssen ihr die Götter geschickt haben.

Ein Aufprall, der für Klarheit sorgen sollte, der den Irrgarten, in dem ihre Beziehung sich befand, ein für allemal vernichten sollte. Eine unvorstellbare Tabula Rasa. Die Zwillingstürme brannten, brachen in sich zusammen, die Moderatoren jaulten vor Bestürzung. Sie machte einen Luftsprung, es war eine Art Bestätigung, nein, das kann kein Tagtraum sein, sie ist auch nicht irre, die Explosionen sind echt. Die Twin Towers sind im Arsch. Und immer wieder neue Recherchen über die Täter. Bilder, Namen, Organisationen tauchen auf. »Dabei hätte ich so gerne das Gesicht meines Freundes gesehen, wenn er begreift, was seine Gesinnungsgenossen Unverzeihliches angestellt haben. Verstehst du?!«

Und Glamser versteht. Er sieht, wie in ihr der Film abgeht, als ob sie nun tatsächlich in der Echtzeit der damaligen Ereignisse angelangt ist. Bis jetzt hatte sie gebraucht, um sich die Dinge zu erklären, nun wählt sie seine Nummer. Sie kommt auf seine Mailbox. Weiß er schon von all dem? Egal, sie will so tun, als ob sie die erste sei, die ihm die Nachricht überliefert. Mit fester Stimme teilt sie ihm die Neuigkeiten mit. Ihre Stimme hat nichts Argwöhnisches, nichts Besserwisserisches in sich. Wenn man richtig liegt, hat man keine Untertöne nötig. Die Explosionen und die Tätergruppen, alles ist eindeutig. Da kann er die Satellitenschüsseln drehen wie er will, sie war im Recht. Von einem Augenaufschlag zum anderen wendete sich das Blatt. Wie aus dem Nichts begann sich der festgefahrene Wagen wieder zu bewegen, plötzlich hatte sie alle Trümpfe in der Hand. »Egal, wie die Kommentare auf den arabischen Sendern lauten würden, diese Bilder können nicht irren! Die sind gottverdammt echt! Ich war ohne Einschränkung im Recht. Jetzt konnte er seinen scheiß Islam an den Haken hängen, im Vorzimmer abgeben, oder noch besser, gleich in der U-Bahn zurücklassen oder in Richtung Mekka schießen!«, schnaubt sie mit der Wut, die man sein Leben lang in sich behält, wenn man in dem Moment, wo man Recht bekommen hätte müssen, das Recht nicht zugesprochen bekam.

Das ist der Tag, an dem er ihr keinen Glauben mehr aufzwingen kann. Sie nicht zu einem Glauben überreden kann. Er wird verstehen, dass sein Glauben schlussendlich in den Extremismus führt. Wenn dieser Wahnsinn über New York zumindest irgendwem etwas bringen soll, dann ihrer Beziehung. Er wird erwachen. Er wird den Glanz in seinen Augen verlieren, wenn es um seinen scheiß Mohamed geht. Er soll sich doch endlich seinen ganzen Islam in den Arsch schieben, dachte sie. Von ihr aus alle Religionen. Sie werden ab nun atheistisch sein. Amen.

Handlos setzt ab, bemerkt, dass sie schon minutenlange mit der nicht angezündeten Fluppe herumsitzt und bittet Glamser um Feuer.

»Und?«, fordert Glamser sie auf, weiterzuerzählen. Eine jede Geschichte braucht ein Ende, auch diese.

»Ich bekomme keine Nachricht, nichts. Er meldet sich auch nicht. Ich will aber auch kein zweites Mal anrufen. Das könnte er dann als Gier nach dem Triumph auslegen. So vorsichtig bin ich geworden, verstehst du?« Sie muss ihn auf den richtigen Weg zurückführen, sie muss den Weg mit ihm gehen. Er ist ein guter Mensch, er weiß über Gut und Böse Bescheid. Er wird einsehen, dass sein Weg, den er eingeschlagen hat, nur ins Verderben führen kann. Sie wird sich in seine tiefe Trauer einklinken, immerhin wurde sein Lebensweg besudelt und beschissen, und nicht der ihre. »Er soll spüren, dass ich bei ihm bin.«

Plötzlich stand er vor ihr. Es war Abend. Er hatte den ganzen Tag im Spital zu tun gehabt. Sie sah noch den Abdruck der Gummizüge seiner Mundmaske auf der Haut. Er musste operieren und assistieren, während in ihm die Welt zusammenbrach. Sie sprachen kein Wort. Sie umarmten sich. Sie spürte, wie sein Körper bebte. Er war voller Wut. Es war nicht Trauer, wie sie vermutete, keine Demut, es war Wut. Aber was macht das schon, auch mit Wut kommt man auf den richtigen Weg zurück, vielleicht sogar schneller. Dann sind wir halt wütend, dachte sie, auf alle Fälle können diese Horrorbilder nicht an ihrer Beziehung vorbeiziehen.

»Das sind nicht meine Brüder«, brach es aus ihm heraus. Falsch, dachte sie, diese Schweine sind sehr wohl deine Brüder, aber sie wollte ihm nichts entgegnen, er blieb mit der Stimme oben, er hat den Satz noch nicht fertiggeredet. »Aber noch immer ist es mein Glaube.« Sie schaute ihn an. Es war, als ob sich nun ein Felsen aus einem Bergmassiv gelöst hätte und vor ihr zersprungt, und mit dem Aufprall hunderte Gesteinsbrocken mit sich reißt, als ob alles bis jetzt ein lächerliches Vorspiel gewesen ist, jedoch das neue Gesicht des Berges nicht den Erwartungen entspricht. Sie löste sich und schaute ihn entsetzt an, doch er teilte das Entsetzen nicht. Sein Blick war klar und eindeutig und bestätigte seine vorherigen Worte. Wer nach dem Glauben handelt, kann sich nicht irren.

Dann ist es einen Moment ruhig. Glamser weiß, dass die Geschichte für heute beendet ist.

»Schade, dass du kein Mann bist«, kommt es aus Glamser sehr unkontrolliert heraus.

»Warum?«

»Weil wir dann auf den Fußballplatz gehen könnten … «.

»Und das können wir so nicht?«

»Nein, das muss man von Kindheit an, sonst geht das nicht.«

»So wie Muslim sein.«

»So wie Christ sein.«

Wie gestern kommen die alte Frau und der kleine weiße Hund mit den schmutzigen Pfoten vorbei. Abermals schenkt sie ihnen einen verwunderten Blick. Glamser spürt, wie sie etwas sagen will, es aber dann doch unterlässt. Sie nimmt ihren Hund enger an der Leine, als er Glamser beschnüffeln will. Als die Frau außer Sichtweite ist, stehen sie beide auf und verlassen den Ort in entgegengesetzte Richtungen. Keiner schaut dem anderen nach. Wann schaut man jemandem nach, frag sich Glamser. Vermutlich nur, wenn Fragen offen sind.

Du brauchst mich nicht mehr.

Hey Joe, auch schon wach?

Du brauchst mich nicht mehr.

Joe, belauscht du uns?

Du brauchst mich nicht mehr.

Vielleicht hast du Recht.

Und Glamser weiß in diesem Moment, dass Joe Recht hat. Er braucht ihn nicht mehr. Manchmal verliert man einen alten Kumpel, ohne dass in einer Freundschaft etwas Bestimmtes vorfällt. Die Freundschaft rinnt ganz einfach aus. Er braucht ihn nicht mehr. Und Joe ihn auch nicht. Glamser setzt sich ins Auto. Er schließt die Fahrertüre und dreht den Zündschlüssel. Er weiß, dass er ab nun auf sich gestellt ist. Und es fühlt sich gut an.

Gestatten, mein Name ist Bond. In Wahrheit heiße ich Daniel.

Glamser spürt, wie aufgeladen das Sitzungszimmer ist. Die Kollegen um ihn herum reden um eine Nuance lauter als sonst, einige lachen aggressiv und bauen so Stress ab, andere schauen zum See und zur Festspielanlage. Man sieht, wie ihre Augen Punkte ausmachen, Verknüpfungen herstellen, Pläne durchgehen. Im Grunde benehmen sie sich wie Schüler vor einer großen Aufgabe, die einen laufen durch die Klasse, während sich die anderen noch über die Übungen beugen. Kurz sucht er Blickkontakt mit der Handlos, sie nicken sich freundlich zu, als ob sie sich heute noch nicht gesehen hätten. 80 Sessel sind in Reihen aufgestellt, und an der Stirnseite des Raums stehen drei Arbeitstische. Auf ihnen liegen vorbereitete Notizblöcke, Kugelschreiber, Gläser und Mineral stehen herum. Allein schon die Tische sorgen für Präsenz. Keiner seiner Kollegen wagt es, ihnen zu nahe zu kommen. Im linken Eck steht ein Flipchart, auf ihm stehen die simplen Worte »Operation Funbomber«.

Warum drei Tische? Glamser weiß es nicht. Der Kommandant hat ihm nichts gesagt. Wahrscheinlich dürfte das in Wien so entschieden worden sein. Glamser schaut in die Runde, ein Drittel der Kollegen sind von hier, die anderen kommen aus Wien oder aus den Ländern, die von der Festspieleröffnung direkt betroffen sind. Der Kommandant betritt den Raum. Er ist nicht allein. Mit im Schlepptau hat er einen Mann, den er zwar vom Gesicht her kennt, aber nicht einordnen kann, den dritten Mann kennt er wirklich gut, es ist der Profiler und Medienprofi Max Mayer. Dass der nun mit nach Bregenz kommt und zu ihnen spricht, war zu erwarten. Glamser ist trotzdem erstaunt.

»Also!« Der Kommandant klopft mit seinem Kugelschreiber auf sein Pult. Von einer Sekunde zur anderen herrscht Totenstille. Jeder nimmt seinen Platz ein.

»Für Euer Kommen brauche ich mich ja nicht bedanken, Ihr seid dazu ja verpflichtet!«, scherzt der Kommandant und grinst alle an. Sofort wird getuschelt und gemunkelt, aber als der Kommandant wieder einen ernsten Gesichtsausdruck annimmt, herrscht sofortige Ruhe. Glamser bemerkt seine Augenringe und seine leicht rötlichen Wangen, eine Mischung aus einem gewaltigen Schlafdefizit und erhöhter Anstrengung.

»Hätten uns andere Ereignisse in Bregenz zusammentreffen lassen, wäre ich der glücklichste Mensch, dem ist aber nicht so. Kurz zu den Personen neben mir: Friedrich Hahn, unser Sektionsleiter im Innenministerium und links neben mir, ihr kennt ihn sicher, der BMI-Profiler –«.

»Abteilungsleiter Max Mayer«, bessert dieser den Kommandanten aus. Die Spannung im Saal steigt an, selbst der besonnene Kommandant schluckt und zieht kurz seine Lippen nach oben. Hätte ihn einer jetzt so fotografiert, hätte sein Chef wie ein drohender Hund ausgeschaut, der seine Lefzen nach oben zieht, um seine bleckenden Zähne zu zeigen.

»Wollen Sie weiterreden, Herr Abteilungsleiter?«, nimmt der Kommandant das Kräftemessen auf. Glamser genießt das überraschte Gesicht des Profilers. Er hat nicht damit gerechnet, dass der Kommandant keine Sekunde zögert, um klarzustellen, wer hier den Ton angibt.

»Nein, nein, ich hab für Bregenz meinen Urlaub unterbrochen und ich wollte nur feststellen, dass …«.

»Meine Herren, das bringt doch nichts. Für ein kleines Hickhack untereinander ist die Lage zu ernst«, unterbricht der Sektionsleiter die beiden. »Kommandant Rudolf Nagele hat die Leitung dieser schwierigen Operation. Wir hoffen, ihm mit Rat und Tat zur Seite stehen zu können, ist das klar?«, fragt er eher rhetorisch nach, richtet seinen Blick zuerst auf Mayer und dann auf die Bullen im Saal. Eine gewisse Entspannung geht durch den Raum, das kleine Hickhack hat die überschüssige Energie zum Verpuffen gebracht. Müller steht kurz auf und öffnet das hinterste Fenster im Raum. Nicht nur, dass in den letzten Minuten tatsächlich sehr viel Sauerstoff aufgebraucht wurde, Müller liebt es, sich in Szene zu setzen, ohne darauf etwas folgen zu lassen. Ein jeder geht anders mit der Anspannung um, denkt sich Glamser.

»Wir haben es hier in Bregenz sicher mit der schwierigsten Operation zu tun, seit ich im Amt bin. Und das sind immerhin dreiunddreißig Jahre«, setzt der Kommandant ohne mit der Wimper zu zucken fort. »Falls bei der Operation Funbomber Gravierendes schiefläuft, stelle ich mein Amt zur Verfügung, nur damit Ihr hier alle wisst, wie wichtig für mich die Ereignisse in den nächsten Tagen sind.«

Der Kommandant erntet erstaunte Blicke, auch vom Sektionsleiter. Dieses Vorgreifen in eine ungewisse Zukunft war nicht abgemacht. Gut gemacht, mein Lieber, denkt sich Glamser. Der Respekt der Anwesenden ist dir nun gewiss, und den Mayer hast ganz nebenbei neutralisiert.

»Die Einteilung der Gruppen ist klar. Referat 1 Analyse, Referat 2 Personen- und Objektschutz, Referat 3 Extremismus-Terrorismus, Referat 4 Nachrichtendienst. In die Gruppen werden wir uns nach der kurzen allgemeinen Information sofort wieder verteilen.« Kurz setzt der Kommandant ab, schaut in die Runde, sucht den Blickkontakt zu seinen Vertrauten. »Vor gut einer Stunde habe ich erfahren, dass der letzte italienische Patient im Landeskrankenhaus seinen Verletzungen erlegen ist. Wir haben es also nun mit 16 Toten zu tun.« Ein kurzes Schweigen. »Nur so viel dazu, weil immer mehr Stimmen in der Bevölkerung die Terror-Aktivitäten lustig, vielleicht auch noch attraktiv und in die Zeit passend, empfinden. Bei 16 durch Terroranschläge getöteten Menschen kann ich nichts daran witzig finden, ich bin mir sicher, dass es Euch nicht anders geht. Im Gegensatz zu Schwarzenegger oder Bruce Willis-Filmen erwachen bei uns die Toten nämlich nicht mehr zum Leben.«

Die Beteiligten schauen betroffen zu Boden oder suchen neutrale Punkte im Raum. Prinzipiell hat der Kommandant ja Recht, denkt sich Glamser, aber »witzig« wird das hier niemand finden, nur will jeder unter ihnen ein paar Einsätze in seinem Leben haben, von denen er auch noch den Enkeln erzählen kann.

»Ich bitte Euch auch, in diesem Sinne an keinem gesellschaftlichen Klamauk teilzunehmen, der nicht vorher mit der Leitung koordiniert und von ihr abgesegnet ist.«

Glamser schaut erstaunt auf. Falls das eine Anspielung auf den gestrigen Abend ist: Er hat sich nicht selber auf diese Party eingeladen!

»Ich wollte gerne …«, platzt ein junger Kollege raus, dem es unter den Fingernägeln zu brennen scheint.

»Bereden wir das bitte nachher, Herr Kollege. Was Ihr alle natürlich in Eurer Freizeit tut, bleibt Euch überlassen. Die offiziellen Termine werde ich in gewohnter Form wahrnehmen, daran wird sich nichts ändern, und Major Erich Glamser wird verstärkend agieren oder mich im gesetzten Falle vertreten, weil er diesbezüglich schon sehr viel Erfahrung gesammelt hat.«

Glamser erntet verwunderte Blicke. Major Glamser? Seit wann ist der Glamser Major? Der Kommandant nickt ihm kurz zu, Glamser zwinkert verschwörerisch zurück, kann sich das Augenzwinkern nicht verkneifen. Sein Vorgesetzter hat also von der gestrigen Party erfahren und es scheint alles gepasst zu haben. Niemand will ihm einen Strick drehen, wunderbar. Er hat niemanden blamiert, auch gut. Glamser lässt gelassen seine Hände baumeln.

»Nun zum Elementaren: Herr Sektionsleiter, bitte.«

»Machen Sie weiter, Herr Kommandant, es ist Ihr Land und es sind Ihre Leute«, wehrt der Sektionschef ab.

»Gut!«, fährt der Kommandant fort und nimmt einen Schluck Wasser. »Bregenz ist abgeriegelt. Nicht die Stadt selbst, aber das gesamte Festspielareal. Heute werden die Zäune dichtgemacht. Ab Mittag patrouillieren Hundestaffeln. In der Nacht werden Nachtsuchgeräte eingesetzt. Die umliegenden Einrichtungen sind bewacht. Von der Seeseite her ist regelmäßig die Wasserpolizei und die Zollwache aus Österreich, Deutschland und der Schweiz im Einsatz. Die deutsche Bundeswehr operiert von deutscher Seite aus noch zusätzlich mit zwei Mini-U-Booten, die für diesen Einsatz extra an den Bodensee gebracht worden sind.«

Glamser fallen nun die Füße seiner Kollegen auf. Die Oberkörper sind ruhig, fast reglos, doch die Füße wippen, machen kleine Zeichnungen in den Boden, werden umständlich verschränkt, manchmal fährt ein

Absatz in den Boden. Sie sind also alle belasteter, als sie es zugeben würden. Schlussendlich geht die Geschichte jedem an die Substanz. Gerade jetzt gerät wieder die Handlos in sein Blickfeld, sie ist absolut ruhig. Keine wippenden Füße, keine nervösen Finger. Erstaunlich, denkt Glamser.

»Der Luftraum ist für die nächsten zwei Tage gesperrt. Nur unausweichliche Flüge und die Zeppelin-Luftfahrt von Friedrichshafen dürfen durchgeführt werden. Für private Maschinen gibt es keine Ausnahmebewilligungen. Weiters ist die Bilgeri-Kaserne in erhöhter Alarmbereitschaft. Zwischen der Festspieleröffnung am Vormittag und der Tosca am Abend werden alle einsatzfähigen Taucher den See auch unter Wasser bewachen. Die Absicherung zu Land gleicht der zur James Bond Verfilmung vor einigen Monaten, jedoch hatten die bei Bond einen Vorteil: Sie mussten nur abriegeln, bei uns müssen Menschen kommen und gehen können, wenn ihnen danach ist. So wird ein aufwändiges logistisches System eingesetzt, um der Bevölkerung doch noch Festspiele in gewohnter Manier bieten zu können. Die Festspiele sind also von außen abgesichert. Kein sogenannter Unterhaltungsterrorist wird uns gefährlich werden können, ohne dass wir ihn schnappen.« Der Kommandant ist in seinem Element, denkt sich Glamser. Die anfängliche Unsicherheit ist überwunden. Er dürfte die gleichen Sätze gestern im Innenministerium abgelassen haben, und in zwei Stunden wird er auch bei der Pressekonferenz Ähnliches äußern.

»Das Verfahren haben wir vom englischen Fußballverband übernommen, der schon vor Jahren ein vorzügliches Sicherheitssystem aufgebaut hat. Jeder Besucher, der zur Eröffnung will, muss sich zwei Tage vorher registrieren lassen. Er gibt damit sein Einverständnis, dass er von uns durchleuchtet werden darf. Wenn ein Besucher abgewiesen wird, muss es von uns keine Auskünfte geben, warum dies passiert.« Alles schön und gut, denkt sich Glamser, aber was ist mit dem Datenschutz? »Die Registrierungen laufen bis Dienstag 12 Uhr. Mit Zählkarte und Identifikationsausweis muss man zwei Stunden vor der offiziellen Eröffnung vor Ort sein, um sich noch einmal registrieren zu lassen. Eines möchte ich dazu noch sagen: Die Besucher werden informiert, dass ihre Daten an das Innenministerium weitergereicht werden. Die Datenschutzbestimmungen werden laut Regierungsbeschluss für diese Veranstaltung außer Kraft gesetzt, da sich Bregenz in einem Ausnahmezustand befindet.« So einfach geht das alles, denkt sich Glamser. Man erklärt einen Ausnahmezustand, setzt die Gesetze außer Kraft und kann schalten und walten, wie man will. Wenn das nicht Schule macht …

Der Kommandant schaut auf seine Notizen und wirft dem Sektionsleiter einen Blick zu. Dieser nickt kurz. »Die Auswahl der Gäste ist vom Festspiel-Präsidium getroffen worden, und wir waren für den Sicherheitscheck verantwortlich. Das will ich gleich vorab anmerken. Wir haben 200 Ehrengäste, 2.000 Gäste, die sich angemeldet haben, sind von unserem Computersystem erfasst worden, 100 Presseakkreditierungen. Mehr sind nicht zugelassen. Wir haben so versucht, ein halbwegs gerechtes Verhältnis zwischen den verschiedenen Gruppen zu finden. Ein kleiner Satz noch dazu, damit Ihr seht, wie sehr wir im Zentrum stehen: Der Festspiel-Administration wäre es spielend möglich gewesen, für die Eröffnung ausnahmslos Presseakkreditierungen zu vergeben. Das wären 1.100 Journalisten und 1.100 Fotografen. Wir haben in Zusammenarbeit mit den Festspielen alle Medienvertreter und Fotografen zugelassen, die sich auch in den letzten Jahren angemeldet haben, dazu noch die vier wichtigsten Agenturen, damit die internationale Berichterstattung ebenfalls nicht zu kurz kommt. Der Rest wurde mit Bedauern abgelehnt.«

Durch die Leute geht ein kurzes Raunen, wieder einmal wird ihnen vor Augen geführt, wie wichtig und sensationsträchtig die Festspieleröffnung mit der Komponente Funbomber ist, im Gegenzug dazu müssen sie sich aber als brave und biedere Beamte geben, die sich nicht zu Emotionen hinreißen lassen dürfen, denkt sich Glamser. Im Grunde wartet er nur darauf, dass da einer aus der Runde durchdreht. Sie sind das nicht gewohnt, so sehr im Mittelpunkt zu stehen. Der Kommandant klopft mit seinem Kugelschreiber auf den Tisch.

»Mehr Besucher gehen nicht rein, auch nicht auf Bitten und Betteln. Wir sind voll! Unsere Kollegen, die die Absicherung vor Ort betreiben, sind bestens informiert, auch die privaten Sicherheitsteams werden diese Maßnahmen rigoros durchsetzen. Eines muss uns klar sein, meine Damen und Herren, das einzige Risiko, das es am Vormittag geben wird, ist ein direktes Attentat, also eines, das von den 2.000 Besuchern ausgeht, und darum müssen wir die Besucher besonders gut im Griff haben.« Wieder lässt der Kommandant Zeit verstreichen, ihm scheint dieser Punkt besonders wichtig zu sein. Und was ist mit den Zaungästen, fragt sich Glamser. Er hat aber keine große Lust, die Frage in den Raum zu stellen.

»Der Abend wird sicherlich schwieriger in seiner Logistik, da wir es mit 7.000 Premierenbesuchern zu tun haben. Aber es ist anzunehmen, dass wir die Erfahrungswerte aus dem Vormittag bei der Abendveranstaltung umsetzen können. Dazu kommen noch schätzungsweise 5.000 Schaulustige, die sich in den Seeanlagen verteilen werden. Insgesamt sind das 12.000 Gäste, unter normalen Bedingungen kein Problem, aber in unserem Fall bitte ich Sie alle: Halten Sie die Augen offen, aber bleiben Sie bitte immer fair. Noch etwas: Für den abgegrenzten Raum vor dem Festspielhaus hat sich in der Bevölkerung das Wort Käfig breitgemacht. Ich habe kein Problem damit, nur sollten wir extern mit solchen Wörtern äußerst reduziert umgehen. Für uns ist es der Sicherheitsbereich.« Wieder setzt er kurz ab. »In diesem Sinne wurde alles Menschenerdenkliche unternommen, um diese Festspiele sicher ablaufen zu lassen, wenn uns auch, und das sage ich jetzt in aller Deutlichkeit, eine friedliche Veranstaltung lieber gewesen wäre.«

Glamser schaltet ab. Für sich hat er das Nötigste erfahren, da kommt nichts mehr. Eine unheimliche Müdigkeit holt ihn ein, dazu ein komisches Gefühl: Eine innere Erregung. Er weiß zwar, dass der Kommandant in allem Recht hat, was er sagt, doch gibt es die totale Absicherung nicht. Der Gesichtsausdruck des Kommandanten wirkt dementsprechend beunruhigt. Beunruhigend. Je mehr er auf die Kollegen einredet, desto weniger kann er es selbst glauben. Irgendetwas stimmt nicht. Glamser sehnt sich zurück zu seinem Betonoval, zur Kathedrale. In den Gesprächen mit der Handlos, unter der aufgehenden Sonne, die den Himmel aufklärt und die Morgennebel in Luft auflöst, in diesen Momenten ist das Leben so klar für ihn. Ein plötzlicher Applaus bringt ihn zurück in die Realität. Der Kommandant hat die Sache anscheinend gut gemacht. Zögernd schließt sich Glamser dem Klatschen an. Der Kommandant sucht seinen Blick. Glamser verdreht die Augen. Der Kommandant schaut unverwandt in die Menge.

»Darf ich nun Herrn Abteilungsleiter Max Mayer bitten, auf das Profil des Attentäters einzugehen?«

»Na dann!«, ergreift der Profiler das Wort und richtet sich auf. »Also, wir haben es hierbei nicht mit einem Täter zu tun, sondern mindestens mit zwei, wenn nicht mit drei verschiedenen. Es ist vollkommen auszuschließen, dass es sich bei der Kunsthaus-Farbkleckserei um denselben Täter handelt, der die Botschaft und den Güterzug in die Luft gehen hat lassen. Am Kunsthaus ist unprofessionell gearbeitet worden, wir haben Fingerabdrücke gefunden, Spuren, und so weiter. Hier läuft die Tätersuche bereits auch Hochtouren. Ebenfalls die Tasche am Bahnhof. Hätte der wirkliche Funbomber vorgehabt, etwas am Bahnhof zu machen, der hätte ihn gesprengt und aus. Und das aber so professionell, dass man keine Anhaltspunkte hätte. Die Sporttasche stammt übrigens aus einem Spezialgeschäft in Wien. Uns interessiert also weder das Kunsthaus noch der Bahnhof. Wichtig sind das Konsulat, der Güterzug, und jetzt die Festspiele. Es wird auch nicht ein Täter sein, sondern eine Tätergruppe, so viel ist auch klar. Sie sind eindeutig politisch motiviert. Dazu passen auch die Sprengsätze, die haben die Machart aus dem Nahen Osten und sind nach russischem Muster gebaut worden. Auch der Sprengstoff stammt aus den arabischen Krisengebieten.«

»Und warum hat er sich ausgerechnet Bregenz ausgesucht?«, stellt Müller die erste Frage im Raum.

»Weil wir darauf nicht vorbereitet sind.«

»Und das ist der einzige Grund?«

»Ja. Es hätte ebenso Darmstadt oder Graz treffen können. Stuttgart wäre schon zu groß. Es hat eine Stadt sein müssen, die ausreichend politisch interessante Ziele aufweist, aber in keinster Weise darauf vorbereitet ist.«

»Tatsache ist aber, dass der Funbomber nur aktiv wird, wenn im Nahen Osten etwas schief läuft. Das passt nicht mit der Drohung zusammen, die Festspiele grundsätzlich blockieren zu wollen«, bleibt Müller weiter am Drücker.

»Da gebe ich Ihnen nur teilweise Recht, Herr Kollege. Für eine rein politisch motivierte Terrorzelle hat er zu viel kommuniziert. Wir stehen hier vor dem Phänomen, dass sich ein Psychopath für politische Ziele hergibt. Das heißt aber nicht, dass er nicht von sich aus aktiv wird, falls man ihm zu wenig Aufmerksamkeit schenkt … im Prinzip vermuten wir, dass er zwar seine Aufmerksamkeit noch auf Bregenz lenkt, aber schon längst andere Ziele anvisiert. Nur, was machen wir, wenn ausgerechnet morgen oder übermorgen in der Weltpolitik etwas schiefläuft und wir einen vermeidbaren Anschlag nicht verhindert haben. Dann können wir nur hoffen, dass auch uns der Schlag trifft.«

Mayer spürt, dass er noch nicht ganz zu den Kollegen durchgedrungen ist, und schaut durch die Runde: »Kollegen und Kolleginnen, dass eines klar ist. Hier wurde alles Menschenerdenkliche getan, um das Schlimmste zu verhindern.« Er setzt wieder kurz ab. Er will nicht über Bereiche reden, die dem Kommandanten zur Beurteilung zustehen.

»Um auf den Punkt zu kommen. International hat sich das Prinzip durchgesetzt, einem Psychopathen einen möglichst großen Aufwand entgegenzustellen. Er fühlt sich ernstgenommen und unternimmt nichts. Außerdem denken Psychopathen auch kalkulierbar: Warum soll er ausgerechnet hier etwas unternehmen, wo er uns in die Netze gehen kann.« Außer er will ausgerechnet dieses Kräftemessen, denkt Glamser, bleibt aber weiterhin stumm.

»Was machen wir, wenn der Funbomber die nächsten 48 Stunden keinen Grund hat, uns zu attackieren. Beispielsweise, es gibt keine internationale Intervention gegen den arabischen Raum, die ihn auf den Plan rufen könnte.«

»Dann«, beginnt plötzlich der Sektionsleiter zu reden, »müssen die Festspiele für heuer abgesagt werden. Das Risiko eines Zwischenfalls wäre zu groß. Morgen muss jeder selber wissen, ob er kommt oder nicht.«

Totenstille, und der Kommandant hat ein bleiches Gesicht, als hätte er gerade den Funbomber persönlich gesehen. Der Kommandant greift zum Mikro: »Bevor wir uns in unsere Arbeitsgruppen verteilen, noch eine kurze Information: Wir haben einen 251. Ehrengast zu vermerken: Es ist Daniel Craig, der James Bond-Darsteller. Er hat die ihm beim Dreh angebotene Einladung, im Juli zur Eröffnung zu kommen, angenommen. In einer Presseerklärung heißt es: ‚Bond fürchtet den Terror nicht. Weder im Film noch im Leben.' Er wird also zur morgigen Premiere erscheinen.«

Plötzlich ist die Hölle los. Alle reden wild durcheinander. Der Aufruf des Kommandanten zur Mäßigung geht im Stimmengewirr unter.

Glamser spielt Schiedsrichter und muss selber auf die Bank.

Glamser läutet bei den Neumanns an. Eine Minute später steht Mathias vor der Tür und steigt ein. Sie fahren nun schon einige Minuten und reden kein Wort. Die Luft ist dick. Glamser durchlebt eine Berg- und Talfahrt. Noch hat er die Möglichkeit, eine innere Abzweigung zu nehmen, mit Mathias auf ein Bier zu gehen. Aber trinkt er ein Bier, trinkt er auch ein zweites und ein drittes. Dann kommen die Probleme erst recht zum Tragen. Glamser fährt die Seestraße Richtung Deutschland entlang. Auf allen Ausweichstellen stehen Polizeiwagen. Ein Hubschrauber fliegt im Tiefflug über den Bodensee, es wären genug Momente, um das Eis zwischen ihnen zu brechen, einfach Belangloses über den kommenden Einsatz zu reden, aber sie schweigen wie Männer und benehmen sich wie Kinder.

Glamser biegt ab und stellt das Auto auf einen Parkplatz am See. Sie gehen durch eine polizeilich gesicherte Unterführung, ein Blick von Glamser genügt, und sie werden durchgelassen. Ein Schotterweg quer durch eine Wiese führt sie zu einem kleinen Bootshafen und zu einer Bank mit Blick auf die Stadt und auf die Seebühne. An der Einfahrt zum Hafen steht ein Polizeiboot, das zwischen den niedrigen Wellen hin und her schaukelt.

Glamser hat alles satt! Den Funbomber, den Bond und Mathias. Er steckt sich eine Fluppe zwischen die Lippen. Mathias macht es ihm gleich. Das gibt es nicht, denkt sich Glamser, das gibt es nicht. Aber es sind Winston Light, die leichten Winston also, die in der blauen Packung, die auch Sabine raucht. Die Wut in Glamser steigt, der Weg hierher war vollkommen richtig. Der Hubschrauber kommt im Tiefflug zurück, in der Alten Fähre, einem Lokal gegenüber, steht man auf, winkt man dem Hubschrauber zu und hebt dabei die Gläser. Mal schauen, ob sie auch noch jubeln, wenn es wirklich kracht, fragt sich Glamser. Der Hubschrauber ist nur noch aus weiter Ferne zu hören, der richtige Moment, um anzusetzen.

»Du weißt, warum wir hier sind!«, beginnt Glamser das Gespräch.

Mathias nickt.

»Hast du dazu etwas zu sagen?«

Mathias zuckt mit den Schultern.

»Pass mal auf, Mathias. Ich mach dir einen Vorschlag. Du lässt die Finger von meiner Tochter, dafür machen wir weiter Dienst.«

»Oder?«, fragt Mathias nach. Für einen kurzen Moment ist Glamser erschrocken, wie gefasst das Wort aus Mathias Mund kommt.

»Oder deine Kripo-Hacke ist mit dem heutigen Tage beendet.«

»Und warum?«

»Mathias, ich bin dagegen, das muss dir als Antwort reichen.«

»Das ist nicht ausreichend, sogar ein Schiedsrichter hat eine Begründung, wenn er einen Spieler vom Platz schickt.«

»Wenn du es so willst: Ihr seid reich und wir nicht. Und darum passt das nicht! Und jetzt schleich dich bitte!«

Glamser sieht, wie sich die Augen des Jungen mit Tränen füllen. Er hat ihn anscheinend wirklich gekränkt. Aber daran führt kein Weg vorbei. Er muss ganz einfach richtig liegen, denn auch jetzt fühlt er kein bisschen Reue.

»Dann, dann wird sich in dieser Welt ja nie was ändern, wenn alle Menschen so engstirnig sind wie Sie!«, versucht der Junge, Glamser von seinem Unrecht zu überzeugen. Glamser schaut auf die Finger des Jungen, wie sie sich verkrampft an die Holzbalken der Bank klammern. Es scheint ihm also wirklich ernst zu sein.

»Reg dich ab«, antwortet ihm Glamser betont ruhig. »Ich will einfach nicht, dass du Zeit in etwas investierst, was sich nicht auszahlt. Dein Vater sieht das sicher genauso.«

Mathias nimmt seine dicken Brillen ab und wischt sich mit einem Taschentuch die feuchten Augen trocken. In diesem Moment schaut er fürchterlich verletzlich aus. »Mein Vater?!«, wiederholt der Junge. »Sie wissen doch überhaupt nicht, wovon Sie reden! Sabine wird wohl Recht haben! Sie sind ja bloß neidisch, dass ihre Tochter mit Menschen Kontakt hat, bei denen Sie sich nicht einmal bis zur Toreinfahrt wagen, dafür aber in der Nacht um das Haus schleichen!«

Glamser sieht rot. Im ersten Moment kann er gar nichts sagen. Der Junge springt auf und geht.

»Auf was soll ich neidisch sein? Auf deinen Alten, der eine dekadente Funbomber-Party macht, obgleich schon 15 Menschen gestorben sind, auf deinen Bruder, der im Narrenhaus ist und bei Freigängen Katzen abschlachtet, auf deine Mutter, die auf dem Luganer See wartet, bis dein Alter eine Freundin hat, damit sie ihn klagen kann, oder auf dich, dem Superstreber, der es nicht einmal schafft, zwei Bier zu trinken, ohne besoffen zu werden!«

Wie angewurzelt bleibt der Junge stehen, seine Füße versteifen sich. Ein kleiner Windstoß, und Mathias würde nach vorne fliegen wie ein Pappkamerad auf dem Schießstand.

»Im Übrigen hast du deinen scheiß Laptop hier liegenlassen!«, spottet Glamser, dreht sich um und geht zur Alten Fähre auf ein Bier. Das hat er sich wohl verdient. Dass diese Aktion ihm noch ziemlichen Stress bei der Kripo bringen könnte, ist ihm eigentlich scheißegal.

Er bestellt ein Bier und dazu einen Subirer vom Freihof. Schlussendlich braucht man ja zwei Getränke, um anstoßen zu können. Endlich geht es ihm wieder gut. Was für eine Befreiung! Mathias ist wieder dort, wo er hingehört, in seinem Reichen-Ghetto, und die Familie Glamser ist nun auch wieder dort, wo sie hingehört, im kleinem Haus am Bahndamm. Sabine und Herta werden es gar nicht mitkriegen, warum sich der kleine Idiot nicht mehr meldet. Das Leben ist nun einmal schnell, denkt sich Glamser. Da können kleine Kontakte schon verloren gehen. Glamser trinkt einen anständigen Schluck und schaut auf den See. Überall Polizeiboote. Auf der Seestraße werden stichprobenartig Autos angehalten, das Festspielgelände ist abgeriegelt wie eine Strafanstalt für geistig abnorme Gesetzesbrecher. Glamser schaut in sein Bier. Darin spiegelt sich der verzerrte Zeppelin, der über dem Bodensee eine Runde macht. Glamser denkt sich nichts dabei.

»Was bildest du dir eigentlich ein!«, faucht ihn Herta an, noch bevor er den Mund aufmachen kann. Sie geht zurück in die Küche und kracht hinter sich die Tür zu. Auch gut, denkt sich Glamser und verzieht sich in den ersten Stock. Die Tür von Sabine ist sperrangelweit offen, das Zimmer ist verwaist. Daher weht der Wind also. Ist Mathias also schnurstracks zu Sabine und hat gemeckert. Arschloch!

»Und dann möchte ich gerne wissen, warum du jeden Tag um vier Uhr morgens das Haus verlässt!«

Glamser schaut sie mit großen Augen an, er vergisst, seinen Mund zu schließen. Mit dem hätte er nicht gerechnet. »Ja, das ist eine schwierige Geschichte ...«, versucht Glamser, eine Erklärung einzuleiten, wo es keine gibt. »Ich treffe mich jeden Morgen mit der Handlos, und wir erzählen uns Geschichten!«

»Geschichten erzählen, so nennt man das heutzutage also, und von dir hätte ich mir wenigstens so viel Anstand erwartet, dass du mir von all dem erzählst, bevor ich dahinterkomme!« Und wieder kracht eine Tür.

Glamser geht ins Bett. Der Bodensee verwandelt sich in ein Flammenmeer, als hätte jemand Benzin über den See geschüttet und angezündet. Die Flammen schießen in die Höhe und der See darunter scheint zu kochen. Sie züngeln vom Strand zu Glamser hinauf, zu seinen Beinen, er sieht, wie sie im Begriff sind, sich um seine Hosenbeine zu schlingen. Erschrocken weicht er einen Meter zurück, nun gilt sein Blick wieder dem brennenden Meer. Ein Mensch, denkt sich Glamser, er spricht es, er schreit es, doch er kann seine Stimme nicht hören. »Ein Mensch im brennenden See!« Ihm kommt die Figur sehr bekannt vor. Er kneift seine Augen zusammen, nun ist es Gewissheit. Seine Tochter mitten im See! »Saaabine! Saaabine!« Doch Sabine rührt sich nicht. Sie starrt ihn mit versteinerter Miene an und lässt sich reglos wie eine Mumie mit den Füßen voran in die Tiefe sinken. Starlight, das Mädchen mit den braunen Haaren, klopft ihm auf die Schulter. Glamser dreht sich im Kreis.

Einen Wimpernschlag später erinnert nichts mehr an das brennende Meer. Willkommen in der Villa mit dem grünen Rasen! Sein Koch hält ihm einen lebendigen Hummer entgegen und wartet auf sein Urteil. Seine Tochter kommt ins Bild. Etwas muss ihr zugestoßen sein. Ihr Blick ist düster. Da begreift Glamser den Zusammenhang. Er teilt dem Koch mit, er soll den Hummer wieder zurück ins kalte Wasser legen, seine Tochter wird ihn höchstpersönlich in das große Salzwasseraquarium der »Inatura« nach Dornbirn bringen. Nun strahlt sie und meint, wie gut doch ihre Beziehung ist, dass sie ohne viel Worte wissen, was der andere meint. Er zündet sich eine Zigarre an, stößt den Rauch gleich wieder aus und zwinkert ihr zu, als sei er ein gemütlicher Feuerdrache. Da springt sein Sohn aus dem Pool, da er gerade gehört hat, dass sie den Hummer gerettet haben. Er will unbedingt mitfahren und bringt die Idee ein, dass sie sich ja von unterwegs Pizza mitnehmen könnten, immerhin fällt ja heute das Abendessen flach. Aber jeder soll seine eigene zahlen, dann hat auch jeder ein bisschen den Hummer gerettet! Welchen Namen sie denn dem Hummer geben sollen? Erich, antwortet der Junge wie aus der Pistole geschossen. Erich klingt nach einem Lebewesen, dem man permanent helfen muss, damit es nicht stirbt. Nun lachen alle drei.

Er schaut den Kindern nun zu, wie seine Tochter ihren Mini aus der Garage fährt und sein Sohn mit beiden Händen den Eimer festhält, damit dem Hummer ja nichts passiert. Glamser betätigt ganz lässig die Fernbedienung zu seinem Lindpointner. Der Koch gratuliert ihm zur menschlichen Entscheidung, die er getroffen hat und er nickt, während er eine kleine Flasche Champagner köpft und sich ein bisschen Kaviar in den Mund schiebt. Stimmt, er ist wirklich ein Klassekerl!

Früchte auf Beton.

Es ist 3 Uhr und 59 Minuten. Glamser erwacht. Er muss geträumt haben. Er spürt, wie das Fluidum des Traums verstreicht, als ob man ihm die Atmosphäre zu einer Welt entziehen würde, die nur ihm gilt. Er ist aber nicht alleine wach. Ohne sich um Herta zu kümmern, geht er ins Bad.

Glamser fixiert seinen Blick im Spiegel, schüttelt den Kopf und greift nach der ersten Zigarette, noch bevor er einen Kaffee getrunken hat. Er sieht ungesund aus, fahl im Gesicht und müde. Die Tränensäcke hängen herab wie halbe Autoreifen. Die Haut auf seinen Wangen wirkt großporig, in seinen Augen befindet sich ein dichtes Netz aufgeplatzter Adern, seine Augen haben den Blick der Schlaflosen. Er legt die ungerauchte Fluppe neben seine Packung und geht unter die Dusche.

Er springt in seine Kleidung, die er sich letzte Nacht zum Glück noch hergerichtet hat. Herta kehrt er ausnahmslos den Rücken. Was soll er ihr denn erklären? Sie würde ihm ja doch nicht glauben.

»Und du bist so dreist und ziehst das weiterhin durch?«

Er dreht sich zu ihr um. »Es sind nur Geschichten«, sagt er ihr ins Gesicht, »und sonst nichts.« Er kann ihrem Blick standhalten. Er hat nichts zu verbergen. Nun dreht sie sich weg.

»Im Grunde ist das noch viel schlimmer. Wir könnten uns doch auch Geschichten erzählen«, antwortet sie, doch er kann sie nicht mehr hören.

Gestern hat er die Tür zum Zimmer seiner Tochter einen Spalt offen gelassen. Daran hat sich nichts verändert. Dennoch wagt er einen kurzen Blick hinein, doch jegliche Hoffnung verebbt bereits im Anflug. In sein Blickfeld gerät ein großes Bild, das quer über dem unberührten Bett hängt. Es zeigt ihn und seine Tochter auf ihrer roten Vespa. Wolfgang hat das aufgenommen und es Sabine zum 18. Geburtstag geschenkt. Beide ohne Helm, beide lachend. Sie sitzt vorne und er hinten. Sie beschleunigt gerade, ihre Haare flattern im Fahrtwind und sie beide kriegen den Mund nicht zu, als ob ein paar Meter weiter die große Sensation warten würde. Die Welt von gestern, denkt sich Glamser, wenn sie geahnt hätten, dass einige Meter weiter die Sorgen beginnen, hätten sie eher fröstelnd in den Fahrtwind geschaut.

Glamser steckt Mini einige Salatblätter in den Käfig, streichelt ihr über den Rücken. Doch wider Erwarten hüpft Mini zurück in ihr Häuschen, nur ein paar Barthaare schauen heraus. »Dann seid ihr halt alle gegen mich!«, schimpft Glamser und macht, dass er aus dem Haus kommt. Und Joe? Joe vermisst er überhaupt nicht mehr. Auch ein Scheißkerl!

Im Vorbeigehen liest er die Headline der Tageszeitung.

»Jetzt geht's los! Die Festspiele kommen!«

So nebenbei entrüsten sich Politiker, dass vermutlich selbsternannte Künstler Trittbrettfahrer sind. Nun bleibt Glamser doch bei der Zeitung hängen. Eine neue Kunstperformance-Truppe, Carotin A, hat sich kurz vor Redaktionsschluss zu den »Anschlägen« im Bahnhof und im Kunsthaus bekannt. Ihr Argument ist, wirkungsvolle Kunst im öffentlichen Raum zu machen. Dazu entrüstete Politiker, allen voran die Rechtspopulisten, die meinen, dass man die Kunstsubventionen auf Null stellen soll, wenn die »Staatskünstler« nichts Besseres vorhaben, als die Bevölkerung und die Einsatzkräfte zu narren. Glamser schüttelt den Kopf. Jetzt wird die Kripo sogar schon von den Medien überholt! Dass er mit seinen Vermutung richtig gelegen hat, ist ihm scheißegal.

Doch anstatt zu seinem Kadett zu gehen, geht er zurück in den Garten. Sehen wirklich hübsch aus, die neuen Bahngeleise, über die die Politiker und ihr Gefolge heute rattern werden. Während er so auf die Schienen schaut, schifft er gegen den Kirschbaum, der ihn fast erschlagen hätte, tätschelt den Baumstamm, schaut in das klaffende Loch, das nun schon voll Harz ist und bereits nächstes Jahr verheilt sein wird.

»Das kann uns doch nicht umhauen, uns doch nicht!«, spricht er mit seinem Baum und verspricht ihm, dass er, sobald das Affentheater vorbei ist, hier genau an dieser Stelle unter dem fehlenden Ast eine Gartenbank aufstellen wird.

Glamser ist überrascht. Dieses Mal stehen sogar schon Kaffee, Orangensaft und einige Früchte bereit. Im Kontrast zum schmutzigen Karton leuchten sie richtiggehend heraus. Irgendwann wird ihr Gelage noch einen fürstlichen Anstrich bekommen. Handlos hat bereits Platz genommen und schaut ihm von unten hinauf in die Augen.

»Erzählen Sie«, sagt sie. Die Probleme scheinen ihm ins Gesicht geschrieben zu sein.

Er hat es einfach nicht geschafft, die Hürde zu nehmen. Man hat sie ihm nicht plötzlich in den Weg gestellt, er hat sie wie in einem Computerspiel eindeutig auf sich zukommen sehen.

»Sie wäre zu schaffen gewesen, schon mit Anstrengung, ja, aber eben zu schaffen. Ich hätte sie nehmen können und dann erfolgreich abdrehen, die Hände in die Luft reißen, ein Sieg, ein verdienter Sieg, da der Verstand über meine Befindlichkeit triumphiert hätte.« Und was hat er getan? Er ist mit gestrecktem Bein auf die Hürde zu, hat sie mit voller Wucht in den Boden gerammt und ist auf ihr auch noch herumgetrampelt. »Ich habe im Grunde alles vermasselt, noch bevor der Lauf so wirklich angefangen hat«, erzählt Glamser und schaut betroffen zu Boden. Was hat er nur alles angestellt, warum sieht er das jetzt so glasklar? Er schaut auf den Beton vor ihm, auf die Poren, die weit aufgerissen sind, wie eine raue Haut, die unzählige kleine Verletzungen aufzuweisen hat. »Sehen Sie das Gesicht im Beton?«

»Nein«, antwortet ihm Handlos. »Ich sehe nur die Augen meines Mannes, die, wenn man in sie eindringen könnte, um mit ihnen mitzuschauen, eine famose Wahrheit erzählen würden, blickt man meinem Mann jedoch von außen in die Augen, kann man ihn durch den Schleier nicht sehen.«

»Fahren Sie fort!«, spricht Glamser, langsam beginnt ihn die Geschichte wirklich zu interessieren und er nimmt sich eine Scheibe Ananas von der Styroporschale.

»9/11 brachte trotz allem tatsächlich eine Wende in unsere Beziehung. Die ersten Tage waren sachlich, aber zumindest stritten wir uns nicht mehr. Belanglosigkeiten regierten unsere Welt. Ob ich die eine Überweisung erledigen kann, ob er den heutigen Einkauf übernimmt, was wir essen könnten und ob wir im Herbst an einem verlängerten Wochenende wegfahren sollten. Interessant war, dass wir in dieser Zeit die Nachrichten ohne größere Zwänge anschauten«, erzählt Handlos und setzt kurz ab. Sie schaut neugierig zum Ende der Unterführung, als ob sie ein Geräusch gehört hätte. Sie schüttelt entschuldigend ihren Kopf und fährt mit ihrer Geschichte fort. Die Nachrichten schauten sie nur noch auf Deutsch an, das arabische Fernsehen interessierte ihn nicht mehr, und auch die Al-Hayat, eine arabische Tageszeitung die er immer am Wochenende bezog, bestellte er ab.

»Erstaunlicherweise waren wir oft einer Meinung: Die damals vielzitierte Schuld an dem Massaker muss auf beiden Seiten liegen, man muss die Grauzonen beachten, das ewige Schwarz-Weiß-Gemale muss ein Ende haben.« Glamser nickt, das klingt doch alles ganz vernünftig. Handlos schaut resigniert zu Boden. »Mühsam war jedoch, dass er außerhalb der vier Wände Unannehmlichkeiten ertragen musste. In der U-Bahn wusste er, warum ihn die Leute anschauten, als sei er ein Aussätziger, am Flughafen wusste er, warum sein Pass drei Mal durch den Computer ging, und am Reiseziel angekommen, war ihm klar, dass seine Koffer von der Sicherheitswache am Flughafen gesondert inspiziert worden waren.« In der Tat, er hatte Recht. Die Menschen reagierten anders, wenn sie zusammen unterwegs waren. Ihr Beisein rechtfertigte seine orientalische Abstammung. Kaum war er wieder alleine unterwegs, wurde er verachtet. Sie hat das selber miterlebt. Er wurde nach 9/11 anders betrachtet als vorher. Bis zu einem gewissen Punkt versteht sie das auch, das liegt in der Natur des Menschen – das hat sie ihm aber nicht gesagt, instinktiv traute sie der Beziehung noch keine »überflüssige« Belastung zu. »Und das war wahrscheinlich falsch«, antwortet sie. »Wahrscheinlich hätte ich schon damals mehr auf Konfrontationskurs gehen sollen.«

Wäre alles noch zu ertragen gewesen, aber im Spital hörte sich der Spaß auf. Er meinte, man spürte, dass sich die Patienten nicht bei ihm unters Messer legen wollten, auch nicht bei anderen arabischen Kollegen. »Ich habe aber doch den Hippokratischen Eid geschworen!«, fluchte er und knallte dazu noch den österreichischen Pass auf den Küchentisch. »Mein Vater hat Kurt Waldheim gewählt! Einen Mann, der vielleicht wirklich ein Kriegsverbrecher gewesen sein könnte!« Er konnte seine Hasstiraden nicht mehr stoppen. Sein Vater habe Waldheim gewählt, einfach um zu zeigen, dass weder Deutschland noch Österreich ausnahmslos aus judenhetzenden Nazis bestanden haben! Dementsprechend wurde er auch erzogen. Und nun das! »Reicht ein arabisches Gesicht schon, dass man ein scheiß Terrorist ist?! Beantworte mir die Frage!«, polterte er, und Handlos konnte nicht anders, als einfach das Zimmer zu verlassen. Sie als Einzelperson kann doch nicht für die Westliche Welt stehen. Das geht so nicht! Den Druck, der von außen auf ihn zukam, den wollte er nicht akzeptieren. Und je mehr er sich gegen ihn stellte, desto mehr kam er auf ihn zu – scheinbar zumindest.

Er rollte wieder die alten Themen auf, wie positiv sein Glaube war und wie schlecht man ihn und seine Glaubensbrüder im Westen behandelte. Und plötzlich fing er wieder mit dem leidigen Thema an, dass sie seinen Glauben übernehmen sollte. »Einige Monate später sprachen wir offen und ehrlich über eine Trennung, so offen und ehrlich, wie wir uns noch vor einige Zeit über den Urlaub unterhalten hatten. Es ging einfach nicht mehr. Irgendwann kann man das alles nicht mehr mit anhören.«

»Wann war das?«, fragt Glamser nach.

»Vor fünf Jahren.«

Wie durch Zufall läuten ihre beiden Handys fast gleichzeitig. Glamser schaut reflexartig auf die Uhr. Mittlerweile ist es kurz nach sechs. Auf seinem Rücken klebt bereits das Hemd fest, sein Anzug weist die ersten Falten auf. Er hat den Kommandanten an der Strippe, bei ihr meldet sich sein Stellvertreter. Die Operation wird zwei Stunden vorverlegt. Die Bundesregierung will möglichen Zaungästen aus dem Weg gehen und kommt nun außerprotokollarisch zwei Stunden früher am Bregenzer Bahnhof an. Außerdem sollen sie gewappnet sein, ab nun stehen solche

Planänderungen auf der Tagesordnung. Immerhin besteht Ausnahmezustand. Schweigend räumen sie das Frühstücksgeschirr weg und gehen ihrer Wege. Der Gottesdienst ist vorbei, die Beichtstunde auch.

Glamser will gerade in sein Auto einsteigen, als sich erneut der Kommandant bei ihm meldet. Als er den Namen Mathias hört, geht ein Stich durch seinen Körper. Er will schon zur Verteidigung ansetzen, erstickt aber seine erste Silbe im Keim. Glamser bedankt sich und beendet das Gespräch. Das hätte er nicht erwartet: Mathias hat sich selbst beim Kommandanten abgemeldet, er habe Gastritis und könne zumindest den heutigen Tag nicht mitmachen. Wahrscheinlich ist er den nervlichen Belastungen nicht gewachsen. Es tue ihm wirklich ausgesprochen leid und er lasse sich bei Glamser entschuldigen. Außerdem lasse er sich bei Glamser herzlichst bedanken. In den letzten Tagen habe er einen wirklich vielseitigen Einblick in die Arbeit eines Kripo-Polizisten bekommen. Das sei eine unersetzliche Hilfe für seinen Roman.

Im ersten Moment ist Glamser überrascht. Diese Hilfestellung, den Konflikt also unter ihnen zu lassen, den hätte sich Glamser nicht erwartet. Als er das Auto reversiert, ist er sich nicht sicher, ob es sich nicht um astreinen Zynismus handelt, gerade die Passagen, die ihn betreffen, könnten dementsprechend ausgelegt werden. Glamser entschließt sich aber, diesen Anruf als Geste von Mathias zu werten. Mathias zieht sich aus der Kripo zurück, er lässt Glamser in Ruhe, sein Kontakt zu seiner Tochter bleibt jedoch aufrecht.

Glamser fährt die Einfahrt zur Kripo hoch und zückt verärgert sein Handy. Die Idee ist ihm schon gekommen, kurz bevor der Kommandant angerufen hat. Er hätte es gleich machen sollen, aber dem war eben nicht so. Er schreibt Sabine eine SMS: »Es tut mir leid. Papa.« Antwort erwartet er keine.

Das Klo klemmt!

Landespolitiker, Interessensvertreter, die Festspiel-Crew, Einsatzkräfte und ausgewählte Medien warten auf den Zug. Sie stehen auf dem ersten Bahnsteig. Die Informationstafel weist den Schriftzug ‚Sonderzug' auf, und über die Lautsprecheranlage wird durchgegeben, dass der Regionalzug nach Bludenz heute ausnahmsweise auf dem Bahnsteig zwei, Gleis drei ankommt. Es haben sich kleine berufsspezifische Gruppen gebildet, und diese wiederum bestehen aus zwei bis drei Personen. Glamser steht mit Müller und Handlos zusammen. Die Stimmung ist gedrückt, kein flotter Witz, kein plötzliches Gelächter sorgt für Auflockerung.

Für den Kommandanten hat die Operation schon längst begonnen, es ist also kein Wunder, dass er kaum ruhig stehen kann. Seit einer halben Stunde darf kein Zug mehr in Bregenz haltmachen, diese Order bleibt so lange aufrecht, bis die Ankunft vorüber ist. Alle Ausgänge sowie die Bahnhofshalle werden von der Kobra überwacht. Auf jedem Bahnsteig stehen zwei Beamte in Zivil. Auf dem Dach des Hochhauses gegenüber liegen drei Scharfschützen und auf der Hinterseite des Bahnhofs in den Parkanlagen bei den Festspielen patrouillieren Polizisten mit Wachhunden. Zwei Polizeistaffeln sind auf Abruf und können binnen fünf Minuten hier eintreffen. Im Bregenzer Landeskrankenhaus sind alle Ärzte, die dienstfrei haben, abrufbereit. Für die Rettung, die Berufsfeuerwehr, die freiwillige Feuerwehr und die Spitäler im Lande gilt das Gleiche wie für die Polizei: Die nächsten 48 Stunden erhöhte Alarmbereitschaft.

Seit dem gestrigen Nachmittag wird der Bahnhof sporadisch abgegangen, seit dem Abend sind Einsatzkräfte mit Spürhunden unterwegs. Erschwerend ist, dass von Wien die Order kam, den Bahnhof nicht zu sperren, es müssen zumindest die laut Fahrplan von Bregenz ausgehenden Züge fahrplanmäßig abfahren können. Das Wort »Geisterbahnhof« muss vermieden werden. Es soll die nächsten 48 Stunden so ausschauen, als sei die Lage zwar ernst, aber nicht besorgniserregend. Gerade dieser Satz ist bei Glamser hängen geblieben. Wie soll eine Situation ernst, aber nicht besorgniserregend ausschauen? Und wie kann man die Medien davon abhalten, eine ernste Lage nicht zu einer besorgniserregenden zu erklären? Wenn er an den Aufwand denkt, ist die Lage durchaus besorgniserregend.

Glamser schüttelt den Kopf. Man darf also keinem Menschen verbieten, zum Bahnhof zu kommen und in einen Zug zu steigen. In dem Sinne kann man auch niemandem verbieten, einer Tasche eine Handfeuerwaffe zu entnehmen und mit ihr wahllos herumzuballern. Kurz trifft sich sein Blick mit dem des Kommandanten. Glamser zwinkert ihm zu. Wird schon gut gehen!

»Und, wo hast du Mathias gelassen?«, fragt Müller.

»Gastritis«, bleibt Glamser einsilbig.

»Der Arme, macht sich jetzt schon ins Hemd, noch bevor es begonnen hat«, spöttelt Müller.

Glamser ist verärgert. Mathias hat das nicht verdient, die Schuld liegt an ihm. Wenn er aber daran denkt, dass Sabine jetzt gerade bei ihm herumlungert, schwanken seine Gefühle bereits wieder. Er versucht es ja zu akzeptieren, aber Gefallen kann er daran noch lange keinen finden.

Müller steckt sich eine Fluppe an, Glamser folgt seinem Beispiel, nun auch Handlos. Sie wissen, dass sie im Blickfang des Kommandanten sind, aber sie hoffen, dass er heute Wichtigeres zu tun hat, als sie anzufauchen. Müller schaut auf die Uhr. »In fünf Minuten soll der Zug kommen und dann geht für uns der Vorhang hoch. Die nächsten 48 Stunden werden die Hölle.«

»Peng!« ertönt es wie auf Befehl. Alle drei zucken kurz zusammen, vor ihnen steht ein kleiner Junge mit roten Haaren, er hat eine Spielzeugpistole in der Hand, aus der nun ein Fähnchen aus der Mündung hängt. Auf dem Fähnchen steht 007, der Junge strahlt über das ganze Gesicht, die Mutter schleift ihn entschuldigend in Richtung Rolltreppe. Noch einmal grinst der Junge zurück, den Einsatzkräften ist nur schwer ein Lächeln abzuringen.

»Genau das habe ich gemeint!«, sagt Müller, » als wäre der Funbomber alleine nicht genug, muss auch noch Daniel kommen.« Glamser und Handlos nicken. Auch die Handlos ist heute etwas wortkarg, denkt Glamser. Sie scheint mit den Gedanken nicht so ganz bei der Sache zu sein, das ist ihm schon am Morgen aufgefallen.

»Das eine sag ich Euch«, versucht Müller nochmals, das Gespräch anzukurbeln, »wenn ich den ersten vollbärtigen Mohamed im Umfeld der Festspiele vors Gesicht bekomm, nehm ich den auseinander, so schnell kann der gar nicht schauen!«, kommt es gedämpft, aber voller Aggression. Ein kurzer Blickkontakt zwischen Handlos und Glamser reicht, so ist es damals vor sich gegangen, in der Zeit der Twin-Tower-Explosion. Doch äußerlich bleibt Handlos ungerührt, sie lässt sich nichts anmerken. Glamser ist fasziniert.

Plötzlich fährt auf den gegenüberliegenden Parkplatz ein Konvoi an Limousinen mit Wiener Kennzeichen ein. Erst jetzt merkt Glamser, dass man den Taxistand beim Bahnsteig geräumt hat, sodass die Politiker nur ein paar Schritte gehen müssen und schon wieder in Sicherheit sind. Sie brauchen also weder in die Eingangshalle noch auf die Straße. So etwas nennt man Volksnähe, denkt sich Glamser ironisch. Vom Taxistand geht es dann weiter in das Amtsgebäude der Vorarlberger Landesregierung zu einer Pressekonferenz. Im selben Moment schaltet die Ampel vor dem Bahnhof auf Bereitschaft, ein Verkehrsbulle regelt den Verkehr, ein Streifenwagen bleibt kurz nach der Einfahrt stehen und stellt sich auf zwei Parkplätze, ein zweiter stellt sich vor die Limousinen und ein dritter stellt sich in die Taxieinfahrt und macht das Schlusslicht. Kein Blaulicht, kein Aufsehen, alles verläuft nach Plan. Die Streifenwagen eskortieren die Autos in Richtung Landesregierung. Soweit steht es zumindest im Protokoll. Glamser spürt, wie die allgemeine Spannung ansteigt, der Puls vom Kommandanten ist sicher schon auf 180. Glamser dämpft die Zigarette aus. Einige Fahrer der schwarzen Limousinen steigen aus. Einer telefoniert.

»Schau mal, da sind unsere Kollegen aus Wien«, spricht Müller. Das einzige Manko bei Müller ist, dass er nicht die Klappe halten kann, denkt Glamser, er muss immer und überall seinen Senf dazugeben, wie ein kleines Kind, das alles Erlebte mitteilen muss, um es bestätigt zu bekommen. »Wenn man genau hinsieht, sieht man immer den Korpus der Schutzweste unter dem Anzug und die Glock, die mit dem Halfter darüber gespannt ist. Das vergessen sie oft in billigen Filmen.«

»Vielleicht ist es einfach zu heiß und zu unbequem, wenn du als Schauspieler stundenlang im Licht der Scheinwerfer stehst«, antwortet Glamser und sieht in Müller den Neid hochkriechen. Müller wäre gerne ein Fernsehbulle gewesen, so wie Glamser, doch dem TV hat ein Bulle gereicht, und der war nun mal Glamser.

»Du musst es ja wissen, Glamser. Mit deinen gestellten Fernsehauftritten in der Vorarlberg-ZIB kannst ja eine Doku über das Streifenbullenleben in Vorarlberg füllen.« Glamser bleibt gelassen, die kleinen Sticheleien ist er gewöhnt, zumal er dankbar ist, dass das Gespräch sich endlich um ein anderes Thema dreht. Endlich ein Satz ohne Funbomber, Bond, Bundesregierung oder Festspieleröffnung. Er bekommt eine SMS, hofft, sie ist von Sabine. Sie ist aber vom Kommandanten.

»Erich, du Zombie! Rauchverbot im Dienst! Die nächsten 48 Stunden! Sonst wieder Streife! Zombie!« Als er ihm gerade antworten will, löst sich der Vizekommandant aus seiner Gruppe und beugt sich zum ersten Fahrer in der Autoschlange zum Fenster hinein. Der Vizekommandant nickt, geht zurück zum Kommandanten. Der Kommandant verständigt den Landeshauptmann und die Medien. Einen Moment später steht auch schon der Fahrdienstleiter auf dem Bahnsteig und schüttelt dem Landeshauptmann, dem Bürgermeister und dem Kommandanten die Hände.

Glamser sieht den Zug im gleißenden Licht näher kommen. Alles, nur kein Suizid, denkt sich Glamser. Bitte kein lebensmüder Kerl, der sich ausgerechnet jetzt vor den Zug wirft. Das würde den Protokollleiter ziemlich aus der Bahn werfen. Er weiß nicht, warum er sich in angespannten

Situationen immer so komische Fragen stellt. Es bedeutet jedoch eines: Jetzt fängt es an! Und außerdem wird auch gleich was passieren.

Viele Leute steigen aus. Viel mehr als erwartet. Manche machen sich gleich aus dem Staub, für sie steht auch kein Auto bereit. Glamser sieht, wie sie entweder zu Fuß in die Stadt gehen oder sich eines der nach hinten verlegten Taxis nehmen. Jemand klopft Glamser auf die Schulter. Rasch dreht er sich um. »Ich bin der Hansi, du musst der Erich sein!«

»Stimmt!«, antwortet Glamser. Hansi, seine Kontaktperson, vom Personenschutz in Wien. Blonde, zurückgekämmte Haare, blaue Augen, eine Nase, als wäre er einmal Berufsboxer gewesen, und gute zehn Jahre jünger als er.

»Komm gleich mit! Wir müssen beim Kanzler bleiben.« Schnellen Schrittes gehen sie auf den Kanzler zu, der gerade dem Fernsehen ein Interview gibt. Der Kanzler sagt etwas davon, dass es eine Selbstverständlichkeit ist, gerade jetzt, in Zeiten der Anschläge, mit den Zügen zu fahren, denn der Zug sei noch immer das demokratischste Massenverkehrsmittel in Österreich. Unterdessen springen zwei Polizisten mit Wachhunden in den Zug. Hansi lächelt und flüstert Glamser zu: »Zwischen Dornbirn und Bregenz ist der Bundespräsident spurlos verschwunden, siehst eh, wie aufgelöst seine Alte dreinschaut. Jetzt wissen wir es: Er steckt am WC fest und die Tür ist verklemmt. Er kann also net raus!«

Die Meldung muss sich wie im Funkenflug verbreitet haben, denn schon hört Glamser überall die Frage, wie nun der Bundespräsident aus dem WC herauskommt. Zu allem Überdruss haben jetzt auch noch die Jungs vom Privatfernsehen Wind von der Ankunft bekommen und filmen bereits aus dem geöffneten Fenster des Produktionswagens heraus.

Zwei Mechaniker betreten den Zug. Mittlerweile hat sich der Chef vom Bahnhofsrestaurant eingefunden, zwei Kellner verteilen Erfrischungen. Hansi lacht über das ganze Gesicht: »Wir müssen da jetzt alles künstlich hinauszögern, weil ohne den Präsidenten können wir net weg.«

»Sag, hat da noch wer was unter Kontrolle?«, fragt Glamser nach, dem alles wie ein Traum vorkommt, der gerade schiefgeht.

»Alles unter Kontrolle. So lange es in Österreich genug zum Saufen gibt, kann gar nix schiefgehen. Schaut aus wie ein Stehempfang am Bahnhof, und die ÖBB wird's uns danken.«

Glamser lächelt hämisch. Wenigstens ist jetzt alles volksnah. Plötzlich hat er das Mikrofon des Privatfernsehens vor sich. »Was glauben Sie, was hier los ist?«

Glamser lächelt in die Kamera. »Es geht in solchen Fällen immer nur um das Menschliche, das allzu Menschliche.«

In dem Moment kommt der Schlüsseldienst an. Zwei Schlosser in blauer Uniform steigen in den Zug.

»Ich glaube, Sie filmen lieber dort weiter …«, antwortet Glamser, zeigt auf den Zug und geht zwei Schritte zurück.

Zwei Minuten später erscheint der Bundespräsident mit hochrotem Gesicht und origineller aerodynamischer Frisur. Wie aus dem Windkanal, denkt sich Glamser. Passt im Übrigen gut zum Kanzler, der hat auch so einen roten Schädel. Hinter dem Präsidenten stehen die Blaumänner, die betreten zu Boden schauen. Sie wissen nichts mit der unverhofften Popularität anzufangen. Mittlerweile hat sich eine Menschentraube um den Zug versammelt. Die Schaulustigen beginnen zu klatschen. Der Präsident lächelt, tupft sich kurz die Stirn ab, winkt mit seinem Taschentuch, steigt aus und wird sofort von zwei Bodyguards zu seiner Limousine geführt.

Jetzt kann's losgehen. Alle steigen in die wartenden Autos. Hansi, ein weiterer Kripobeamter und der Kanzler nehmen auf den Rücksitzen Platz, Glamser neben dem Fahrer. Der Polizeiwagen an der Spitze schaltet sein Blaulicht ein. Der Tross setzt sich langsam in Bewegung, der Verkehrspolizis auf der Kreuzung hält den Verkehr an und winkt die Kolonne durch. Glamser ist aufgeregt. Er kommt nicht dagegen an. Mit dem Kanzler im selben Auto zu sitzen, das passiert einem ja nicht jeden Tag. Der Kanzler lacht.

»Jetzt stellt's euch vor, mir wäre das passiert! Dann hätten wir die morgige Titelseite: ‚Der Kanzler ist sogar zum Scheißen zu deppert!' Beim Bundespräsidenten wird kein Sterbenswörtchen berichtet werden.«

Vorabend, die letzten Geschäfte haben gerade geschlossen. Glamser schlendert durch die Fußgängerzone. Viele von den Auslagen sind dekoriert. Zum einen mit den zur Tosca passenden Motiven, Bühnenelementen der Seebühne, dem Riesenauge, zum anderen haben manche wieder die Bond-Motive vom Frühjahr ausgestellt, immerhin, Daniel kommt ein zweites Mal, da geht das schon durch. An sich beginnt Bregenz um diese Uhrzeit in einen tiefen Schlaf zu fallen, doch heute ist alles gerammelt voll. In den Cafés ist kein Platz mehr zu finden, manche stehen mit einem Bier in der Hand und schielen nach einem freien Tisch, andere haben es sich gleich am Rand des Brunnens gemütlich gemacht oder lehnen ziemlich locker an den Häuserwänden. Die Leute sind bester Laune, fast überdreht. Es scheint, als warteten die Menschen auf etwas, der Funbomber scheint etwas von der Kraft einer Sonnenfinsternis zu besitzen. Er geht zu einer Eisdiele, um sich ein Tüteneis zu holen und stellt sich bei der Eisvitrine an.

»Funbomber, James Bond, Abriegelung, Seebühne, Tosca, Terror, Polizei, Politik, Bahnhof, Bundespräsident, WC, Idioten, absagen, nicht absagen, verhaften, alles sprengen, nicht locker lassen, mehr Diplomatie, scheiß Bullen, zum Glück Bullen, Bullenschweine, Kripo, Berlusconi, Attentat, Bahnhof, Riesengaude, Volksfest, endlich was los, aber was ist wenn wirklich ...«, schnappt Glamser auf.

Neben der Eisdiele befinden sich Gaukler, Kartenspieler, ein Mann liest einer Frau gerade die Zukunft aus ihrer Hand, neben ihm lässt ein schwarzgekleideter Herr mit fahlem Gesicht und dunklen Kontaktlinsen die Tarockkarten von einer Hand in die andere springen. Die Leute gaffen und gaffen, an der Ecke verkauft man sogar Zuckerwatte, und einige Schritte weiter hat sich ein englischsprachiger Bibelprediger ein kleines Podest aufgebaut und liest aus der Apokalypse. Wie vor einem Märchenonkel kauern Jugendliche vor ihm und lauschen seinen Worten. Zwei

Punks schlendern an ihm vorbei. Ihre T-Shirts zeigen ein explodierendes Festspielgelände und in grellgelben Lettern wurde der Schriftzug »Bomb the Festspiele« darübergelegt. Sind die denn schon alle irre?!

Plötzlich hält jemand Glamser fünf Tarockkarten vors Gesicht und flüstert ihm von hinten ins Ohr. »Ein Spielchen, Inspektor, ein Spielchen, solange es Bregenz noch gibt?«

Glamser kennt die Stimme und dreht sich um, es ist Markus, ein Ex-Junkie, der ihm dann und wann über den Weg läuft. »Markus, altes Haus, dass es dich noch gibt?«

»Tja, Totgesagte leben etwas länger, was?«

Glamser lächelt. »In deinem Outfit habe ich dich vorhin gar nicht erkannt. Ich hoffe, du hast sonst eine gesündere Hautfarbe.«

»Klar, Inspektor, aber ein bisschen Spaß muss auch sein.«

Glamser steckt sich eine Fluppe zwischen die Lippen und hält Markus die Packung hin. Der nimmt sich eine raus und gibt Glamser Feuer.

»Und, Inspektor, morgen kommt der große Knall?«

»Das würde ich lieber von dir wissen, Markus.«

»Also, wenn Sie mich fragen, dann passiert da morgen gar nichts. Das Ding mit dem Funbomber, das ist wie ein Bruch in einen Tabakladen. Den macht man, oder man lässt ihn sein. Den kündigt man nicht groß an. Außerdem hat er hier die Party, die er bestellt hat, was will er denn mehr? Alle tanzen nach seiner Pfeife!«

Das Gleiche, was man auf der Kripo sagt. Glamser ist sich nicht sicher, ob er den Kommandanten damit beruhigen kann, wenn er ihm verklickert, ein Ex-Junkie teile mit ihm seine Meinung.

»Und was ist, wenn doch?«

Markus grinst und lässt dabei die Unterlippe hängen, sodass Glamser sein ausgemergeltes Zahnfleisch sehen kann.

»Dann dürfen wir uns schon über einen neuen James Bond-Darsteller freuen!«

Glamser und Markus klopfen sich ab. »Falls du in Scheißereien kommst, melde dich, meine Nummer hast du noch?«

Markus grinst. »Klar Mann. Wenn ich hier hochgehe, weil ich keine Bewilligung habe, sag ich denen, ich arbeite für dich!«

Glamser verdreht seine Augen. »Gut, dass ich weiß, dass du für mich arbeitest, ich wünsch dir was! Im Übrigen, grüß mir die Emma!«

»Werd ich machen, wenn Sie mir über den Weg läuft, auf bald!«

Glamser geht schräg über den Leutbühel. Allzu viel Zeit will er nicht mehr verlieren, aber das eine möchte er sich doch noch geben. Er steht nun vor der italienischen Botschaft. Hier sind keine Gaukler. Hier nimmt die Ruhe bedrohliche Gestalt an. Der Krater vor dem Haus ist mit gelben Holzplatten verriegelt, wie man sie sonst am Bau über Gräben legt. Das Loch in der Wand mit einer doppelten Bauplastik abgedeckt und an den Seiten verschweißt. Das Kerzenmeer, das hier noch vor zwei Wochen stand, ist auf fünf Kerzen zusammengeschrumpft. Aber lieber fünf ehrliche Kerzen, als zweihundert verlogene, denkt sich Glamser. Dahinter noch ein Marienbild und eine Vase mit Rosen. Glamser macht ein kurzes Kreuzzeichen und geht weiter. Diesen kleinen Aperitif vor der Dinnerparty des Kanzlers hat er gebraucht.

Der Ausdruckstanz ist eine Errungenschaft!

»Glamser, du alter Sack!«, begrüßt ihn Wolfgang hell erfreut.

»Was machst du bei der Kanzlerparty, du bist ja gar kein Roter«, gibt sich Glamser gelassen.

»Besuchen Sie den Kanzler, solange es noch geht!«, kontert Wolfgang, ergreift von einem vorbeiziehenden Tablett zwei rote Cocktails und drückt Glamser einen in die Hand. »Mit roten Cocktails haben wir ja schon seit der Party beim alten Neumann eine Übung, oder?«

Kurz gibt es Glamser einen Stich. Heute nur keine Feuerwand, keine Explosionen, keine inneren Einsichten. Sie stoßen an.

»Nobel geht die Welt zu Grunde, Glamser«, meint Wolfgang trocken. »Ich komm mir ein bisserl vor wie auf der Titanic.«

»Und ich mir wie auf dem Narrenschiff. Hast du den Auflauf in der Stadt gesehen?«

Wolfgang nickt. »Ich hab uns gleich auch die Zukunft unseres Vereins aus den Karten lesen lassen.«

Glamser ist überrascht, warum hat nie er so gute Ideen?

»Und, wie schaut's aus?«

»Das würdest du wohl gerne wissen, was?«

»Sprich! Oder ich sag jedem, dass du nur hier bist, um dich morgen über die Party lustig zu machen.«

»Also, die Antwort ist jetzt weiß Gott nicht wie sensationell. Falls wir in unserer lieben Stadt den nächsten Tag überleben, überlebt unser scheiß Verein das nächste Jahr im oberen Mittelfeld.«

Glamser rümpft die Nase. »Also wieder kein Aufstieg?«

»Aber auch kein Abstieg, also können wir uns übermorgen, falls wir den morgigen Tag überleben, Dauerkarten besorgen«, versucht Wolfgang, das Positive geltend zu machen.

Hansi kommt des Weges. Im Gegensatz zu Glamser hält er sich mit Mineral fit. Glamser hat sofort ein schlechtes Gewissen.

»Kannst ruhig weiterbechern, Alter. Ich soll dir von deinem Chef ausrichten, du sollst ihn würdig vertreten, er muss noch einmal ins Büro. Er hat dich eh versucht zu erreichen.«

Wolfgang grinst und greift gleich nach zwei weiteren Drinks. »Ja, das wird ja dann tatsächlich ein Fest für unseren Glamser!«

»Ist der Alte wirklich so büffelhart?«

»Büffelhart klingt cool, von wo kommst du?«, spricht Wolfgang Hansi an, während Glamser sein Display betätigt und kurz in eine Ecke geht.

Tatsächlich, eine SMS vom Kommandanten. »Muss weg. Du vertrittst mich. Sei freundlich. Nicht ansaufen. Dein Kommandant.« Glamser antwortet: »Alles klar. Erich. Prost!«

Glamser schüttelt den Kopf, der Kommandant ist ja noch rigider unterwegs als seine Frau. Soll doch zur Sitte gehen, wenn das Laster für ihn so ein Dorn im Auge ist! Dort kann er wenigstens dagegen ankämpfen. Glamser trinkt den Cocktail in einem Zug aus und macht eine Runde. Die Stimmung ist ähnlich wie am Bahnhof. Man verhält sich ruhig und ist freundlich zueinander. Gespenstisch, denkt sich Glamser. Jeder weiß, was auf dem Spiel steht, keiner will mit einer Bemerkung über das Ziel hinausschießen. Er sieht zwar Journalisten, aber keine aus dem Gesellschaftsressort. Die High Society-Berichterstattung dürfte auf das Minimum beschränkt werden. Aber trotz allem ein Fest. Gläser werden massenweise geleert. Das ist der Druck, versucht es sich Glamser zu erklären, steckt sich eine Fluppe zwischen die Lippen und nimmt sich einen weiteren Drink. Der Druck, der Druck, und das Saufen geht ruck zuck. Unter den 150 Gästen sind sicher 30 Sicherheitsbeamte, die im Härtefall zuschlagen. Wo die Handlos ist, möchte er gerne wissen. Vielleicht hätte er sie einladen sollen. Irgendwie geht sie ihm ab. Überhaupt sind hier keine Kollegen von ihm, was ihn aber im Grunde nicht zwingend stört. Wenigstens gehen ihm Leute wie der Müller nicht grundlos auf den Arsch und heften an ihm wie Kletten.

Glamser macht sich auf die Suche nach Wolfgang, als plötzlich der Kanzler und Hansi vor ihm auftauchen. Glamser schluckt, Hansi macht sie kurz bekannt.

»Genau! Sie sind der Glamser, der auf mich aufpasst!«

»Freundschaft, Genosse!«, antwortet Glamser.

»Ein Genosse auch noch, Genosse …?«

»Genosse Erich. Meinen Namen wirst du dir leicht merken, ich bin der letzte Rote unter den Bullen hier im Lande.«

»Das ist aber schlecht.«

»Ja, aber immerhin, einer ist besser als keiner.«

»Ja, eh. Ruf mich in meinem Büro an, oder meinen Nachfolger, wenn du was brauchst, ja?«, antwortet der Kanzler und gibt ihm seine Karte.

»Du glaubst also, dass wir den morgigen Tag überleben?«

»Na sicher, sonst wäre ich ja nicht gekommen!«, scherzt der Kanzler. »Glaubst, ich lass mich zwei Monate vor meinem Abtritt rösten?« Der Kanzler, grinst, und erst jetzt bemerkt Glamser, dass dies ein Witz sein soll. Er lacht nun vorsichtig mit. Der Kanzler klopft ihm nebenbei auf die Schulter. »Macht's euch keine Sorgen. Wenn es kracht, bin ich schuld, dass es kracht. Das ist klar. Und wenn es nicht kracht, rechnen die Medien aus, was der Spaß mit dem Sicherheitsaufwand gekostet hat, und daran werde auch ich schuld sein. Ich bin an allem schuld, und auf den Scheiß stoßen wir jetzt an, Enrico.«

Enrico? Glamser nickt, stößt mit dem Kanzler an und der Kanzler geht weiter, nicht ohne ihm noch einmal auf die Schulter zu klopfen.

Glamsers Blick trübt sich, er spürt wie das Adrenalin abflaut, das vorhin hochgeschnellt ist. Er spürt Müdigkeit. Alle um ihn herum lachen, alles um ihn herum beginnt sich zu drehen. Glamser schließt die Augen, atmet drei Mal durch, öffnet sie nun wieder. Er konzentriert sich und schärft seinen Blick. Enrico? Das Treffen mit dem Kanzler hatte er sich anders vorgestellt.

»Bring mir bitte zwei Subirer, wenn das möglich ist«, bittet Glamser den Kellner, der gerade an ihm vorbeigeht.

»Es tut mir leid, wir haben nur die vorgeschriebenen Cocktails«, antwortet dieser. »Ein Mineral vielleicht?«

»Erstens bin ich von der Kripo«, antwortet Glamser und hält ihm die

Marke vors Gesicht, »und zweitens zahlt der Kanzler. Brauchst ihm nur sagen, Enrico will Schnaps!«

Der Kellner nickt verstört und kommt mit zwei Subirer zurück. Glamser kippt den ersten ex und schüttet auch den zweiten in seinen Rachen. Auf die erste Detonation im Magen folgt eine zweite, Glamser spürt, wie ihm der Schnaps die nötige Energie für den Abend einflößt. Und Stoff!

In seinen Augenrändern beginnt es wieder gelb zu züngeln, immer mehr verliert sich die Kulisse um ihm herum, die Gespräche verstummen, da noch ein Lacher, dort noch ein Furz, doch nun kracht und knistert es, vor Glamser steht die Gelbe Wand. »Komm jetzt, bald wird's Zeit«, fordert ihn Starlight, das Mädchen mit den braunen Haaren, auf. Glamser geht der Gelben Wand entgegen. Einige Schritte, er tastet sich an sie heran, er greift in die Flammen, nur noch einen Schritt, dann steht er in ihr. Er steht im Feuer und verbrennt nicht. Um seinen Kopf kreist das Projektil, das ihn um ein Haar sein Leben gekostet hat. »Und jetzt hol es dir!«, befiehlt es ihm. Er streckt die Hand aus und greift nach ihm, ein Mal, ein zweites Mal, nun hat er es. Er dreht es in seinen Fingern und wirft es wie ein Kleinkind sein Sandkastenspielzeug wieder weg. Es ist wie im luftleeren Raum, im Weltall, ein gelbes feuriges Weltall. Er will nach dem Projektil greifen, das über seinem Kopf kreist, aber er kann es nicht erwischen. Erschöpft lässt er seine Hände fallen. »Du Versager!«, beschimpft ihn Starlight. Donner und Blitz gehen zu seinen Füßen nieder.

Ein plötzliches Gewitter bringt ihn zurück in die Realität.

Um ihn herum stehen die Gäste vom Fest. Das Gewitter dürfte wohl der Applaus gewesen sein.

»Erich, Zugabe!«, fordert ihn nun ein Gast, den er nicht eindeutig identifizieren kann, auf, von den anderen Gästen kommt tosender Applaus, er steht mitten im Gartenfest, die Gäste stehen im Kreis herum.

»Danke!«, antwortet Glamser und nickt kurz. Er spürt noch die Energie um ihn herum, wie aufgeladene Teilchen schwirrt sie durch den

Raum, langsam geht er aus dem Kreis zurück in die Menge, die Blicke folgen ihm. Wolfgang nimmt ihn zur Seite und hält ihm einen weiteren Subirer hin.

»Die gehen aufs Haus, für den Performancekünstler, meint der Chef!« Beide kippen sie den Birnenbrand runter, Glamser steckt eine Fluppe zwischen seine Finger. Wider Erwarten zittert er nicht. Glamser bleibt gelassen.

»Du alter Sack! Sehr scharfe Indianerrituale. Warst du in deiner Gelben Welt unterwegs?«

Glamser nickt.

»Cool, nimmst du irgendwelche Tabletten, seit du aus dem Spital bist? Dann könntest du mir auch welche davon abgeben. Aber dann setzen wir uns auf eine Alm und beten Manitu oder den Pfänderriesen an«, antwortet Wolfgang, während Glamser noch immer spürt, dass ihn die Menschen angaffen. »Die Show, du hier abgezogen hast, ist nicht von schlechten Eltern, ist wirklich cool angekommen«, bleibt Wolfgang weiter am Wort. »Ich habe, während du getanzt, hast das Gerücht gestreut, dass du dich seit der Explosion hinten im Garten auf die Suche nach einem neuen Ausdruckstanz begeben hast. Innerer Ausgleich, Selbstfindung und den ganzen Dreck. Das hat mir jeder abgenommen. Jetzt musst nur aufpassen, dass man dich nicht engagiert und du dann keine Einsicht bekommst. Also, Ausdruckstanz, verstehst?«

»Cool, wäre mir nicht eingefallen«, antwortet Glamser.

»Na, wofür hat man denn Freunde. Bei der Lüge würd ich an deiner Stelle bleiben, dass du da eine gelbe Feuerwand siehst, würde ich eher für mich behalten, das verunsichert die Menschen nur. Aber jetzt sollten wir doch noch was saufen, bevor du vielleicht wieder in deine Gelbe Welt abdriftest.«

Dieses Mal hat Wolfgang wieder zwei rote Gesöffe in der Hand. Für einen Moment überlegt sich Glamser, ob er überhaupt noch etwas trinken sollte, aber im selben Moment beginnt er auch schon zu nuckeln.

»Wolfgang, welchen Gesichtsausdruck habe ich denn bei meinen Indianertänzen?«

Wolfgang grinst. »Ja, sehr jenseitig auf alle Fälle. So genau kann man das nicht beschreiben, aber es ist, als ob du etwas siehst, was wir nicht sehen. Klar, du siehst deine Gelbe Wand, aber du siehst wahrscheinlich noch irgendetwas anderes. Dazu kommt noch eine gewisse Furchtlosigkeit in deinem Antlitz, zumindest hat es dieses Mal so ausgeschaut.«

»Willst du mich verarschen, oder was?«

»Nein, wirklich nicht. Im Ernst, das schaut so aus.«

»Und warum gaffen mir dann alle zu?«

»Weil das cool ist. Vielleicht nicht unbedingt am Anfang«, spricht Wolfgang weiter und zeigt auf die Stelle, wo Glamser seinen Feuertanz hingelegt hat. Sie ist voll mit Glassplittern.

»Aber wenn du dir einmal den nötigen Platz zum Tanzen verschafft hast, geht wirklich die Post ab!«

Anders übersetzt: Am Anfang wütet er, man geht bestürzt zur Seite, dann beobachtet man ihn vorsichtig und in dem Moment, wo man merkt, dass Glamser harmlos ist, findet man Gefallen daran. Nicht schlecht, denkt Glamser, aber zur Sicherheit sollte er es für heute dabei belassen. Er verabschiedet sich von Wolfgang und Hansi, schiebt seinen halbvollen Drink unter ein Blumengesteck und verlässt das Sommerfest.

Die Stadt ist nun zu sich gekommen. Die Gaukler sind verschwunden, vereinzelt sieht er noch Menschen, die seinen Weg kreuzen. Ein kühler Wind vom See her weht durch die Straßen, die wenigen Menschen haben ihre Jacken längst geschlossen. Dass diese Prise jedoch tatsächlich für eine Abkühlung sorgt, glaubt Glamser nicht. Da würde nicht einmal ein Sommergewitter ausreichen. Morgen werden die Gemüter wieder überhitzt sein, die Sonne wird mit den Festspielen kein Erbarmen haben, und irgendwo wird einer sitzen, der sich einen runterlacht: Der Funbomber. Plötzlich verschwindet die Unwirklichkeit der letzten Tage. Das hier ist alles Realität. Er spürt, wie die Sekunden vergehen. Er geht die Straße zu seinem Haus entlang, als er eine SMS bekommt. Es ist vom Kommandanten. »Die Handlos verlässt uns nach den Festspielen.« Glamser ist perplex. Aber sie ist ihm schon seit gestern abwesend vorgekommen. Nun hat sie eine Entscheidung gefällt. Er schaut auf die Uhr. Um ein Uhr morgens muss er keine SMS mehr beantworten.

Der Weg ist das Ziel. Das Ziel ist der Käfig.

Es ist 10 Minuten vor vier. Der erste Gedanke: Der Funbomber wird ihm abgehen. Der zweite Gedanke: Die Handlos hat ihn beschissen. Der dritte Gedanke: Herta pennt in Sabines Zimmer. Der vierte Gedanke impliziert den dritten: Sabine hat nicht zu Hause geschlafen. Und Mini, seine Meersau, schläft die vielleicht auch auswärts? Er ertappt sich dabei, wie ein Lächeln über seine Lippen huscht. Es ist ja alles nicht so schlimm. Es wird schon irgendwie weitergehen. Warum sollte es denn nicht? Zum Atmen wird er schon nicht zu blöd sein.

Er knöpft sein Hemd zu. Er spürt die Schnelligkeit in seinen Händen. Wieder muss er lachen. Er hat sich daran gewöhnt, Hemd, Schlips und Sakko zu tragen. Die Krägen schneiden nicht mehr ein. Er schnappt sich zwei neue Sakkos. Eines lässt er im Auto, so hat er für alle Fälle noch eines in Reserve. Hastig stopft er Mini einige Salatblätter durch die Gitterstäbe. »Ich verspreche dir, morgen hast du wieder Auslauf, außerdem wechsle ich deine Streu.« In der Hoffnung, dass Herta diesen Dienst erledigt, verlässt er das Haus.

»Glamseeeeer!«

Glamser schüttelt den Kopf. Neuper! Nachbar! Benimm dich!

»Glamser, heute sehen wir uns!«, spricht Neuper weiter und richtet den Gurt seines rohseidenen Kimonos.

Glamser nickt, klar dass Neuper die Eröffnung nicht auslässt. Dass er allerdings einen japanischen Steingarten angelegt hat, ist ihm neu. Ein Granitbrocken und um ihn herum in unendlichen Linienmustern fein geharkter Kies und Sand. Glamser ist sich nicht sicher, ob hier im Frühling nicht noch ein kümmerliches Biotop stand.

»Und?«

Glamser hebt seine Schultern. »Wir haben alles Erdenkliche getan, damit nichts passiert. Das einzige Problem könnte sein, dass uns in den nächsten Stunden ein Fehler passiert. Von der Festspieleröffnung bis zur Premiere und die Zeit danach darf nichts schief gehen, und die Zeit zieht sich wie ein Kaugummi«, antwortet Glamser und geht einige Schritte weiter.

»Rein theoretisch haut das nicht hin, und praktisch schon gar nicht«, antwortet Neuper.

Glamser zwinkert ihm zu.

»Stimmt, aber das bleibt unser Geheimnis.«

»Eines noch, Erich. Welches Weib treibt dich um vier Uhr morgens auf die Wildbahn? Ist ja nicht dass erste Mal, dass du in den letzten Tagen frühmorgens dein Haus verlässt.«

Glamser deutet auf Neupers Villa, schaut dann zu seinem Haus und atmet tief durch. »Wäre meines so schön wie deines, würde ich gar nicht mehr aus dem Haus gehen.«

»Brauchst du Geld für eine Renovierung?«

»Abwarten«, antwortet Glamser, obwohl er jetzt schon weiß, dass ihm der Neuper einen Floh ins Ohr gesetzt hat.

»Und was treibt dich am frühen Morgen aus deinem Fuchsbau?«

»Selbstfindung, Glamser. Bloßfüßig über den Rasen gehen, einen Zaunkönig beim Singen beobachten und verinnerlichen, eine Nacktschnecke in deinen Garten befördern, ein bisschen mit dem Rechen spielen«, erzählt Neuper fast selbstironisch und deutet auf seinen Steingarten.

»Das kommt aus der fernöstlichen Zen-Philosophie und ist mein neues Spielzeug!«, sagt er und hält ihm eine nagelneue Harke hin. »Hat aber auch einen ganz praktischen Grund. Das Biotop, das ich für die Kinder einmal angelegt habe, ist versumpft, und so haben uns jeden Sommer Horden von Moskitos heimgesucht. Und damit ist jetzt Schluss! Seit gestern ist der Sand da! Aber damit habe ich nur so lange Spaß, solange ich meine Ruhe habe«, antwortet Neuper und rollt mit seinen Augen, da aus seiner Villa Geräusche kommen. Er steckt die Harke wieder in ihre Vorrichtung zurück.

»Neuper, überleg mal: Hol deine Knarre aus dem Schrank, wirf mit deiner Harke einen Kieselstein in die Höhe und versuch, ihn abzuschießen. So hättest du für alle deine neuen Anschaffungen eine Verwendung«, antwortet Glamser, lässt den konsternierten Neuper stehen und geht im Schnellschritt zu seinem Auto. Er raucht sich eine Fluppe an und spürt, wie sein Körper das Gift dankbar aufnimmt. Im Moment der Entspannung bemerkt er, dass er vergessen hat, das Garagentor zu öffnen.

»Es tut mir leid«, macht Handlos den Opener, noch bevor er auf dem Karton Platznehmen kann. Kein Kaffee, kein Obst, man besinnt sich also wieder auf die Wurzeln. Er sieht in ihren Augen, dass sie ihre Entschuldigung ernst meint, gleichzeitig erkennt er, dass sie es durchaus zu schätzen weiß, dass er noch gekommen ist. »Es tut mir leid, dass ich den Kommandanten vor Ihnen von meiner Kündigung informiert habe, ich weiß, dass das für Sie verletzend sein muss«, sagt sie und fährt ohne abzusetzen mit ihrer Geschichte fort.

»Mein Mann ist damals nach Beirut gegangen. Als Arzt werde er unter seinen Brüdern mehr gebraucht, war seine Begründung.« Kurz setzt sie ab. »Schauen Sie mir ins Gesicht.« Glamser begreift im ersten Moment nichts. »Ich hätte gerne, dass Sie mich anschauen, während ich Ihnen diese Geschichte erzähle«, fordert sie ihn nochmals auf. Glamser dreht den Kopf zu ihr. »Nicht nur den Kopf! Drehen Sie sich ganz zu mir, das ist mir jetzt wichtig«, lässt Handlos nicht locker. Glamser dreht ihr nun auch seinen Körper zu, der Schotter unter dem Karton macht ein zermalmendes Geräusch und hat so gar nichts vom Kies in Neupers scheinidyllischem Steingarten. Glamser spürt Leben. Sie wendet sich ihm ebenfalls zu. Jetzt schaut er in ihre braunen Augen, einige Haarsträhnen fallen ihr ins Gesicht. Für einen Moment treffen sich ihre Augen, zu lange, um sich nicht das Wichtigste voneinander zu erzählen.

»Ein Jahr hat er nach 9/11 noch in Wien durchgehalten und dann ist er eben nach Beirut gegangen. Dort werde ich mehr gebraucht, war seine Antwort. Wir haben in der Zeit schon nicht mehr zusammengelebt, aber trotzdem hat er mich angerufen und wollte mir das mitteilen.«

»Warum sind Sie ausgerechnet zu uns nach Bregenz gekommen?«, fragt Glamser. Erst jetzt wird er sich seines unwirschen Tonfalls bewusst.

»Also, das war ungefähr vor einem Jahr. Da habe ich mich durch die Programme gezappt und bin bei einem Bericht über den Gazastreifen hängengeblieben. Ohne Absicht. Fünf Jahre nach der Trennung, eine Zeit, in der wir nichts von einander gehört haben, da kann man sich gewisse Sendungen einfach wieder wegen dem Informationsgehalt anschauen, also, weil man wieder Mensch und zurück auf der Oberfläche ist. Also, Glamser, das müssen Sie sich so vorstellen: Ich sitze bei mir im Wohnzimmer, esse eine Pizza, mach ein Bier auf und schaue mir einen Report über die neue Gewalt im Gazastreifen an. Eh immer die gleiche Situation. Die eine Seite schießt und die andere schießt zurück. Dass denen nicht fad wird, denke ich mir, und in dem Moment springt mein Mann aus einem Rettungswagen, mein Ex-Mann.«

Glamser will etwas einwerfen, aber sie ergreift ihn am Handgelenk und unterdrückt so seine Frage. Sie habe sich die DVD über den Beitrag vom Sender besorgt und immer wieder angeschaut, er, der einzige vom Rettungsteam ohne Bart, und er, der einzige, der genau in die Kamera schaut. Sie war vollkommen irritiert. Wo ist sein Bart geblieben? Sie war fix der Meinung, dass er einen dichten Vollbart trägt und ein Gesicht besitzt, in das sie nicht mehr vordringen könnte. Das einzige moderne an ihm sollten veraltete chirurgische Instrumente sein. So hat sie sich ihn vorgestellt. Und dann schaut vom ganzen Rettungstrupp ausgerechnet er in die Kamera und ihr mitten ins Gesicht! Kurz schwächt sie ab, als ob es ihr gerade in den Sinn kommt, dass sie nicht zu sich alleine redet, sondern zu Glamser, einem Fremden, der sehr viel von ihr weiß, aber trotz allem ein Fremder ist.

»Natürlich kann das jetzt alles Mist sein, aber eine Stimme in mir sagt, dass das kein Dreck ist.«

Sie hat aus Wien wegmüssen, um sich in einer neutralen Umgebung ein Bild machen zu können. Dafür hat sie sich Bregenz ausgesucht, den Ort mit der größtmöglichen Entfernung zu Wien.

»Und ausgerechnet hier passiert das mit dem Funbomber! Ich meine, mir sagt die ganze Scheiße, dass ich vor nichts davonlaufen kann. Ich kann genauso hier in die Luft gesprengt werden, wie in Wien, Graz oder in Gaza.«

»Wann fliegen Sie zu ihm?«

»Ich hab in zwei Wochen einen Flug«, antwortet sie und schaut dabei kurz zu Boden, nun wieder zu Glamser. »Ich weiß noch nicht einmal, ob ich ihn treffen werde, aber mittlerweile weiß ich, dass er nach wie vor in Beirut ist, immerhin, das ist schon was. Man hat es ja vor den Unruhen die Schweiz des Nahen Ostens genannt. Wer weiß. Immerhin, er trägt keinen Bart wie alle anderen, und sein Blick ist für mich durchlässiger als in den letzen Jahren in Wien. Auf alle Fälle muss ich hinüber, das ist das Einzige, was ich sicher weiß.« Sie schaut ihn an, er schaut sie an. »Sonst würde ich ja nie wissen, ob ich träume oder wach bin.«

Ja, denkt Glamser, ihm fällt jetzt nichts darauf ein, was er erwidern könnte. Aber an ihrer Story klingt nichts falsch. »Dann auf nach Beirut!«

»Sagen Sie das jetzt nur so, oder meinen Sie das wirklich so?«

»Das meine ich schon so«, antwortet Glamser. »Hätte ich einen Grund, Sie anzulügen?«

»Und nun zu Ihnen, Glamser.«

Kurz schluckt Glamser. Diesen brutalen Cut in ihrer Geschichte und das plötzliche Fokussieren seiner Probleme, das hat es schon in der zweiten Sitzung gegeben, sogar mit dem gleichen Satz. Nur gab er damals den Input.

»Also, ich hab heute unser Gartentor niedergefahren. Vollkommen bewusst. Sonst würde ich nie ein neues besorgen. Es hat auch einen Teil von unserem Zaun mitgerissen, und wenn schon ein Teil vom Zaun weg ist, warum nicht gleich den ganzen erneuern?«

Sie nickt. Sie schauen sich an. Sie stehen auf. Sie umarmen sich. Glamser spürt, dass ihre Herzen gleich schnell pochen. Sie lösen die Umarmung. Sie gehen getrennte Wege.

Berlusconi! Tatsächlich! Glamser traut seinen Augen nicht. Der Jolly ist wirklich gekommen. Glamser kann sich nicht helfen, Berlusconi, mit seinen 170 Stirnfalten und seinem Wachsgesicht und seiner aufgesetzten Mimik schaut aus wie ein aus einem Asterix-Comic entsprungener Römer.

Neben Berlusconi stehen der österreichische Innenminister und der Konsul, doch die Aufmerksamkeit des Fernsehteams gilt dem italienischen Staatspräsidenten. Sicher hundert Kerzen stehen nun vor dem Loch in der Botschaft, einzelne Marienbilder ebenso. Da hat man wohl in der Früh anständig daran gearbeitet, ein Szenario der Bestürzung herzuzaubern. Schauderhafte Medienrealität, denkt sich Glamser. Wenn er an das Bild denkt, das Bregenz die letzten Tage in den internationalen Medien abgibt, geht es ihm kalt über den Rücken. Schaulustige haben sich eingefunden, doch die werden von Berlusconis Sicherheitsleuten ferngehalten. Eine Frau ruft dem Politiker etwas auf Italienisch zu. Sie steht in der letzten Reihe, aber ihr Klagen muss zu ihm durchdringen, so energisch ist es. Nun beginnt sie zu weinen. Berlusconi verlässt seinen sicheren Platz, seine Sicherheitsleute bilden eine Schneise, sodass er mit dem Fernsehteam ungehindert zur weinenden Frau vordringen kann. Sie klagt ihm ihr Leid, er redet auf sie ein, zupft sein Einstecktuch aus dem Sakko, trocknet ihr die Tränen, greift nach ihren Händen. Im Gegenzug redet sie unentwegt auf ihn ein. Er scheint ihr nun etwas zu versprechen, schaut kurz um sich, führt sie zu einem seiner Mitarbeiter und drückt ihr zum Abschied nochmals die Hände.

Ein Polizeiauto und zwei schwarze Limousinen fahren vor. Berlusconi löst sich aus der Menge, schüttelt noch einige Hände und grinst über das ganze Gesicht, als wäre er vor kurzem nicht die Bestürzung in Person gewesen. Er ruft den Menschen noch etwas Aufmunterndes zu, ballt dabei seine Hände zu Fäusten und steigt in einer galanten Drehung in den ersten Wagen. Abfahrt. So schnell, wie die Schaulustigen gekommen sind, verduften sie auch wieder. Einzig und alleine die Frau, die Berlusconi ihr Leid geklagt hat, starrt auf die flackernden Kerzen. Glamser überlegt ob er zu ihr hingehen soll, unterlässt es aber. Mehr als tröstende Worte könnte er nicht spenden, und das hat ja schon der Staatspräsident getan.

Aus Sicherheitsgründen haben die Politiker dieses Mal in Dornbirn genächtigt, einer Stadt bei Bregenz. Zur Anfahrt wählte man die Bundesstraße und nicht die Autobahn. Alle Ampeln sind auf grün geschaltet. Auf allen Brücken und Kreuzungen befinden sich Polizeiposten. Sie kommen gut voran. Keiner sagt ein Wort. Glamser muss dem Fahrer keine Wegbeschreibung geben, da der Weg nach Bregenz gut beschildert ist. Der Kanzler spiegelt sich gelegentlich in der getönten Windschutzscheibe, so hat er ihn im Bild, ohne aufdringlich zu erscheinen. Dieser schaut teilnahmslos, fast stoisch aus dem Fenster. Was geht im Kanzler vor? Zählt er Autos, denkt er an gestern, an heute oder an morgen? Vielleicht stand Bregenz gar nicht auf seinem Dienstplan, er musste aber kommen, da man dem Terrorismus die Stirn bieten muss und ein Nichtauftauchen des Kanzlers als Schwäche gesehen worden wäre. Vielleicht denkt er auch an gar nichts. An nichts zu denken kann sehr schön sein. Der Kanzler zieht seine Aktentasche auf den Schoß. Glamser hört wie sich die Schnallen öffnen und Papier raschelt. Er vertieft sich in seine Unterlagen und nimmt von der Außenwelt keine Notiz mehr.

Sie fahren auf die Kreuzung an der Stadtgrenze zu. Obwohl sie grün haben, stecken sie im Stau. Auch auf der Gegenfahrbahn gerät der Verkehr ins Stocken. Neben ihnen kommt ein blauer Toyota Corolla zum Stehen. Dem Toyota-Fahrer fällt der Kanzler auf, jetzt schauen alle vier Insassen auf den Kanzler, sie lassen die Fenster runter und machen Handyfotos. Der Kanzler widmet sich nach wie vor nur seinen Unterlagen.

»Glamser, wo sind wir da?«, reißt ihn Hansi aus seinen Gedanken. Auch der Kanzler schaut auf. Nun lächelt er verlegen in den Corolla.

»Gemeinde Lauterach, Kreuzung Arlbergstraße-Hofsteigstraße, kurz vor der Lauteracher Brücke über die Bregenzerach, gleichzeitig Grenze zu Bregenz und so ungefähr fünf Minuten vom Festspielhaus entfernt. Bei Stau 10 bis 15 Minuten«, antwortet Glamser wie bei einer Taxiprüfung. Das erste Mal seit Tagen, dass Glamser glaubt, in irgendeiner Form seiner Arbeit gerecht zu werden. Darauf wird er heute Abend nach der Tosca noch den einen oder anderen Subirer trinken.

»Fredl, wir haben 10 Minuten Verspätung, wir sind im Stau, sonst alles klar bei euch?« Hansi nickt und legt auf. »Alles im Lot. Der Landeshauptmann und sein Gefolge sind schon eingetroffen, der Bundespräsident auch schon.«

Plötzlich löst sich aus unersichtlichen Gründen aus der entgegenkommenden Kolonne ein gelbes Auto mit deutschem Kennzeichen und fährt direkt auf die Kreuzung und so auch auf ihren Wagen zu.

»Deckung, Kanzler!«, schreit Hansi und reißt zeitgleich den Politiker zu sich hinunter. Dieser liegt nun halb auf der Rückbank, seine Papiere sind zwischen sein Gesicht und Hansis Schenkel gequetscht. Hansi hält mit gestreckter Hand die Pistole gegen das auf sie zurollende gelbe Fahrzeug. Glamser hält seine Pistole ebenso im Anschlag. Von der Kreuzung zielen zwei Sicherheitsleute auf das verdächtige Auto. Menschen in den umliegenden Autos geraten in Panik und gehen ebenfalls in Deckung. Gedämpfte Schreie. Ein Einsatzwagen mit Blaulicht fährt dem verdächtigen Auto entgegen und bringt so den Wagen zum Stehen. Zwei Polizisten springen heraus und gehen hinter den geöffneten Autotüren in Position. Über ein Megaphon werden die Insassen nun aufgefordert, langsam das Auto zu verlassen und die Hände schön vom Körper weggestreckt zu halten. Das sind alles seine Jungs, denkt sich Glamser, alles Vorarlberger Bullen! Das erfüllt ihn mit plötzlichem Stolz, der ihm zugleich peinlich ist. Ein Seniorenpaar steigt aus, zitternd wie Espenlaub, beide halten die Arme senkrecht vom Körper gestreckt, als gäbe es dafür etwas zu gewinnen. Hansi bekommt einen Lachanfall und klopft dem Kanzler auf den Rücken. Langsam kommt der Kanzler aus der Deckung. Gleichzeitig löst sich der Stau auf. Der Kanzler putzt sein Sakko ab und setzt seine Brille wieder auf. »Hat irgendwer einen Spiegel? Ich glaube, meine Haare sitzen nicht mehr richtig«, antwortet der Kanzler. »Außerdem ist meine Füllfeder hinüber, die hat sich in den Sitz vom Glamser gebohrt.« Glamsers Herz pocht schneller. Immerhin hat sich der Kanzler seinen Namen gemerkt. Der Kanzler hält die abgeknickte Feder hoch, als wäre sie eine Trophäe. »Enrico Glamser, du kannst mich jetzt anzeigen, versuchter Mord!« Mit einer kurzen Verzögerung setzt Gelächter ein. Der Kanzler hat einen Witz gemacht.

Aus dem Blickwinkel eines Scharfschützen, der am Dach der Festspiele in Position liegt, erscheint der Käfig, der Bereich, in dem sich die Festspielgäste wohlfühlen sollten, und die vier Wege, die zu ihm führen, wie eine vierbeinige Krake. An jedem Weg sind Sicherheitschecks positioniert. Wie am Flughafen werden die Gäste mittels Metalldetektoren abgetastet. Der Blick in die Handtaschen ist obligat, zur Zählkarte wird der Pass oder Personalausweis zur Identifizierung verlangt und mit den Daten im Computer verglichen. Passt alles, darf der Gast durch den Sicherheitscheck, durch einen schmalen, vergitterten Gang kommt er in den Käfig, in das abgezäunte Areal der Festspiele.

Der Parkplatz ist aus Sicherheitsgründen gesperrt. Kein Auto darf hier parken. Eine Autobombe wäre das letzte, was man brauchen könnte. Ziemlich verwaist stehen zwei blaue Baukabinen, die hat man aufgebaut, um nötigenfalls eine Leibesvisitation durchführen zu können. Vor den Kabinen schlendert ein Polizist, er wirkt gelangweilt. Als neben ihm der Kanzler mit seinem Gefolge vorbeimarschiert, nimmt er Haltung an.

Drei Eingänge stehen den Gästen zur Verfügung, die sich für die Eröffnung die begehrten Zählkarten gesichert haben. In Schlangen stehen sie an und lassen das zeitraubende Prozedere über sich ergehen. Die Festspiele scheinen trotz Funbomber gut zu funktionieren, die Menschen stehen Kolonne. Genau so, wie es gestern der Kommandant vorausgesagt hat.

Für die geladenen Festgäste hat man einen eigenen Eingang geschaffen, an dem die Abwicklungen schneller vorangehen. Die Ausweiskontrolle wird hier durch eine Gesichtskontrolle ersetzt. Metallgegenstände werden von einer Dame in einen Warenkorb eingesammelt. Handys klimpern, Geldtaschen folgen, auch die Gürtel müssen ab. Glamser und seine Kollegen legen ihre Halfter mit den Pistolen dazu.

»Ich hab für diesen Moment extra fünf Kilo abgenommen, damit mein Bauch nicht aus der Hose hüpft«, scherzt der Kanzler und gibt seinen Gürtel in den Warenkorb. Die Security-Dame lächelt verlegen und geht einen Schritt zurück. Fotografen kommen gelaufen. Die Security-Dame wird gebeten, den Gürtel in ihre Hände zu nehmen und sich neben den Kanzler zu stellen. Ob die Dame nun will oder nicht, das ist egal. Die Bediensteten haben die Auflage bekommen, sich von ihrer freundlichsten Seite zu zeigen. Die ersten Blitzlichter, der Kanzler grinst in die Linsen und meint: »Vorschrift ist Vorschrift, das muss so sein, sonst könnte das schöne Fest hier nicht stattfinden.«

Ein Security-Mann mit einem Metalldetektor tritt in den Vordergrund und kontrolliert sie. Ihm steht das Unbehagen ins Gesicht geschrieben, dass nun eines wirklich passieren könnte, nämlich dass der Detektor ausgerechnet beim Kanzler ausschlägt und er ihn wie alle anderen Gäste auch zur Untersuchung in die Kabine bitten müsste. Hastig fährt er den Kanzler von oben bis unten ab. Wieder Blitzlichter. Der Kanzler strahlt. Der Detektor bleibt stumm.

»Das habe ich ja wohl brav gemacht, oder? Kein Piepserl. Das ist gar nicht so einfach, wenn man bei jedem Schritt in ein Fettnäpfchen treten kann, das können Sie mir glauben«, versucht er durch sein launisches Statement weiterhin die Stimmung aufzulockern. Die programmierten Lacher folgen.

Nach der Reihe bekommen sie ihre Wertgegenstände zurück. Sie passieren den Sicherheitscheck, wo sie von einem Festspiel-Mitarbeiter begrüßt werden.

»Willkommen bei den Festspielen, darf ich Sie nun alle bitten, mir zu folgen.«

Wie zu einem Boxring werden sie durch einen Korridor geführt, um zum Käfig vorzudringen. Die Wände des Korridors sind breitgittrig und nach oben hin geöffnet. Trotz aller Vorsichtsmaßnahmen wird versucht,

Offenheit zu signalisieren. Man hat auch nicht vergessen, außerhalb vom Käfig Freigetränke anzubieten. Das Wort Zweiklassengesellschaft sollte hier nicht fallen.

Der Kanzler klopft ab, manchmal schüttelt er Hände, Menschen fotografieren, rufen ihm etwas zu. Hansi und sein Kollege Fredl versuchen, den Kanzler anzutreiben. Sie wissen, dass dies einer der kritischen Momente ist. Unzählige Hände greifen durch die Gitterstäbe nach dem Kanzler, in einer könnte eine Pistole stecken. Ein Lachen, ein Händedruck, ein Foto, da ein schnelles Wort, dort ein Gruß. Die Menschen lehnen sich in die Gitter, doch sie werden von Hansi und Fredl zurückgedrängt. Der Kanzler kann ungehindert die letzten Meter passieren.

Hinter ihnen, beim Sicherheitscheck, kommt es zu einer lautstarken Auseinandersetzung. Ein Mann will unbedingt durch die Absperrung, er hat aber keine Zählkarte. Er tritt gegen die Absperrung, der Gitterzaun wackelt. Zwei Security-Spezialisten nehmen den Randalierer behutsam zur Seite. Nur keine sinnlose Gewalt. Die Situation darf nicht von innen heraus eskalieren.

Berlusconi schießt zurück! Forza Italia!

Die Luft im Käfig ist keine andere als außerhalb, auch der Boden ist derselbe, einzig die Gitterstäbe trennen sie von den anderen. Willkommen im Käfig, sagt Glamser zu sich selbst. Gerade haben sie den vierten Korridor auch für den »normalen« Besuch freigegeben. Die Menschen drängen um die besten Plätze in der neuen Warteschlange. Um den Käfig herum stehen Interessierte. Aber weniger, um zu schauen, ob etwas passiert, viel eher, um mitzubekommen, wie sich die Affen im Käfig benehmen. Im Käfig gedämpfte Stille. Außerhalb ist mehr los. Eine Würstelbude hat ihre Pforten geöffnet. Glamser riecht altes, erhitztes Fett, fast muss er sich übergeben.

Auf dem Hoteldach gegenüber liegen Scharfschützen, auf der Seebühne hinter der obersten Reihe patrouillieren sie und gaffen die Menschen im Käfig an. Im Keller des Festspielhauses sitzen Einsatzkräfte in voller Montur, um auf einen mit chemischen oder biologischen Waffen geführten Angriff vorbereitet zu sein. Alles stille Helfer, von denen man nichts erfahren wird, wenn sie nicht zum Einsatz kommen.

»Ich sehe was, was du nicht siehst, und das ist der Funbomber.«
»Was?!«
Glamser dreht sich um. Es ist Wolfgang.
»Nur ein kleiner Scherz am Rande. Wie geht's dir so?«
»Siehst eh«, antwortet Glamser. »Ich warte auf Befehle. Vielleicht muss einer der hohen Herren aufs Häusl, dann kann ich ihm den Weg weisen.«
»Das ist wirklich eine sehr attraktiver Job, Glamser!«, antwortet Wolfgang und grinst.
»Wart nur, bis es Abend wird, wenn der Bond kommt, ist die Hölle los, da wird es nicht mehr so einfach sein, den Weg aufs WC zu finden.«
Der Kommandant kommt in Glamsers Blickfeld und zündet sich eine Zigarillo an. Das hat er noch nie gemacht! Auch seine Miene zeugt nicht

gerade von Zuversicht. Glamser verabschiedet sich kurz bei Wolfgang und geht im schnellen Schritt auf den Kommandanten zu.

»Seit wann rauchst du?«

»Seit heute.«

»Und?«

»Mir war noch nie im Leben so schlecht. In Dänemark ist heute wieder eine dieser antimuslimischen Karikaturen erschienen!«

»Hätten die nicht auf morgen warten können?«

»Ja, es hat ja gar nicht anders sein können. Es war die letzten Tage zu ruhig. Um dem Funbomber vorzugreifen, lassen wir das dänische Konsulat in Feldkirch rund um die Uhr bewachen. So nebenbei sind wir gerade dabei, herauszufinden, welcher Supermarkt am meisten dänische Dorschleber und Schimmelkäse anbietet und dann muss uns noch jeder Vorarlberger Haushalt melden, wie viel Legosteine er denn besitzt … ha ha ha … Zum Glück gibt's bei uns keine Lego-World oder sonst etwas, was sich als Ziel auszahlen könnte, ich sag's dir!«

Bevor Glamser antworten kann, ertönt der erste Gong, die Festgäste flüchten ins Foyer. So schnell waren sie noch nie in der Vorhalle, denkt sich Glamser. Hundestaffeln kommen ihnen entgegen. Die Hunde bellen und wedeln mit ihren Schwänzen. Ein schwarzer Schäferhund winselt. Aufgeregte Ordner prüfen nochmals die Zählkarten und weisen das Publikum ein. Die private Security steht in Gruppen und tuschelt. Alle recken ihre Hälse, jeder will einen Promi als erstes erkennen, manche fotografieren. Glamser spürt den Nikotinentzug. Er spürt Nervosität.

Glamser sitzt in der fünften Reihe. Bis jetzt hat er sich die Eröffnungen immer am Vorplatz angehört, falls er überhaupt gekommen ist. In jeder Reihe sitzen zwei Sicherheitskräfte in Zivil, hübsch verteilt über den gesamten Bereich. In der dritten Reihe, genau vor ihm, sitzt Hansi, Handlos sitzt in der zweiten Reihe links außen, in der Mitte der fünften Reihe sitzt Müller.

Glamser sieht, wie Müllers Kopf leicht nach vor nickt. Müller pennt weg! Kein Wunder, die Klimaanlage scheint nicht ordentlich zu arbeiten, es ist verdammt heiß.

Der Festspielpräsident spricht über die 200.000 Gäste, die heuer zu den Festspielen erwartet werden. »… Sie schaffen die finanzielle Grundlage um den bekannten künstlerischen Weg weiter zu verfolgen. Und die Gäste kommen trotz und nicht wegen der Turbulenzen im Vorfeld«, beendet er seine Rede. Das Wort Terrorismus wagt er nicht in den Mund zu nehmen. Müller erwacht im Applaus für den Festspielpräsidenten wieder.

Der Bundespräsident eröffnet traditionell die Festspiele. Und er redet und redet.

»… Der Künstler als Demokrat muss immer wieder willens sein, der Aggression Grenzen zu setzen. Jedoch der Nährboden aller Kunst ist und bleibt ihre Macht, uns zu verzaubern, zu begeistern oder zu erschüttern. Künstlerische Ausdrucksweise und die Bereitschaft, sich von Kunstwerken in den Bann ziehen zu lassen, ist eine Grundvoraussetzung dafür. Diese Grundvoraussetzung mitzubringen, zeichnet eine demokratische und zugleich tolerante Gesellschaft aus … Kunst geht in die Tiefe und konfrontiert uns mit Fragen, die nur allzu oft verschüttet bleiben oder denen wir ausweichen. Ich bin allerdings überzeugt, dass Kunst auch Antworten geben kann auf Fragen, die sonst unbeantwortet bleiben oder erst gar nicht gestellt werden. Die Bregenzer Festspiele sind ein guter Ort, um tiefer liegende Fragen unserer heutigen Gesellschaft aufzuwerfen, Antworten zu suchen und auch zu finden. In gewissem Sinn ist dies auch das Thema hier im Vorfeld der Festspiele gewesen: Die Freiheit der Kunst darf durch nichts und niemanden gefährdet werden – auch nicht durch den Terrorismus!«

Tosender Applaus und Bravo-Rufe folgen. Der Bundespräsident schaut auf, seine Mundwinkel hängen schlaff herab, wie bei einem alten Hund. Er wartet, bis sich das Publikum wieder beruhigt.

Als er fortfahren will, steht ein Jugendlicher auf.

»Und was ist mit der Freiheit im Nahen Osten?!«, hallt es durch den Saal.

»Immer wieder diese scheiß Reden! Was ist mit der Freiheit im Nahen Osten!«, wiederholt der junge Mann seinen Satz noch einmal. Wie gelähmt starren ihn die Gäste aus den ersten Reihen an. So etwas haben sie noch nie erlebt – zumindest nicht die letzten 20 Jahre.

»Rote Tomaten für diese rote Politik!«, brüllt er. Ohne dass jemand begreifen kann, was hier abgeht, greift der Typ in eine Packpapiertüte, holt eine rote Tomate hervor und beginnt, Tomaten zu werfen. Der Junge hat einen guten Schuss. Die erste Tomate trifft den Bundespräsidenten an seinem Revers. Sie klatscht auf das Lesepult, der rote Fleck bleibt. Der Politiker auf dem Podium starrt ihn entgeistert an und weiß nicht so recht, was er sagen soll. Er bleibt stumm.

Ausgerechnet Berlusconi bekommt die zweite Tomate auf die Schulter, sodass sie ihm in den Schoß hüpft. Er steht auf, dreht sich um, wirft die Tomate zurück auf den Jugendlichen. Kopfschuss, Volltreffer. Eine ausgiebige Jubelpose, »Forza Italia, Forza Rossoneri!«, donnert er dem Jungen entgegen, der Applaus von seinen Mannen lässt nicht warten, bis Berlusconi die nächste Tomate trifft. Ohne abzuwarten greift er nun in den Tomatenbrei, schleudert ihn zurück und fordert seine Mannen auf, mitzukämpfen. Glamser ist fassungslos, sein Blick ist wie gebannt.

Die Security stürzt auf den Tomatenwerfer. Gleichzeitig steht ein weiterer Jugendlicher auf und schimpft: »Schwarze Rüben für diese schwarze Politik!« Binnen Sekunden stehen über zwanzig weitere Jugendliche auf und werfen mit blauen Feigen, grünen Paprika und orangen Karotten in die ersten Reihen, wo die Festgäste und so auch die Politiker sitzen. Sie halten schützend die Hände über ihre Köpfe. Einzig und allein Berlusconi und seine Mannen raffen Gemüse zusammen und schießen nach Leibeskräften und nicht ohne Spaß zurück.

Glamser traut seinen Augen nicht. Das Publikum klaubt das Gemüse auf und stürzt sich ebenfalls ins Gefecht. Von einer Sekunde auf die andere verwandelt sich der Festspielsaal in ein Klassenzimmer, die Festgäste verhalten sich wie Schüler in einer Klassenschlacht, denkt Glamser, die nicht wissen, wohin sie mit ihrer überflüssigen Energie sollen – es wird einfach nur noch geschossen, ohne zu schauen, vieles verfehlt das Ziel. Sie scheinen Gefallen daran zu finden, sich unvernünftig verhalten zu dürfen, sich einem herben Spaß hinzugeben, den sie sich nicht einmal im Traum erdacht hätten. Glamser bleibt gelassen und staunt. Er muss nicht unvernünftig sein, er hat heute immerhin schon sein Gartentor in Kleinholz verwandelt, das müsste reichen. Andere beschimpfen die Aktivisten, das dürften die Klassenstreber sein, amüsiert sich Glamser. »Das ist eine Schweinerei … wie kommt dieser Pöbel hier rein … einsperren … Knast … verhaften!«

Schlussendlich bekommt die Security die Situation in den Griff und zerrt die Jugendlichen aus dem Festsaal. Mancher Besucher verlässt die Eröffnung. Murrend nehmen die Italiener wieder Platz. Glamser steckt für sein Meerschwein eine Möhre in sein Sakko, die andere knabbert er selber an.

Es wird wieder ruhiger. Jetzt ist es still. Die Reihen haben sich sichtlich gelichtet. Der Bundespräsident bleibt trotz des Tomatenabdrucks auf seinem Sakko ungerührt – wie ein einfacher Klassenlehrer, denkt sich Glamser, der dem Treiben so lange zuschaut, bis den Aktivisten die Luft ausgeht und dann einfach im Stoff weitergeht. »Im Grunde ist es schade, dass hier Gemüse zweckentfremdet verwendet worden ist, jedoch sollte diese kleine Zwischeneinlage politisch interessierter Menschen den Parteien zu denken geben, denn so, wie ich das von meinem Platz auf dem Podium beurteilen kann, wurde hier Gemüse in allen politisch relevanten Farben kostenlos verteilt.« Einige Pfiffe, mehrere Besucher beginnen zu klatschen. Schlussendlich setzt ein breiter Applaus ein. Die Aktion war nicht unklug, denkt sich Glamser. Gemüse mit zur Eröffnung zu bringen, ist vielleicht ungewöhnlich, aber nicht verboten. Mit einem Sack Tomaten passiert jeder den Sicherheitscheck. Glamser schaut auf die Uhr. Jetzt

müsste bald die große Pause sein. Dann dürfen sie alle in den Hof.
Nach den Ansprachen ziehen sich die Politiker, die Gemüse abbekommen haben, in Sekundenschnelle um. Ihnen wurden dafür zwei Räume zur Verfügung gestellt. Die Sekretäre warten bereits mit frischen Anzügen. Einzig der Bundespräsident verweigert: »Mich hat jeder mit dem Farbfleck auf dem weißen Sakko gesehen, jetzt ist es ein Blödsinn, wenn ich mich umziehe. Außerdem gefällt mir der Fleck irgendwie«, meint er und verabschiedet sich in Richtung Käfig. Die anderen folgen ihm, je nachdem, wie schnell sie sich umziehen.

Die Politiker im Käfig müssen so tun, als gäbe es keinen Käfig. Aus Sicherheitsgründen wurden sie angehalten, mit den Schaulustigen an den Zäunen keinen Kontakt aufzunehmen. Damit dies nicht herablassend ausschaut, wird nun die aufspielende Militärmusik auch über die Lautsprecher übertragen, genau so laut, dass die Gäste innerhalb der Absperrung die Gäste außerhalb der Absperrung ignorieren können. Einige Politiker wurden jedoch von den Parteien dazu veranlasst, möglichst schnell den Käfig zu verlassen, um mit den Gästen außerhalb Kontakt aufzunehmen.

Jeder Schritt, den der Kanzler macht, ist besprochen. Zu Beginn ein Foto mit einer Familie in Bregenzerwälder Tracht. Danach einige Worte mit Passanten, die sich zufällig in der Nähe des Kanzlers aufhalten. Jetzt kommt der geplante Handshake mit seinem Amtskollegen aus Italien, der hat sich nicht vermeiden lassen. Unterdessen stürmen die Gäste das Buffet. Hinter großen Theken wartet das Catering-Team mit Leber und Püree, Currychicken und Reis sowie einigen leichten mediterranen Nudelgerichten auf den Ansturm der Festgäste. Als Nachspeise kann man zwischen Apfelkuchen oder Mohnnudeln wählen. Auf kleinen Tischen mit orangen Tischtüchern stehen Bier, Weiß- oder Rotwein, Mineral, Apfelsaft, Eistee oder Cola. Auch wurden zwei Kaffee-Bars eingerichtet. Die Stimmung steigt, die Menschen lachen, die Bundesheer-Kapelle spielt nach einer kurzen Pause wieder auf. Glamser ist überrascht. Nobel geht die Welt zu Grunde, könnte man sagen, wenn im Angesicht eines möglichen Attentats so geschlemmt wird. Andererseits glauben die Menschen nicht, dass etwas passieren wird, sonst wären sie ja nicht da. Und wenn doch? Dann hat man vorher wenigstens noch sein Henkersmahl gehabt, denkt Glamser. Plötzlich hat sich der Spieß umgedreht. Wer Gemüseflecken auf seinen Fetzen hat, war dabei. Der hat etwas zu erzählen. Die im sauberen Gewand sind unwichtig. Der Streber steht in der Ecke und isst seine Brötchen.

Nun kommt der Rundgang durch das Festzelt. Hansi macht dem Kanzler den Weg frei, er drängt die Leute förmlich auseinander. Neben dem Kanzler läuft ein Fernsehteam mit, das ihn beim wahllosen Begrüßen der Besucher filmt. »Der Tag, an dem der Funbomber doch nicht kommt«, müsste der Beitrag heißen, ätzt Glamser, der dicht hinter ihnen geht. Dieser Rundgang darf genau fünf Minuten dauern, danach wird sich der Kanzler ein Glas Weiß- oder Rotwein nehmen. Die Menschen wissen, dass er ein Genussmensch ist und den Wein schätzt, also muss er zum Glas greifen, ob er will oder nicht. Würde er zu einem Mineral greifen, würde er nicht gesellig genug wirken. Er wird sich aber keine Zigarre gönnen. Es ist bekannt, dass der Kanzler in besonderen Momenten an der Zigarre saugt. Dies könnte aber von den Medien als herablassend interpretiert werden. Falls sich dieser Rundgang ungeahnt in die Länge zieht, bleibt für das Nippen am Rotwein weniger Zeit. Für die Zeit nach dem Rundgang durch das Festzelt werden weitere zehn Minuten eingeplant. Dann geht es auf die Hohentwiel, einen alten Raddampfer, der die Festgäste traditionell von Bregenz nach Lindau und zurück bringen soll. Auf dem Schiff nehmen sie dann ihr Mittagessen ein. An sich wäre die Fahrt erst für morgen geplant gewesen, doch ist man bemüht, alle offiziellen Termine an einem Tag durchzubringen. Dieses Jahr wird nicht Lindau, sondern Friedrichshafen angefahren, die Rückfahrt endet nicht in Hard bei Bregenz, sondern in Lochau.

Der Rundgang wurde ohne Zwischenfälle absolviert. Jetzt kommt wie geplant eine Kellnerin mit den Erfrischungsgetränken auf den Kanzler zu. Der Kanzler greift wie besprochen nach dem Glas Weißwein, lächelt, hat für die Kellnerin ein paar nette Worte übrig, die Fotografen machen ihren Job. In den nächsten elf Minuten wird der Kanzler drei bis vier Mal am Glas nippen. Danach wird er das Glas unbeobachtet abstellen. Wenn das nicht möglich ist, wird er nach seinem Handy greifen und das Glas unauffällig seinem Sekretär reichen. Dies ist das Zeichen für den Abgang. Dann begeben sich die wichtigsten Gäste auf das Festschiff, und Glamser ist die nächsten vier Stunden von der Arbeit befreit.

Glamser bekommt einen Anruf vom Labor. Jetzt haben sie definitiv das Resultat. Die Obstschnitte, die er bei der Party vom Halbleiter-Neumann mitgehen hat lassen, ist tatsächlich schon über 24 Stunden alt gewesen, bevor sie den Gästen kredenzt worden ist. Die Tests werden auch vor Gericht als Beweismittel zugelassen, versichert ihm der Chemiker, da auf Grund der voranschreitenden Proteinzersetzung keine Zweifel aufkommen können. Glamser bedankt sich, bittet ihn, ihm den Bericht in die Kripo zu mailen und legt auf. Der Halbleiter-Neumann hat also gelogen, als er ihnen verklickern wollte, dass sie die Obstschnitte sehr schnell nach der Kunsthausferkelei gebacken haben. Beweisen kann er dadurch noch gar nichts, aber gut zu wissen ist es trotzdem.

Hansi und Glamser stehen ungefähr fünf Meter vom Kanzler entfernt.

»Ich will nichts verschreien«, spricht Hansi, »aber es schaut gut aus.« Glamser nickt, trinkt einen Schluck Mineral und aus seinem Augenwinkel entdeckt er seine Tochter und Mathias. Er nickt ihnen freundlich zu. Mathias zückt die Kamera und fotografiert Glamser. Sabine schaut wieder einmal bezaubernd aus, und ob er will oder nicht, Mathias ist in Ordnung!

»Und, auch noch Zählkarten bekommen?«

Beide nicken.

»Fein«, fährt Glamser fort, »ihr seht ja, was da los ist, ich muss wieder weiter.«

Sie verabschieden sich kurz, Glamser hat versucht, einen freundlichen

Ton zu treffen, in der Hoffnung, dass das als Verzeihung durchgeht. Er hat aber keine Zeit, darüber nachzudenken, denn Sekunden später greift der Kanzler nach seinem Handy und reicht dem Sekretär den Wein. The Party is over.

Kurz darauf befinden sie sich wieder im Innenraum des Festspielhauses. Die Klimaanlage funktioniert wieder, an Glamsers Beine kommt kühle Luft. Die Laune der Politiker und Meinungsträger, für die die Plätze am Schiff bestimmt sind, steigt nun an. Glamser geht durch die Menschenmenge, ohne sich umzuschauen. Ihn interessiert die Obstschnitte vom Halbleiter-Neumann mehr als Menschen, die glauben, nach einem gelungenen Vormittag sei alles wieder im Lot.

»Jetzt habe ich immerhin schon die Hälfte der Zeit überstanden.«

»Der Rest wird ja auch noch ohne weitere Zwischenfälle zu überstehen sein.«

»Gibt der Bond am Abend eigentlich Autogramme, mein Sohn will eines haben. Wenn schon nicht vom Funbomber, dann vom Bond.«

»Wenn du den Daniel fragst, kriegst sicher eines. Aber kommt der wirklich?«

»Egal, die Gemüsewerfer wird man verkraften können und überhaupt: Wie man selber jung war, war bekanntlich alles wilder!«

»Ja, eh! Faule Eier, Brandbomben, Suhle. Was dagegen ist schon frisches Gemüse?« Alle lachen. Was für ein ereignisreicher Tag.

Mit der Hand stimmt etwas nicht. Ihr fehlt der dazugehörige Körper.

Glamser steht auf der Seebühne und schaut der Hohentwiel nach. Die wenigsten Festgäste wissen, dass vor dem Nostalgiedampfer ein Mini-U-Boot der NATO für ihre Sicherheit sorgt, dass die zwei Polizeiboote, die sie links und rechts flankieren, wie für einen Kriegseinsatz aufgerüstet sind, dass der Luftraum bis Mitternacht gesperrt ist und dass, um die Sicherheit des Landes zu demonstrieren, gleich zwei Black Hawk Hubschrauber des österreichischen Bundesheers im Tiefflug über den Bodensee in Richtung Festspielhaus brettern werden. Neben Glamser stellt sich das regionale Fernsehen auf. Die Hubschrauber werden gleich kommen, heißt es, die Bilder wird man gut brauchen können, »weil wirklich los war ja nix!«

»Zum Glück«, antwortet Glamser, »weil sonst könnten eure Kollegen bereits über uns als Schmorbraten berichten«.

Zwei Pressefotografen gesellen sich zu ihnen. Die Hohentwiel tutet und am Himmel erscheinen nun zwei kleine schwarze Punkte, die sich in bedrohlicher Geschwindigkeit dem Festspielhaus nähern. Der Lärm der Hubschrauber ist binnen Sekunden nicht mehr zu überhören, und im selben Moment erscheint nun vor Glamser seine Gelbe Wand, und Starlight, das Mädchen mit den braunen Haaren weiß es!

»Heute schaffst du es, du musst!«

Immer mehr verliert sich die Realität um ihn, doch der eine Gedanke bleibt wie ein ferner Zuruf aus einer anderen Welt: »Geh durch die Gelbe Wand! Mach es!« Und Glamser setzt den Schritt.

Sirenen, kleine Explosionen, Flammenherde. Der Himmel ist rot, um Glamser herum lodert es. Glamser steht auf. Sein Hemd ist voller Blut. Auf seinem Sakkoärmel sind die breiigen Reste von einem Gehirn. Glamser wischt sich frischen Dreck aus dem Gesicht. Die bronzene Gottfried Bechtold-Skulptur am Festspielplatz ist mit einem dicken Blutstreifen überzogen, der an einem Arm endet. Der Arm umklammert die Skulptur, bloß fehlt zum Arm der Körper. Glamsers Hände sind mit Ruß und Betonstaub überzogen. Ein kleiner Windstoß facht das Feuer der umliegenden Flammenherde an, Glamser reckt es. Der frische Wind trägt den Brechreiz verursachenden Geruch von versengtem Haar und verbrannter Haut in sich. Intuitiv tastet er seinen Körper ab. Bei ihm ist noch alles dran. Eine weitere Explosion lässt den Bullen zu Boden gehen, er greift nach seiner Knarre und schaut auf. Die Fenster des Festspielhauses sind zertrümmert, sie sind nicht mehr als klaffende Löcher, aus denen Flammen schlagen. Das Festspielhaus brennt.

Glamser taumelt von einem Bühnenrand zum anderen. Menschen laufen wie panisch durcheinander und suchen nach Überlebenden. Es riecht nach verbranntem Fleisch, nach Kot und Urin. Manche sitzen am Boden und weinen.

»Mama, Mama, hast du meine Mama gesehen?«, jammert ein Mädchen und gibt Glamser instinktiv die Hand.

»Ich weiß nicht, wo deine Mama ist. Wie heißt du denn?«, fragt Glamser mit müder, verlorener Stimme nach.

»Rosa«, antwortet das Kind und schaut ihn nun mit großen blauen Augen an. Seine Augen sind absolut durchlässig. Hinter ihnen scheint es nichts zu geben außer einer kahlen Wüste. Von der Stirn bis zum Kieferansatz hat sich eine verkrustete Blutspur gebildet, die jede Mundbewegung mitmacht.

»Und meine Mama heißt Edith!«, spricht das Mädchen weiter, da von Glamser keine Reaktion kommt.

Glamser hockt sich zum Kind. »Such deine Mama weiter, ich schaue auch. Wenn ich deine Mama wo sehe, sage ich ihr, dass du sie suchst.« Das Kind beginnt zu strahlen. »Du, kann ich mir auf eBay auch eine neue Mama kaufen? Im Computer hat die Mama auch den neuen Papa gefunden!«

»Freilich«, antwortet Glamser. »Auf eBay kann man alles kaufen!«

»Hilfst du mir dann aussuchen? Ich will eine Mama mit blonden Haaren und blauen Augen haben. Meine Jetzt-Mama hat schwarze Haare.«

»Versprochen!«, antwortet Glamser, dem klar ist, dass er das Kind in dieser Situation nicht noch mehr verunsichern darf.

»Super! Dann kauf ich auch einen neuen Papa. Weil von dem komischen Papa, den sich die Mama im Computer ausgesucht hat, ist nur noch die Hand da!«, jubiliert das Kind, zeigt auf die Hand, die die Bronzestatue umklammert. »Dafür habe ich auch ein Geschenk für dich!«, spricht es und wirft Glamser sein Projektil zu, das den Ast vom Kirschbaum abschlug. Das Geschoß bleibt vor Glamser in Kopfhöhe schwebend stehen. Die Kleine hüpft nach ihrer Mama rufend weg, und verschwindet in einer Rußwolke.

Das Projektil spricht zu Glamser: »So lange du mich nicht fängst, vernichte ich alles Leben um dich!« Halbherzig greift Glamser nach dem Teil, doch es schwirrt wie ein lästiges Insekt in einem Comicstrip wieder ab. Tatsächlich feuert es da und dort einen Schuss ab. Glamser schüttelt den Kopf und wankt weiter.

Der Kanzler taucht vor ihm auf. »Enrico, Sie hätten mich schützen sollen. Ich kann Ihnen aber nur eines sagen, Sie haben Ihre Arbeit nicht ganz so toll erledigt, wie ich gehofft habe. Wenn Sie mir jetzt aber wenigstens Feuer geben könnten, wäre ich Ihnen dennoch sehr verbunden.« Glamser geht zwei Schritte auf den Kanzler zu und schaut um sich. »An Feuer scheint es hier nicht zu mangeln, Herr Kanzler«, antwortet ihm Glamser und betrachtet das Flammenmeer, als gerade die Augenwand, der wichtigste Teil der Seebühne, unter den Flammen zusammenbricht.

»Feuer haben wir schon, mir sind aber die Hände abhanden gekommen, um mich zu bedienen«, antwortet der Kanzler. Erst jetzt bemerkt Glamser, dass es dem Kanzler die Hände weggerissen haben muss. Er nimmt dem Kanzler die Zigarre aus dem Mund, zündet sie an und steckt sie ihm wieder zwischen die Zähne. »Es tut mir leid, dass ich Sie nicht besser schützen habe können«, antwortet Glamser.

»Das spielt ja überhaupt keine Rolle«, antwortet der Kanzler. »Ich kenne das aus der Politik. Man versucht alles und scheitert doch. Ich hab mir einen Spruch über mein Nachtkästchen gehängt, der lautet: Die Politik ist der Spiegel der Gesellschaft. Den lese ich mir jeden Abend vor dem Hinlegen vor. Dann lebt es sich schon leichter.«

Glamser nickt.

»Vielleicht finden wir an der Bar noch was zu trinken, Herr Kanzler? Mein Rachen brennt und außerdem ist es so schrecklich heiß.« Der Kanzler lässt den Zigarrenqualm aus seinem Rachen steigen.

»Trinken ist immer gut, Glamser. Ein Schluckerl in Ehren kann nicht einmal der Kanzler verwehren. Übrigens, kränken Sie sich nicht, das ist nicht gut für's Gemüt. Ein ganz Berühmter hat's auch nicht geschafft, uns zu schützen«, spricht der Kanzler und blickt auf einen verschmorten Brocken am Boden. Aus dem Brocken wächst ein Arm, wie ein dunkler Ast. In der Hand hält er einen Colt. Der Kanzler fährt mit seinem Schuh unter den verschmorten Brocken und dreht ihn um. Nun sieht Glamser die andere Seite der Pistole. Auf dem Lauf ist 007 eingraviert.

»Um den ist eh nicht schade«, spricht der Kanzler ambitionslos. »Der ist aus der Mode gekommen. So wie wir alle, die ganze Politik ist aus der Mode gekommen.«

»Stimmt«, pflichtet ihm Glamser bei, will sich aber nicht auf die Politik einlassen. »Einem Bruce Willis wäre das nicht passiert.« Der ist zwar auch nicht mehr der Jüngste, aber der hätte das noch hingebogen. Aus einem für Glamser nicht ersichtlichen Grund beginnt der Kanzler zu lachen, bis ihm die Lunge rasselt. Dabei rudert er mit seinen handlosen Armen wie ein Kleinkind.

»Der Kommissar Rex mit seinem depperten Herrl würde erst jetzt kommen, wo schon alles zu spät ist! Der Kottan hätte sich aus einem Puff nicht wegreißen können, alles im Arsch, Glamser!« Deshalb hat er also gelacht, denkt sich Glamser. »Vielleicht könnte ja der Marek Miert kommen, der weiß mit solchen Ideen umzugehen«, antwortet er ihm.

Sie stapfen zusammen durch den Schutt, steigen über Leichen. Er schaut nochmals in die Ferne. Er sieht zwei Menschen Hand in Hand fortgehen. Seine Tochter und Mathias, an ihm baumelt sein Laptop, sie hält eine Zigarette in der Hand. Er will ihnen noch etwas nachrufen, doch bemerkt er in dem Moment, wo er bereits zum Rufen angesetzt hat, dass er nicht weiß, was er ihnen nachrufen sollte.

»Man muss die Kinder ziehen lassen, wenn sie im richtigen Alter sind, Enrico. Wenn Ihnen nicht der passende Satz zum Abschied einfällt, winken Sie einfach. Da macht man nichts falsch.« Glamser befolgt den Ratschlag und winkt ihnen nach. Die beiden drehen sich um und winken zurück.

Plötzlich bemerkt Glamser, dass der Kanzler seine Hände gefunden haben muss, sonst könnte er ihm ja nicht das Bier entgegenhalten. »Enrico Glamser, ein Bier für Männer wie uns!«, spricht der Kanzler und lächelt ihn an.

»Erstens heiße ich Erich und nicht Enrico, und zweitens waren wir gestern schon einmal per du«, antwortet Glamser, anstatt sich für den kühlen Tropfen zu bedanken. Er nimmt das Bier entgegen und trinkt einen Schluck. Ganz nebenbei erhebt er sich in die Lüfte und holt das Projektil wie ein Catcher im Baseball hinunter. Der Kanzler nickt bewundernd.

»Na endlich!«, ist auch Starlight zufrieden, die aus dem Nichts auftaucht.

»Kanzler, eine Frage habe ich noch, wo trifft man seine Kinder wieder?«

»Am besten in einer anderen Welt«, antwortet der Kanzler, Starlight schnippt mit ihren Fingern, der Kanzler verwandelt sich in einen Barkeeper, und der Bulle findet sich nun im Garten seiner Traumvilla wieder, in dem alles grünt, so grün, wie er es noch nie gesehen hat.

»Selbstverständlich heißen Sie Erich und nicht Enrico, Herr Glamser, diesen Spaß, Ihren Vornamen zu verwechseln, würde ich mir niemals erlauben.«

Erst jetzt bemerkt Glamser, dass er eine Fernbedienung in der Hand hält, er drückt den grünen Knopf, und das topmoderne Gartentor öffnet seine Pforten. Durch das Tor schreitet seine Tochter mit ihrem Verlobten. Sie raucht und er hält einen Laptop in der Hand. »Hi Paps, du solltest doch nicht immer mit dem Gartentor spielen, wenn Gäste kommen«, ermahnt sie ihn, er nickt verständnisvoll und klopft seinem zukünftigen Schwiegersohn auf die Schulter. Dieser überreicht ihm eine Flasche Bordeaux und versichert ihm, dass er nirgends auf der Welt lieber ist als auf seinen Gartenfesten. Er will gerade das Gargentor schließen, da hört er das Knattern eines Motorrads. Sein Sohn trifft mit einer schweren Maschine ein. Auf dem Rücksitz sitzt Starlight. Sie nimmt ihren Helm ab und wirft ihn Glamser zu. Glamser fängt ihn mit einer Hand, doch er verschüttet dabei sein Bier – und öffnet seine Augen.

Die Sonne steht im Zenit und brennt ihm ein Loch in den Schädel. Glamser sitzt gottverlassen auf einem Stuhl inmitten der gleißenden Festspielanlagen und hält ein Bier in der Hand. Auf seiner Stirn perlt der Schweiß. »Ich hab dir immer gesagt, zum Trinken soll man die Augen und den Mund öffnen, Glamser«, spricht Wolfgang.

Glamser hat keine Ahnung, wie er auf diesen Platz gekommen ist, er weiß nur, dass er gerade in seinem Feuertraum die Bregenzer Festspiele abgefackelt hat. An den zweiten Teil seines Traums kann er sich nicht erinnern.

»Manchmal glaube ich, dass ich einen Sohn habe, und überhaupt ist alles ganz anders«, antwortet er Wolfgang und trinkt einen Schluck. »Ich weiß nicht, wie ich jetzt auf die Idee komme, aber irgendwo auf einem anderen Stern, dort fährt mein Sohn gerade Motorrad.«

»Und sonst, geht's dir noch gut, ja?«

»Ja, als ich durch meine Gelbe Wand gegangen bin, sind gerade die Festspiele in die Luft geflogen. Wahrscheinlich wieder eine andere Welt.«

»Nicht schlecht«, antwortet Wolfgang. »Haben wir überlebt?«

Glamser nimmt einen Schluck Bier. »Sonst würden wir ja nicht hier sitzen.«

»Wie heißt du eigentlich in deinen anderen Welten, auch Erich Glamser? Heißt Erich auf Englisch nicht Eric?«

»Manche nennen sich in Amerika Eric, weil dann das ch wegfällt. Du hast mich übrigens auf eine blendende Idee gebracht. Ich muss jetzt!«

A fellow, called E. Glam.

Warum ist er nicht schon längst auf die Idee gekommen, fragt sich Glamser – das gibt es doch nicht! Er fährt den Computer hoch, daneben wechselt er die Streu im Meerschweinkäfig. Das ganze Zimmer riecht schon wie ein einziger Zoo. Er öffnet den Käfig, gibt Mini kurz auf den Boden und stellt das Gitter über sie, damit sie ihm nicht entwischen kann. Er klopft die feuchten Holzschnipsel in den Restmüll, stellt die Käfigwanne für kurze Zeit unter die Brause, trocknet sie mit Küchenkrepp ab, schüttelt neue Streu in den Käfig, wechselt das Wasser und setzt Mini wieder hinein. Diese dreht sich drei Mal im Kreis und hoppelt zu ihrem Häuschen zurück. Immer wieder schaut Glamser auf seinen Computer, doch dieser scheint alle Zeit der Welt zu haben. Er wirft einen Blick auf die Uhr. O.k., das geht sich alles aus, ohne mit dem Kommandanten Stress zu bekommen. Die Sitzung beginnt erst in einer halben Stunde.

Er geht ins Internet, in Google, und gibt folgende Namen ein. »Eric Glamser«. Er schnauft, fehlgeschlagen. Keine Hinweise. Und nun zu dir, mein Freund Mathias Neumann alias Matthew Newman! Bingo! Also, da hätten wir einen Zahnarzt in Colorado … einer ist auf der Uni in Washington tätig … einen Techniker bei Ford Motor Company in Detroit … einen Matt Newman, Designer bei HP … überhaupt scheinen die Matt Newmans gegenüber den Matthew Newmans zu dominieren. Glamser starrt auf die Wand hinter dem Computer, er spürt, dass er sehr knapp an etwas dran ist, aber er kann die Nuss nicht knacken. Ein neuer Versuch: Matthew Newman, Writer. Nichts, die Resultatseite bleibt gleich. Einen Versuch hat er noch! Matt Newman, Writer, Author, Novelist. Und, na bitte, Sesam öffne dich! Matt Newman. A Crime Story. www.mattnewman.crimes.com. Und Glamser staunt nicht schlecht!

Police Inspector E. Glam – The man who fights the Action-Bomber!

Ein hübscher Blog, in dem er, Erich Glamser alias Police Inspector E. Glam, der Hauptdarsteller ist. Feine Bilder mit Bildunterschriften und kurzen Absätzen im Blog-Format. Eine Art Fortsetzungsroman in Bildformat mit Realitätscharakter. Glamser geht die Bilder im Schnellverfahren durch.

Das erste Bild: Erich Glamser im Spital, das Foto muss Mathias gemacht haben, als er noch jenseits von Gut und Böse war … das zweite Bild, er, wie er mit dem Kobra-Bullen aus dem Auto heraus schimpft … drittes Bild: die Kobra-Bullen am Dach … das vierte, wie er die Absperrung missachtet und auf den Koffer am Bahnhof zugeht, das fünfte, wie er den militanten Jungen fertigmacht … wie er unter der Farbfontäne beim Kunsthaus steht, er mit der Knarre … und so weiter. Und immer wieder auf der Suche nach dem Terroristen, dem Action-Bomber. Ein hübscher Blog mit ihm als Helden. Police Inspector E. Glam. Sogar von heute sind zwei Fotos drin. Inspector E. Glam, wie er mit dem Pistolenhalfter dasteht, den er nach der Kontrolle bei den Festspielen wieder an sich nimmt, auf dem Bild ist noch der Kanzler unscharf im Vordergrund zu sehen, und dann, wie er mit Hans dem Kanzler den Weg durchs Gedränge frei macht. Er hat gar nicht bemerkt, dass Mathias und seine Tochter schon so früh im Käfig gewesen sind. Dazu noch Bilder von der hübschen Tochter des Inspector E. Glam, an dem Abend fotografiert, an dem er beim Neuper war, aufgenommen auf der Terrasse des Hauses, in dem er gerade sitzt, viel schöner, als es in Wirklichkeit ausschaut, vielleicht verschönert auch das Kaiserwetter den Gesamteindruck. Und dazu massig Einträge von Besuchern. Manche hassen ihn, manche lieben ihn, so wie das halt in einem Blog ist. Er klickt einen Beitrag an: »Glam, der alte Sack, der schafft das nie!« Und der nächste antwortet: »Abwarten, der rollt den Fall schon noch auf. Der Alte ist echt abgefahren!« Und ansonsten Fragen über Fragen: Wie wird die Story ausgehen? Geht sie nach dem Festspielauftakt weiter? Und über allem steht die Frage: Who the Fuck is Action-Bomber?! Glamser blickt auf die Uhr. Er muss sich beeilen, in zehn Minuten ist das Meeting!

Er schnappt sich noch den Restmüll und stellt ihn neben das niedergefahrene Garagentor. Der wird morgen abgeholt. Wenn er schon in der ganzen Gasse wegen dem niedergefahrenem Zaun von sich reden macht, sollen seine Freunde wenigstens auch ein Wörtchen zur Verteidigung haben: Glamser hat immerhin den Müll rausgestellt. Ordnung muss sein, es hilft halt nix. Und Herta wird zumindest in diesem Punkt mit ihm zufrieden sein.

Er springt ins Auto und ist beschwingt. Ihm gefällt das, wie Mathias arbeitet. Glamser ist Glam, der Funbomber wird zum Action-Bomber und Bregenz wird von Mathias Brigantium benannt, mit dem historischen, lateinischen Namen für Bregenz. So kann er sicher sein, dass er mit seinem Blog im Suchraster der Bullen nicht hängenbleibt. Glamser grinst schelmisch und trommelt mit seinen Daumen aufs Lenkrad. Zum einen findet er Inspector E. Glam ziemlich cool, dass das so ist, muss er ja jetzt nicht gleich jedem auf die Nase binden. Zum anderen hat er den richtigen Riecher gehabt: Der Junge hat mit seinem Computer etwas vorgehabt, jetzt hat er den Beweis! Und außerdem: Mathias scheint ihn ja wirklich ganz gern zu haben, er wird sich bei dem Jungen entschuldigen müssen, dass er ihn vor einigen Tagen mehr oder minder vor die Tür gesetzt hat. Tja, dagegen ist halt rückwirkend nix mehr zu machen. »Inspector E. Glam!«, Glamser strahlt übers ganze Gesicht. Ein Foto gefällt Glamser besonders. Auf dem sind er und der Kommandant abgebildet. Die Bildunterschrift lautet: »Glam gibt seinem Stellvertreter die nötigen Befehle.« Vielleicht gibt es doch noch die Möglichkeit für ein Happy End. Glamser schickt dem Jungen eine SMS.

Die Sitzung ist zermürbend. Es ist unerträglich heiß. Glamser nimmt nur nebenbei wahr, dass am ehemaligen Grenzposten zu Deutschland gewaltbereite Jugendliche festgenommen worden sind – aber weit und breit kein Funbomber in Sicht. Glamser ist nicht bei der Sache. Er hat sich gerade den Bericht aus dem Labor ausgedruckt. Die Obstschnitten waren über 24 Stunden alt, als sie serviert wurden. Er lässt sich nochmals die Sätze vom Halbleiter-Neumann durch den Kopf gehen: »... Aber trotz allem, was passiert ist, glaube ich nicht, dass man dem Funbomber ohne Spaß entgegentreten soll ... dass unsere Mehlspeise mit dem

Kunsthaus eine gewisse Ähnlichkeit hat, soll kein Zufall sein, sehen Sie es als kleines aktionistisches Kunstwerk, das wir uns am späten Vormittag haben einfallen lassen … und vergessen Sie nicht, es könnte Ihre letzte Vorstellung sein.«

Und trotz allem ist es nur ein Indiz dafür, dass der Neumann etwas von der Kunsthausferkelei gewusst haben kann. Vielleicht hatte der Obstkuchen zufällig die Farbe Rot. Auch dass der Alte ein Kopfgeld auf das Aufgreifen des Funbombers ausgesetzt hat, muss nicht mehr als eine blöde Spielerei sein. Noch einmal geht er die Bilder von Mathias durch. Jede Blogeintragung, die nicht direkt mit Carotin A zu tun hat, schiebt er zur Seite. Zurück bleibt das Bild vom Kunsthaus, wo er unter der roten Fontäne steht. Wie hat Mathias wissen können, dass ausgerechnet beim Kunsthaus etwas abgeht? Er muss also wo eine Quelle haben. Ist diese Quelle sein Vater? Hat ihn Mathias nicht eindringlich auf die Parallelen vom ersten Mail und dem Bekenntnisschreiben wegen der Reisetasche am Bahnhof hingewiesen? Und steht vielleicht auch gar nicht so zufällig das Wort ‚Brunzer' unter dem Türschild bei den Neumanns? Vielleicht wollte ihm der Junge eine Fährte legen, weil er seinen Vater hasst.

Alles schön und gut, aber was ist, wenn er falsch liegt? Dann hat er sich nicht nur vor seinem Chef blamiert, sondern ganz sicher bei seiner Tochter ausgeschissen. Den Vater des Freundes der Tochter zu verdächtigen, das macht sich in seinem Fall nicht gut. Jedoch spielt sich im Hause Neumann sehr viel Zufälliges ab. Und wenn er Recht hat, dann ist sogar seine Tochter in Gefahr. Denn, was will der Halbleiter-Neumann noch alles provozieren, um »aufzufallen«? Und auf welcher Seite steht Mathias nun wirklich? Das würde Glamser gerne wissen. Nochmals kommt ihm Neupers letzter Satz in den Sinn: »Und vergessen Sie nicht, es könnte Ihre letzte Vorstellung sein.«

»Bingo!«, schreit Glamser und zieht damit die erstaunten Gesichter seiner Kollegen auf sich. Hat wohl nicht zum Thema gepasst.

Auch Bond ist nur ein Mensch!

Abend. Festspieleröffnung. »Na, Gastritis überstanden?«, versucht Glamser, Mathias gleich von Anfang an Versöhnung zu signalisieren. Mathias lächelt ihm freundlich zu und streckt ihm zur Begrüßung die Hand entgegen. »Danke, dass ich doch noch mitgehen darf! Ich soll Ihnen auch liebe Grüße von Ihrer Tochter ausrichten, Sie wünscht uns viel Glück und Erfolg und ist unterdessen bei Herta. Es soll ja in den Nachrichten eine große Übertragung geben.«

Glamser will auf Nummer Sicher gehen. So lange er sich nicht tatsächlich über die Machenschaften der Familie Neumann im Klaren ist, weiß er seine Tochter lieber in Sicherheit. Er wendet sich kurz von Mathias ab und ruft bei sich zu Hause am Festnetz an. Sabine hebt ab und Glamser bittet sie, nachzuschauen, ob Mini genug Wasser zum Trinken hat. Glamser spürt, dass sich die Stimmung zwischen ihnen normalisiert hat. Er bedankt sich, und ohne einen Verdacht zu schöpfen legt sie auf.

Mathias hat also nicht gelogen, stellt Glamser zufrieden fest. Abgesehen davon hätte er den Jungen fast nicht wieder erkannt. Seine Haare sind struppig geschnitten und auch seine Hornbrille ist verschwunden. Steht ihm gut, denkt sich Glamser. Seine Tochter hat eben einen positiven Einfluss.

Kaum ist sich Mathias Glamsers uneingeschränkter Aufmerksamkeit gewiss, beginnt er über die Tosca zu reden, dass er vor zwei Jahren in Rom war, natürlich die St. Andrea della Valle besucht hat, die Kirche, wo der Angelotti von seiner Schwester versteckt wurde, die Engelsburg mit dem Verlies und der Plattform, und natürlich die Engelsbrücke, von der aus die Tosca in die Tiefe springt. Ja, denkt Glamser, klar, vermutlich macht man das so. Er nickt dem Jungen anerkennend zu. Glamser war auch in Rom. Er hat sich das Stadio Olimpico di Roma angeschaut, in dem der AS Roma und Lazio ihre Heimspiele austragen. Das Kolosseum auch. Kirche war keine dabei.

»Komm, wir müssen etwas näher zum Kanzler, wer weiß, was heute noch alles passiert«, unterbricht Glamser den Redeschwall des Jungen. Wie Sabine es mit so einem Plappermaul aushält, weiß er nicht, aber bitte, auch das ist ja nicht sein Problem.

»Wo sitzen wir denn?«, fragt der Junge nach, als sie gerade Opernbesucher sehen, die ihre Eintrittskarten studieren, um zu wissen, welchen Eingang sie zu ihrem Sektor wählen müssen.

»Sitzplätze haben wir keine, wir werden hinten am Rand wo stehen«, antwortet Glamser.

»Ist mir auch recht, so haben wir wenigstens den Überblick, falls wirklich was passiert. Glauben Sie, es passiert noch was?«

»Nö«, bleibt Glamser wortkarg. Es wäre der falsche Moment, um Mathias in die Enge zu treiben.

Glamser bekommt eine Info-SMS von der Zentrale: »Die Menschenansammlung hat sich gegenüber dem Vormittag verdoppelt. Mittlerweile haben sich auf dem ganzen Umfeld bis hinüber zum Molo über 10.000 Menschen eingefunden, davon 4.000 im Käfig. In der Stadt sollen nochmals an die 3.000 Schaulustige sein. Auch in Lochau und in Hard kommt es am Seeufer zu Ansammlungen. Bis jetzt noch keine Probleme, die überfüllten Parkplätze wurden bereits gesperrt. Widerrechtlich abgestellte Autos werden sofort abgeschleppt. Bis jetzt keine Zwischenfälle.« Glamser klappt sein Handy zu.

Wenn der Funbomber sieht, wozu er im Stande ist, wird er sich hüten, einen Anschlag zu machen. Das ist sein »Kunstwerk«. Das kann er doch nicht zerstören wollen. Plötzlich geht durch die Menge ein Raunen, ein Schreien, ein Aufjaulen: »Daaaaanieeeellll!« »Daaaaanieeeellll!«. Über Lautsprecher wird das Thema der Titelmusik des Action-Films kurz eingespielt, der berühmte Riff, zwei Mal hintereinander, gerade so, dass man auf den Mann reagiert, der gleich den Käfig betreten wird, ihn aber nicht zu sehr abfeiert. Und jetzt geht es wirklich los!

Daniel betritt die Arena und wird von sechs Security-Männern abgeschirmt. Sein schwarzer Anzug sitzt perfekt, dazu hat er einen weißen Schal umgehängt. Glamser klopft auf seinen Bauch. Er will sich ja nicht aufregen, aber so ein durchtrainierter Körper, das wäre schon was. Aber bitte, wenigstens kann er sein Leben genießen und muss nicht im Fitnessklub sinnlos Gewichte in die Höhe stemmen. Daniel dreht sich um, winkt kurz seinen Fans zu, lässt dazu ein eisiges Lächeln über sein blasses Gesicht huschen. Wieder geht ein Jaulen durch die Massen, und dann passiert das, womit im Grunde keine Sau gerechnet hat.

Bond liegt am Boden! Glamser begreift nichts. Niemand begreift etwas. Kein Schuss, nichts, doch Bond liegt am Boden! Totenstille. Die Leibwächter verharren wie gelähmt. Dann eine schrille Frauenstimme aus dem Abseits hinter den Gittern: »Daaaanieeel!« Sie beginnt, an den Gittern zu rütteln. Menschen beginnen, sich zu bewegen. Ein zweites Mal. »Daaaanieeel!« Daniel rührt sich. Er stützt sich mit den Händen vom Boden ab. Ein Bein hängt nach, als ob es lahm wäre. Als ob man nun in doppelter Geschwindigkeit die verlorene Zeit wieder einholen müsste, stürmen die Fotografen auf Daniel zu. Ein Blitzgewitter geht auf den ultrasmarten Herrn im schwarzen Anzug nieder, sogar Mathias macht einige Fotos. Andere filmen oder fotografieren mit ihren Handys. Außerhalb des Käfigs kreischt die Menschenschar, vor allem die Damen. Der Zaun droht zu kippen, die Bullen halten dagegen. Glamser reißt seinen Kopf herum. Hinter einem Gitter bei der Seeseite der Festspiele stehen Bullen, sechs Mann in Folge. In den Händen zwei Wasserwerfer. Mit denen kommen sie über 100 Meter! Der Kommandant hält sie im Visier, Glamser sieht ihn wild gestikulieren: »Jetzt nur nicht über das Ziel hinausschießen! Keine Gewalt an Zivilisten!«

Die Bodyguards verhalten sich konfus. Sollen sie nun dem Action-Star helfen oder ihn abschirmen? Zwei kümmern sich um Daniel, die anderen versuchen, die Fotografen zu verscheuchen, doch zu spät, die für einen Actionhelden nicht gerade PR-förderlichen Fotos wurden bereits geschossen und werden sich morgen sicher auf den Boulevardseiten der Weltpresse wiederfinden. Die Bodyguards greifen Daniel schnell unter die Arme, im selben Moment rutscht seine dunkle Sonnenbrille vom Kopf, fällt zu Boden und bringt das schmerzverzerrte Gesicht noch besser zur Geltung. Abermals folgt eine Foto-Salve, während sich in einigem Toleranzabstand bereits eine Menschenansammlung gebildet hat. Wieder filmen sie, wieder schießen sie Erinnerungsfotos. Ein Action-Star flachgelegt! Keiner sagt ein Wort, die Blicke zeigen Neugier und Verachtung. Hat man das schon jemals erlebt? Im Gegensatz dazu tobt hinter den Gittern eine Meute hysterischer Fans. Die Einsatzkräfte haben sich mittlerweile zu den Hardcore-Fans in den ersten Reihen durchgearbeitet. Sie trennen nun die Hände der Fans von den Gitterstäben, bilden eine Menschenkette vor dem Gitter.

Daniel humpelt. Im selben Moment gehen die Türen im Festspielhaus auf. Zwei Security-Mitarbeiter deuten den Besuchern mit abweisenden Handflächen, dass sie noch keinen Zutritt haben. Im Eilzugstempo wird er ins Festspielhaus gebracht. Daniel ist mit seinen Bodyguards hinter den Türen verschwunden. Die Türen schließen sich wieder. Das Gekreische im Publikum nimmt abrupt ab. Fotografen kontrollieren ihre Bilder auf den Displays, Festspielbesucher belustigen sich an ihren Videos und Handy-Fotos. Journalisten schreiben sich Notizen in ihre Notizblöcke oder telefonieren mit ihren Redaktionen. Die Bullen im Hintergrund legen die Wasserwerfer zur Seite. Kein Sanitäter, keine Sirenen, keine Rettungswagen. Glamser atmet durch. Der Sturm im Wasserglas hat sich für's erste gelegt.

»Was war das jetzt genau?«, fragt Glamser nach.

»Daniel ist über seine Schnürsenkel geflogen«, antwortet Mathias und zeigt ihm zum Beweis einen kleinen Film, den er mit seinem Fotoapparat aufgenommen hat.

Tosca.

Sonnenuntergang. Über Deutschland schwebt ein graublaues Wolkenband, in das nun die Sonne eintaucht und den Horizont violett erscheinen lässt. Und auf der Bühne ragt das Riesenauge. Ein einprägsames Panorama, das den Gästen lange in Erinnerung bleiben wird. Die Konzertmusik aus dem Graben ertönt, ein an den Handgelenken gefesselter Cesare Angelotti betritt die Bühne. Der Konsul ist aus dem Verließ der Engelsburg ausgebrochen, auf der Flucht und in Panik. Er muss die Schlüssel finden, die seine Schwester für ihn hier in der Kirche versteckt hat. Glamser genießt die Bilder, während sich der vorhin aufgebaute Druck langsam verliert. Die Arena ist randvoll, die acht Plätze, die für den Action-Star freigehalten wurden, sind nun von Mitarbeitern der Festspiele besetzt. Der Filmschauspieler ist auf alle Fälle nicht da, keiner kann mehr der Tosca die Show stehlen, außer …

Mit jeder fortschreitenden Minute sinkt das Risiko, dass etwas passiert. Im Hintergrund schleichen die Polizeiboote, klar, aber die fallen jetzt niemandem mehr auf. Auch an die Bojen, die die Festspiele vom übrigen See abgrenzen, hat man sich längst gewöhnt. Glamser sinniert. Vermutlich nimmt man auch einmal einen Krieg als gegebene Realität hin. Irgendwann wird eine jede extreme Situation dem Alltag untergeordnet. Cesare Angelotti verschwindet nun in der Kapelle und erhält einen nicht eingeplanten Szenenapplaus. Das Publikum weiß, wie schwierig es ist, sich unter den gegebenen Umständen überhaupt auf die Bühne zu wagen – immerhin, wenn es einen großen Knall macht, könnte es die letzte Vorstellung des Sängers sein, und dieses Engagement für die Kunst muss honoriert werden, noch dazu, wenn man sein ganzes Können einsetzt.

Der Szenenapplaus hält an. Er verstärkt sich sogar. Niemand hätte gedacht, dass die Kinder mit dem Messner als Statisten auftreten! Bis jetzt war von Erwachsenen die Rede gewesen, die die Kinderrollen übernehmen werden. Die Überraschung ist geglückt. Auch Glamser klatscht mit. War er bis jetzt reserviert, zollt er nun den jungen Menschen seinen

Respekt und schließt sich dem Applaus an. Nein, heute wird nichts mehr passieren, denkt er sich. Eltern haben ein gutes Gespür, die würden ihre Kinder nicht auf die Bühne lassen, wenn sie einer tatsächlichen Gefahr ausgesetzt wären.

Glamser wirft einen Blick zurück auf den Festspielplatz. Gingen vorher noch die Wogen hoch, ist jetzt alles verstummt. Auf einer großen Leinwand verfolgen die Menschen außerhalb vom Käfig die Tosca mit. Manche lehnen an der Bar, manche sitzen in der Wiese. Viele haben sich sogar Picknick-Decken mitgebracht, da es am Abend kühl und feucht werden kann. Hektik und Anspannung scheinen sich in Luft aufzulösen. Glamser bekommt eine SMS von der Leitstelle: »Daniel Sehneneinriss! Wohnt Premiere nicht teil. Sofort auf Schiff und in Richtung Schweiz nach Rohrschach geführt. Den sind wir los! Super! Übrigens: Es war ein Double. Er hat auf bayrisch geflucht.«

Glamser zeigt Mathias die SMS. Dieser lächelt ihn an. Glamser spürt, wie dankbar ihm der Junge ist, dass er ihn mitgenommen hat. Der Inspector E. Glam kommt ihm wieder in den Sinn, allein der Gedanke treibt ihm Röte ins Gesicht. Zu gerne würde er jetzt an einer Fluppe saugen, aber das geht halt nicht, er muss es anders schaffen, mit seiner Verlegenheit fertig zu werden. Noch einmal geht er im Kopf die Blogbeiträge des Jungen durch. Hängen bleibt er abermals beim Bild mit dem Kunsthaus. Das ist der Knackpunkt! Das Bild, das Mathias alias Matthew Newman von ihm beim Kunsthaus schoss. Das rote Kunsthaus, sinniert Glamser … das rote Kunsthaus … während die Tosca an den Toren steht und ihren Mario ruft und tatsächlich mit einem fast schon für Popstars üblichen Applaus begrüßt wird. Klar, die Sängerin ist als einzige Künstlerin persönlich bedroht worden, sie wollte alles hinwerfen und ist nun doch geblieben. Mario öffnet ihr die eisernen Pforten, sie drückt ihm die weißen Blumen in die Hand, nach einem kurzen Zögern umarmen sie sich, und während sie ihrer Eifersucht freien Lauf lässt, indem sie ihn bezichtigt, gerade eine Geliebte bei sich gehabt zu haben, geht ihre Stimme im anhaltenden Applaus fast unter. In dem Moment, wo sie sich an den Bühnenrand kniet, um zur Madonna zu beten, schwillt der Applaus wieder an und es werden sogar vereinzelt rote Rosen auf die Bühne geworfen. Rot, denkt sich Glamser ... das rote Kunsthaus ... die rote Tosca ... die roten Rosen ... alles rot – allein, ihm fehlen die Beweise.

Die Tosca ist verschwunden und Cavaradossi schwört bei seinem Leben, Angelotti vor Scarpia zu verstecken. Die große Inbrunst von Cavaradossi sowie seine Tugendhaftigkeit sorgen für einen weiteren Szenenapplaus. Der Applaus hat sich mittlerweile auch auf den Festspielplatz und die Parkanlagen ausgeweitet. Glamser hätte fast das Brummen seines Handys nicht bemerkt. Eine SMS von seinem Kommandanten. Der Wortlaut ist ganz einfach. »Der Zeppelin nimmt Kurs auf die Festspiele!«

Glamser schaut gegen den Horizont hinter der Seebühne. Er erkennt einen kleinen schwarzen Punkt. »Der hat eine Überfluggenehmigung!«, versucht Glamser, seinen Chef zu beruhigen.

Der antwortet ihm postwendend: »Aber nicht für diese Uhrzeit. Er reagiert auf keinen Funkspruch. Außerdem Frontalflug auf Seebühne!«

Von Glamsers Schläfen rinnen dicke Schweißperlen. Die zwei Hubschrauber kommen ihm in Erinnerung, die am Vormittag auch nicht mehr als schwarze Punkte waren und plötzlich, als sie über ihre Köpfe hinwegflogen, bei ihm ein gelbes Flammenmeer auslösten. Vielleicht doch eine Vorahnung? Vielleicht hätte er alle warnen können, wenn er seine Visionen nicht so geheimengehalten hätte. Nein, versucht er sich zu beruhigen, nein, du kannst nichts dafür, die alle hätten gesagt, du bist ein Spinner und gehörst in die Klapse! Aber trotz allem, das Luftschiff kommt näher. Nun ist es schon konturenhaft zu erkennen. Ein Knall. Glamser zuckt zusammen, nein, keine Bedrohung, zumindest keine reale, das war in der Oper, der Kanonenschuss aus der Engelsburg, der bekanntmachen soll, dass ein Häftling geflohen ist. Glamser schaut um sich. Keiner scheint den Zeppelin zu registrieren oder sich dabei etwas zu denken, sie schauen alle gebannt auf die Tosca. Angelotti und Cavaradossi treten die Flucht an. Der glatzköpfige Kirchendiener kommt zurück, und mit ihm die Kinderschar. Durch Glamser geht ein Stich. Ausgerechnet die Kinder!

»Und, was nun?«

»Abschießen«, antwortet der Kommandant.

Glamser kann seine Stimme hören. Nicht gelassen, aber bestimmt. So wie er es bei wichtigen Entscheidungen immer macht. Ja oder nein, verfolgen oder nicht verfolgen, abschießen oder nicht abschießen. Glamser lockert seine Krawatte und wischt sich mit dem Hemdsärmel den Schweiß von der Stirn, während er beim SMS-Schreiben immer wieder von den richtigen Tasten abrutscht.

»Abschießen?!«, fragt er nach.

Der Kommandant beantwortet gerade Glamsers SMS und kratzt sich dabei am Hinterkopf, was in Glamser die Hoffnung nicht gerade ins Unendliche steigen lässt, dass der Kommandant noch ein Ass aus dem Ärmel schütteln könnte. Sein Boss lehnt sich zurück, und Glamsers Handy vibriert in seiner Faust.

»Klar. Lieber blamieren wir uns und es fliegen ein paar Zivilisten in die Luft, als ich riskiere hier das Leben von über 7.000 Zuschauern.« Glamser visiert den Kommandanten, er brennt ihm Löcher in den Nacken, doch sein Vorgesetzter macht keine Anstalten, sich umzudrehen.

»Also abschießen?!«

Der antwortet: »Ich wart noch eine Minute. In Hohenems sind die Black Hawks bereits in der Luft.«

Glamser will es noch immer nicht begreifen. Vielleicht liegt es in der Natur des Menschen, die wichtigsten Dinge immer erst zu begreifen, wenn sie vorüber sind, denkt er sich und bemüht nochmal sein Handy.

»Und wann schlägt der Zeppelin ein?« Auch diese Antwort erfordert beim Kommandanten kein Zögern.

»Punktgenau im Te Deum. Dann, wenn sich das Auge öffnet!«

Mustergültig geplant. Das kann kein Zufall sein. Glamser beißt die Zähne zusammen und steckt sein Handy weg.

Scarpia wird gerade auf einem Gerüst vor der Augenwand hinuntergelassen, während am Boden sein Gefolge die Kinder unter ihre Kontrolle bringt. Scarpia entdeckt die offene Kapelle und findet darin den Fächer der Schwester des Flüchtigen. Der Kirchendiener kriecht ihm in den Arsch. Glamsers Blick wandert hin und her. Einerseits betrachtet er das imposante Geschehen auf der Bühne, andererseits sieht er das Luftschiff näherkommen. Ein grausiges Bild steigt in ihm hoch. Die Hindenburg, der Zeppelin, der 1931 über New York abstürzte, oder die Band Led Zeppelin, die sogar die brennende Hindenburg aufs Plattencover ihres Erstlingswerks drucken ließ. Warum nicht zur Premiere einen Zeppelin über den Festspielen abfackeln lassen? Womöglich will das der Funbomber auch so! Noch dazu am Ende des ersten Aktes, wenn die ganze Aufmerksamkeit des Publikums auf den optischen Höhepunkt des Spektakels gerichtet ist. Dazu die Live-Fernsehbilder, sowie die permanenten Wiederholungen in den nächsten Tagen.

Das Luftschiff, das niemandem auffällt, kommt unaufhaltsam näher, wie ein Hai, der auf ahnungslose Badegäste Kurs nimmt. Aber was ist, wenn hier Zivilisten abgeschossen werden? Wenn jetzt wenigstens Joe bei ihm wäre, der Held mit der passenden Idee. Aber das Leben ist nicht Hollywood und Joe eben nicht mehr Teil von seinem Leben. Glamser sieht die Headlines vor seinen Augen.

»Die Katastrophe wäre zu verhindern gewesen!«, oder »Schießwütiger Kommandant stürzt Touristen ins Verderben!« Die Tosca ist wieder auf der Bühne. Scarpia spendet ihr Weihwasser und sie bekreuzigt sich. Das passt doch irgendwie dazu, spöttelt Glamser und holt tief Luft. Wider Erwarten hat er noch eine SMS vom Kommandanten bekommen.

»Im Übrigen erteile ich dir hiermit die offizielle Raucherlaubnis. Dein stinkiger Zigarettenqualm wird in ein paar Minuten so und so nicht mehr auffallen.«

Glamser schaut auf seine Uhr. Das ist aber nett! In fünf Minuten beginnt das Te Deum. Er zündet sich eine an und lässt seinen Arm am Geländer hinunter baumeln. Er atmet den Rauch tief ein, lässt ihn durch seine Nase heraus. Mathias hustet leise und starrt Glamser an. Glamser hat auf den Jungen ganz vergessen.

»Mathias, jetzt geht's los! Anschnallen in Fahrtrichtung!«, wird Glamser aggressiv, sodass er aus der letzten Reihe böse Blicke erntet.

Mathias wirft ihm einen vorsichtigen Blick zu.

»Es ist wegen dem Zeppelin, oder?«

Glamser hebt seine Augenbrauen, wie ein junger, aufmerksamer Hund, der weiß, dass man ihm etwas Wichtiges gesagt hat.

»Tun Sie nichts! Das ist ein Irrtum! Hier passiert nichts! Ich schwöre es!«, brüllt Mathias so laut, dass nun die nächsten fünf Reihen zurückschauen, inklusive dem Kommandanten. Instinktiv hält ihm der Bulle den Mund zu.

»Schnauze! Was weißt du, was ich nicht weiß!«

»Ich, ich kann Ihnen nur sagen, dass hier nichts passiert.«

»Und wie weiß ich, dass du mich nicht anlügst?!«

»Sie müssen es mir glauben – ich schwöre es bei allem, was mir lieb ist, und das ist viel! Wirklich viel.«

Glamser weiß genau, was dieser Hurensohn meint! Alles was ihm lieb ist, ist seine Tochter! Nicht einmal seine Eier sind ihm so viel wert wie seine Tochter!!! Und Sabine hält man hier raus, verdammt!

»Ich weiß, wer dahintersteckt! Ich will es nur noch aus deinem Mund hören!«

»Das geht nicht!«, versucht der Junge wacker, nichts weiter zu verraten.

Glamser bleibt unerbittlich. Er will das Geständnis. Jetzt und nun! Mehr Brücken kann er Mathias nicht mehr bauen.

»Gut, wenn du es so willst, dann geht in einer Minute der Zeppelin in die Luft.«

»Mein … mein Vater«, stammelt der Junge.

Glamser klopft ihm auf die Schulter. Mehr wollte er nicht wissen. Er zückt sein Handy und schreibt dem Kommandanten die erlösende Nachricht.

»Alles ein Bluff! Hol die Black Hawks runter!«

»Kannst du das verantworten?«, fragt der Kommandant nach.

»Wenn nicht, müssen wir gar nichts mehr verantworten!«, antwortet ihm Glamser ad hoc und schreckt sich selber über seine Koketterie, während Mathias seine Kamera zückt.

Tosca hat mittlerweile das Gemälde zerschlitzt, auf dem die Augen der Schwester von Angelotti abgebildet sein sollen, was natürlich der Wahrheit entspricht, sie grämt sich und ergreift vor der pikanten Situation eifersuchtserfüllt die Flucht. Scarpia lässt sich auf dem Gerüst wieder in die Höhe ziehen, freut sich über seinen bevorstehenden Triumph, während auf der Bühne die Augenwand zum Mittelpunkt der Betrachtungen gerät und sich die Iris vom Auge bedrohlich öffnet. Der Junge könnte Recht haben! Aus unerklärlichen Gründen hat das Luftschiff nun den Kurs geändert. Es scheint hinter der Bühne eine Kurve zu machen.

Jetzt sieht man die Priester und Kardinäle hinter der offenen Luke stehen. Unterdessen werden die Gefangenen in einen vergitterten Keller transportiert und von Polizisten erschossen. Der Priester im weißen Gewandt tritt in den Vordergrund, weißer Rauch steigt hinter der Luke auf. Scarpia hat nun seinen Oberkörper entblößt. Glamser spürt, wie sein Herz rast. Was geht hier ab, verdammt noch einmal! Was geht hier ab!

»Te aeterum patrem omnis terra veneratur.«

»Dir, dem ewigen Vater, huldigt das Erdenrund.«

Amen.

Die Bühne verdunkelt sich nun schlagartig. Das Te Deum ist vorbei. Einzig das blau beleuchtete Auge wird gezeigt, sowie das das Gerüst, auf dem der Polizeichef steht. Für gewöhnlich sieht man jetzt durch die geöffnete Iris die Uferbauten von Lindau. Doch der Ausblick wird heute verdeckt. Fast unbemerkt, schleichend, gleitet der Zeppelin hinter der Luke vorbei. Auf ihm ist über seinen ganzen Korpus verteilt in Blockbuchstaben eine beleuchtete Aufschrift zu lesen: »IHR KÖNNTET NUN ALLE TOT SEIN. Carotin A – Kunstperformances.«

Ein Tuscheln geht durchs Publikum. Für einen Moment lässt jeder die Tosca außer Acht. Eine Mischung zwischen Nachdenklichkeit und Betroffenheit macht sich breit. Glamser weiß nicht, ob er nun lachen oder verärgert sein soll. Hätten die Deutschen Friedrichshafen besser kontrolliert! Es stimmt, sie könnten nun tatsächlich alle tot sein. Eine Rüge wird es ihnen auf alle Fälle einbringen, aber was ist schon ein Anschiss gegen das Gemetzel, das hier stattfinden hätte können. Der Zeppelin fährt in Richtung Seegelboothafen weiter und das Publikum hat sich wieder im Griff.

Sein Handy brummelt gleich zwei Mal. Die erste Nachricht kommt von seinem Chef. »Schwein gehabt!« Die zweite kommt von Herta. »Was war das jetzt??!!« Man hat im Fernsehen die Bilder mit dem Zeppelin also gut gesehen, registriert Glamser. »Erkläre ich dir zu Hause. Morgen richte ich den Gartenzaun!«

»Wird gut sein!«, antwortet ihm Herta.

»Kommen Sie mit!«, fordert Mathias Glamser auf. »Hier passiert nichts mehr.« Ohne zu zögern verlassen sie die Arena.

»Und, wo landet nun der Zeppelin?«

»Hinten am Sportplatz«, antwortet der Junge. Für einen kurzen Moment kommt sich Glamser eingeengt vor. Der Sportplatz ist sein Revier, da hat das dämliche Luftschiff nichts verloren!

Glamser bleibt stehen und ignoriert die Blicke von den Zaungästen, die sich wundern, warum sie schon jetzt die Oper verlassen.

Sein Instinkt war also richtig. Jetzt will er einfach nur noch wissen, inwieweit Mathias mit der Sauerei zu tun hat. Er kickt einen kleinen Stein gegen die Gitterstäbe und zündet sich die nächste Fluppe an. Die letzten zwei Stunden ohne Nikotin waren wirklich zu viel.

»Warum bezahlt dein Vater Künstler und spielt Terror-General? Noch dazu, wenn er eh schon einen Internet-Dichter in der Familie hat?«, legt Glamser noch eines drauf.

Der Junge schaut betroffen zu Boden.

»Mathias, ich warte.«

»Seit wann wissen Sie Bescheid?«

»Wie viel Zeit bleibt uns noch bis zur Landung?«, fragt Glamser nach, es klingt nach einem längeren Gespräch, zu dem er gerne ein Bier und einen Subirer hätte.

»So ungefähr eine halbe Stunde. Der Zeppelin kreist noch über dem Molo, umrundet den gesamten Bodensee und setzt dann auf dem Sportplatz zur Landung an.«

»Komm mit«, fordert ihn Glamser auf. Sie verlassen den Käfig und gehen auf die Terrasse des benachbarten Hotels. Glamser setzt sich auf den Stuhl mit Seeblick, er will die Festspiele noch im Blick haben.

Stumm sitzen sie einander gegenüber. Glamser wirft ihm die Zigarettenpackung zu, Mathias lehnt ab und greift nach den Zigarillos in seiner Jackentasche. Die zwei Bier und der Schnaps kommen schneller als erwartet. Glamser trinkt seinen Birnenbrand in einem Satz aus und stößt nun mit Mathias an. Die Bierflöten haben einen hellen Nachklang, während bei der Tosca Scarpia den Maler Cavaradossi verhört. Die Beleuchtung ist nun relativ sparsam eingesetzt.

Er konzentriert sich nun wieder auf Mathias.

»Übrigens, ich bin der Erich«, eröffnet er erneut das Gespräch. Für das, was sie in den letzten zwei Wochen erlebt haben, können sie ruhig per du sein, außerdem hat er ja so und so mit der Familie zu tun.

Mathias schaut ihn überrascht an. Erneut klirren die Gläser.

»Seit wann wissen Sie, äh, weißt du, dass mein Vater hinter der Sache steckt?«

»Geahnt habe ich seit eurem Gartenfest, dass dein Vater in irgendeiner Form mitmischt, seit heute bin ich mir sicher«, beginnt Glamser seine Geschichte.

»Beim Gartenfest?«

»Im Grunde ganz einfach. Ich habe deinen Blog entdeckt, den mit dem Inspector E. Glam. Da hast du ein Foto drauf, das du ohne Insiderinformationen nicht schießen hättest können.«

»Das mit dem Kunsthaus«, antwortet der Junge. »Ich habe das Foto für meine Geschichte gebraucht und über die Pläne meines Vaters Bescheid gewusst. Also bin ich hin und hab fotografiert. Dass Sie, äh, du auch gerade bei Kunsthaus warst, war purer Zufall, für meine Story auf dem Blog aber perfekt. Das konnte ich einfach nicht auslassen.«

Oder er wollte seinem Vater eins auswischen, vermutet Glamser. Immerhin macht das Foto den Jungen selber verdächtig, und durch sein heutiges Geständnis belastet er seinen Vater, und das muss ihm zumindest gleichgültig gewesen sein.

»Wie hast du davon erfahren, dass dein Vater hinter der Kunsthausaktion steckt?«

»Er hat eines Abends einen der Typen am Telefon gehabt, hat aber nicht gewusst, dass ich bereits daheim bin und das Gespräch mitbekomme, meine Tür war nur angelehnt. Da sind sie dann noch einmal alles durchgegangen. Schritt für Schritt.«

Glamser spielt den Zuhörer und nickt. Mathias klingt glaubhaft, es scheint ihm sehr recht zu ein, einmal alles loszuwerden.

»Und als die Aktionisten sich in der Zeitung geoutet haben, war mir klar, dass mein Vater auch hinter der Aktion mit der Tasche auf dem Bahnhof steckt.«

»Und warum macht das dein Vater?«, fragt Glamser nach, während er auf die Uhr schaut, um zu sehen, wie viel Zeit sie noch haben. Er deutet dem Kellner, dass er noch ein kleines Bier und einen Subirer will.

»Weil er sich permanent in mein Leben einmischt!«, antwortet der Junge und erhöht bei den letzten zwei Worten seine Stimmlage, so wie das die Jungen heute machen. Glamser starrt ihn an. Er will nun die ganze Story Neumann hören.

»Er muss mir immer wieder zeigen, dass er der Bessere ist. Bei ihm besteht eine Familie nicht aus Mitgliedern, sondern aus Konkurrenten. Als er mitbekommen hat, dass ich dich einige Zeit begleiten werde, hat er damit angefangen, sich einen Plan auszuhecken, wie er mich schlussendlich besiegen kann. Dazu gehören auch Kleinigkeiten. Auch dass er mich gezwungen hat, dich zur Party einzuladen. Er musste mir wieder einmal beweisen, dass er der Bessere ist! Und wie einfach es ihm ist, sich in mein Leben einzumischen! Ich weiß nicht, was er sonst angestellt hätte, aber dass hier plötzlich ein Funbomber sein Unwesen treibt, war für ihn optimal. Ein Trittbrettfahrer eben.«

Mathias erzählt ihm von der zerrütteten Familie, dass sein Vater seinen Bruder ruiniert hat, der war dem Druck nicht gewachsen und pendelt seitdem von einem Sanatorium zum anderen. Als er nach Innsbruck studieren gegangen ist, hat seine Mutter schlussendlich das Handtuch geworfen und lebt nun in ihrer Residenz in Italien.

Glamser lässt den Jungen reden und betrachtet inzwischen den Zeppelin, der hoch über Bregenz schwebt. Er kommt nicht dagegen an, ihm gefällt die Idee. Wie muss das wohl für Fremde ausschauen, die nichts von all dem wissen, was hier abging, fragt er sich.

»Ihr könntet nun alle tot sein. Cartotin A. Kunstperformances.« Die werden den Satz einfach hinnehmen, mit den Achseln zucken und ihre Tätigkeiten wieder aufnehmen. Bevor der Junge mit den Erzählungen aus den Kindertagen beginnt, muss er ihn wieder in die Realität zurückbringen, will er den Fall für sich noch heute abschließen.

»Und da hat dein Vater die Kunstperformance-Gruppe Carotin A ins Leben gerufen, die alles brav gemacht hat, was er vorgeschlagen hat«, fällt ihn Glamser ins Wort, während er mit einem Ohr bei der Tosca ist: Auf der Bühne buhlt der abgeschleckte Scarpia noch immer um die Gust der Tosca.

»Genau. Vom Blog, der uns zwei betrifft, über die Aktion mit der Reisetasche am Bahnhof, über die Aktion beim Kunsthaus bis hin zur Performance mit dem Zeppelin war alles von meinem Vater erdacht. Er hat sich aus Wien ein paar Studenten geholt, die begeistert auf seine Ideen aufgesprungen sind. Den Zeppelin hat er übrigens schon vor zwei Jahren gemietet. An sich hätte heute Abend das Firmenlogo erstrahlen sollen.«

Glamser lässt ausreichend Geld liegen und sie gehen in Richtung Sportplatz.

»Da hättest du uns aber auch dann und wann einen Tipp geben können, oder?«

»Ja, das sind immer die Zweifel, die man hat. Im Grunde ist er noch immer mein Vater, und wie er auch ist, mein Vater wird er bleiben.« Mathias wirft verärgert den Zigarillostummel weg, sodass er durch den Aufprall noch einmal vom Boden hüpft und Funken schlägt. »Ich muss mit ihm auch noch nach dem Festival leben. Und so dämlich seine Aktionen auch waren, sie haben im Grunde nicht einmal einer Fliege etwas zuleide getan.«

In Glamser steigt Wut hoch, so einfach liegen die Dinge nun auch wieder nicht!

»Ja glaubst du, das ist lustig, wenn plötzlich in voller Fahrt drei Liter Farbe auf deine Windschutzscheibe klatschen?! Da kann etwas passieren! Mehr, als du zu denken wagst. Und stell dir vor, du bist heute nicht mit mir bei der Tosca, und der Kommandant lässt den Zeppelin abschießen!« Glamser hält abrupt inne. Sätze wie den, dass Reichtum verantwortungslos macht, unterdrückt er. Der Junge soll nicht das ausbaden, was sein Vater angestellt hat. Und immerhin, als es um Leben und Tot ging, hat er ausgepackt. Wenn er nun bedenkt, in welchem Zwiespalt Mathias die letzten Tage gestanden haben muss, bewundert er ihn sogar. Seinen Vater zu verraten ist nie einfach.

»Und, jetzt hasst du mich wohl, was?«

»Nein, verdammt noch einmal. Hätte ich dir sonst das Du-Wort angeboten. Was anderes, weiß Sabine davon?«

Mathias schüttelt den Kopf. »Nein. Sie wird natürlich sauer sein, wenn sie erfährt, dass ich alles gewusst habe, aber ich wollte sie nicht mit hineinziehen.«

Langsam klettert der Junge wieder die Leiter der Gunst hoch. Er hat Sabine doch aus dem Spiel gelassen. Glamser erkennt sich in dem Jungen selber. Man trägt die Probleme so lange mit sich herum, bis es nicht mehr zum Aushalten ist. Das ist vielleicht nicht richtig, aber was soll man machen. Wenn man so gebaut ist, ist man so gebaut.

Sie stapfen weiter. Mit der Zeppelin-Aktion hat der alte Neumann aber wahrscheinlich den Bogen überspannt. In Friedrichshafen wird man wissen, wer der Auftraggeber ist – aber wahrscheinlich ist das gar nicht mehr nötig.

»Auch vom Zeppelin habe ich erst kurz bevor ich zu den Festspielen gegangen bin erfahren, von meinem Vater persönlich. Er wollte den Triumph zuallererst an mir auskosten, dass er alle zum Narren gehalten hat.« Mathias schaut auf die Uhr. »Sobald die Tosca vorüber ist, wird er ein Interview geben. Die Medienpräsenz war ihm so und so schon immer am wichtigsten. Er wird sich da auf die Freiheit der Kunst ausreden und selbstverständlich für jeden Schaden aufkommen, den er verursacht hat.«

»Zum Interview wird es aber nicht kommen«, antwortet ihm Glamser trocken. »Dein Vater ist bereits auf einen kleinen Plausch in der Zentrale. Den haben sich Müller und Handlos vorgeknöpft. Ich scheide auf Grund von Befangenheit aus.«

Der Junge schaut ihn unverwandt an. »Dann habe ich ihn gar nicht verraten?«

»Nicht direkt. Ich bin mir nicht einmal sicher, ob wir deine Aussage, die du mir jetzt von Freund zu Freund gemacht hast, protokollieren müssen. Ich habe heute eine interne Fahndung nach deinem Vater durchgeboxt. Man hat ihn kurz vor der Tosca geschnappt, als er nach Deutschland wollte. Wahrscheinlich nach Friedrichshafen, um den Zeppelinstart mitzuerleben. Die Auftragskünstler werden schlussendlich auch geständig sein, und bei der Telefongesellschaft werden wir über die Telefonate deines Vaters ein Protokoll bekommen.« Glamser setzt einen Moment ab. »Außer du willst ihn offiziell belasten?«

»Nein, danke, nicht nötig«, antwortet Mathias heiter. Ihm gefällt es also, dass sein Vater so richtige Probleme bekommt, er jedoch nicht weiter in die Angelegenheit involviert wird.

Sie stehen nun vor dem verdunkelten Stadion. Glamser ruft den Kommandanten an, um sich Handlungsbefugnis erteilen zu lassen und in der

Zentrale, damit die den Platzwart ausfindig machen, der für die Einsatzfahrzeuge das Stadiontor öffnet. Glamser hat aber keinen Bock, darauf zu warten. Also klettern sie wie ein Ganovenduo über den Zaun und suchen in der Höhe der Mittelauflage einen Platz. Die Bühne liegt nun hinter den rötlichen Anlagen des Schwimmbads, die jetzt in der Nacht schwarz wirken. Einzig die Seitenwand des Festspielhauses ist noch zu sehen. Die Oper selbst ist ab jetzt nur noch akustisch wahrzunehmen.

»Gibt es so etwas wie die Tosca noch in Wirklichkeit?«

Glamser denkt nach.

»Ich weiß nicht. Irgendwo im Dschungel. Oder in Russland. Vielleicht auch hier am See.«

Glamsers Handy läutet. Er nickt. Der Funbomber hat zugeschlagen. Heute in Salzburg. Einen Tag vor der Festspieleröffnung. In der Stimme des Kommandanten liegt hörbare Erleichterung. Glamser weiß noch nicht, inwieweit er ein Gefühl der Genugtuung zulassen soll. Der Funbomber ist weg aus Bregenz, aber im Grunde haben sie das Ziel, den Hund zu erwischen, nicht erreicht. Nicht einmal der Profiler Max Mayer und die Kollegen aus dem Ausland haben etwas ausrichten können. Einige Minuten später legt er auf.

»Ist was?«

»Der Funbomber hat in Salzburg eine dänische Matratzenfirma in die Luft gehen lassen. Kein Personenschaden, aber erheblicher Sachschaden. Er hat sich also auf Kunstfestivals spezialisiert und narrt nun Salzburg.«

»Immerhin ist er weg. Das ist doch auch ein Erfolg, oder?«

»Ja, das sieht der Kommandant auch so«, antwortet ihm Glamser. Vielleicht liegen die anderen ja richtig. Zumindest haben sie es geschafft, dass sich der Terrorist um neue Ziele umsieht, was ja tatsächlich ein Teilerfolg ist. Irgendwann werden sie ihn schnappen, denkt sich Glamser. Eine Kleinigkeit, vergessene Papiere, ein Unfall mit Blechschaden, oder die wachsamen Augen eines Bürgers werden den Funbomber zur Strecke bringen. Vielleicht singt auch einmal ein Spitzel. Plötzlich wird man ihn haben, auf alle Fälle aber erst dann, wenn die Fahndung in den Hintergrund tritt und der Terrorist beginnt, Fehler zu machen.

Im Hintergrund hört er zwei Polizeisirenen. Sie sind nicht im Einklang. Die eine fängt etwas früher an, die andere hört etwas später auf. Der Kommandant hat ihm einige Leute versprochen, die die Verhaftung durchführen sollen. Natürlich kribbelt es ihn, seinen alten Job als einfacher Bulle wieder zu machen und die Typen hops zu nehmen, aber die Zeiten sind nun mal vorbei. Er soll sich als leitender Beamter im Hintergrund halten – genau so, wie sich Mathias das Ende von seinem Blog vorstellt. Aber in dem Moment sitzt er noch alleine mit Mathias am Fußballplatz, in seiner Kathedrale.

»Was ist zwischen dir und Sabine?«

»Wir verstehen uns gut.«

»Und sonst?«

»Das wird sich zeigen.«

»Mathias?«

»Ja?«

»Ich warne dich. Wenn du meinem Baby Leid antust, dann …«

»… dann erwacht Police Inspector E. Glam zum Leben. Und wird sich rächen!«, kann Mathias den Satz gerade noch beenden. Ab diesem Moment lacht er nur noch, und sein Lachen hallt durch das menschenleere Stadion. Glamser glaub, es aus allen Ecken gleichzeitig zu hören.

Ein Moment, wo wieder seine gelbe Flammenwand auftauchen könnte, doch sie bleibt aus. Glamser nickt, er kann zwar nicht lachen, aber irgendwie hat der Junge begriffen, wie man mit ihm umgeht. Und eines schönen Tages wird er ihn wohl austricksen, noch bevor er bemerkt, was überhaupt gespielt wird.

Glamser steht langsam auf. Seine Kniescheiben knacksen. Sie gehen die Stiegen runter und überspringen die Werbetafeln. Das Gras fühlt sich sogar durch die Schuhe weich an, so, als ob noch nie jemand darauf gegangen wäre. Glamser erinnert das weiche Gras an etwas, was er von irgendwoher kennt, sehr gut kennt, vielleicht mit einer Villa dazu, überlegt er sich, ohne den passenden Link dafür zu finden. Mathias nimmt seine Kamera heraus. Mit diesen Fotos von heute Abend dürfte er seinen Blog rund um Inspector E. Glam abschließen können.

In den nächsten Stunden wird er mit Herta reden, wie sie am besten das Garagentor und den Zaun finanzieren, auch das Haus könnte einen neuen Anstrich vertragen, und die Sitzbank beim Kirschbaum hat er auch nicht vergessen. Vielleicht wird er auch noch einen festen Holztisch dazu kaufen und ein paar Sessel. Dann kann er in Ruhe auf die Bahngeleise schauen und der langsamen Verwitterung zusehen, bis niemand mehr den Unterschied zwischen den alten und neuen Geleisen erkennt. Er hat jedoch noch nie groß Schulden gemacht, und so soll es auch bleiben.

Er tastet sein Sakko ab und nickt zufrieden. In der Innentasche schlummert die Sonnenbrille, die Daniel bei seinem Sturz auf dem Festspielvorplatz verloren hat. Offiziell weiß niemand, dass der Bond hier ein Double war, was den Wert der Brille natürlich steigert. Mal schauen, vielleicht hat der Neuper daran Interesse, oder er wird eine kleine Versteigerung auf eBay veranstalten. Darüber wird die Familie Glamser aber eine Nacht schlafen. Morgen wird er wieder um vier Uhr aufwachen, er wird sich aber zwingen, im Bett zu bleiben, denkt er, während bei der Tosca zum Ende des zweiten Aktes applaudiert wird, der Zeppelin über dem Stadion kreist, die Polizeiwagenlichter blau aufleuchten und das Flutlicht angeht. Zuerst flackern die Lichter, dann tauchen sie die Betonwand seiner Kathedrale in oranges Licht, als wäre alles nur ein Traum.

Danksagungen

Vielen Dank an die Sicherheitsdirektion Vorarlberg, Sicherheitsdirektor Dr. Elmar Marent, für wichtige Infos, sowie an meine Verlegerin Anita Keiper, die mich zur Fertigstellung meines zweiten Glamser-Romans ermuntert hat.

Verlagsprogramm 2008

- Martin G. Wanko:
  Die Wüste lebt
- Oscar Scherzer:
  Unter Hakenkreuz und Trikolore
- Christof Huemer:
  Zweifellos
- Martin G. Wanko:
  Bregenzer Blutspiele
- Mathias Grilj:
  So geht Leben

edition keiper
am textzentrum graz
Nikolaiplatz 4/III
A-8020 Graz
T +43(0)316 766 733
F +43(0)316 722 301-30

www.editionkeiper.at